AF599300

JÓVENES E IMPRUDENTES

JÓVENES E IMPRUDENTES

RACHEL HAWKINS

Traducción de Alicia Botella Juan

Argentina • Chile • Colombia • España
Estados Unidos • México • Perú • Uruguay

Título original: *Reckless Girl*
Editor original: St. Martin's Press, an Imprint of St. Martin's Publishing Group
Traducción: Alicia Botella Juan

1.ª edición: marzo 2025

Plaza de los Reyes Magos, 8, piso 1.º C y D – 28007 Madrid
www.booksbystefano.com

ISBN: 979-13-87595-02-9
E-ISBN: 978-84-10495-58-6
Depósito legal: M-1.352-2025

Fotocomposición: Urano World Spain, S.A.U.
Impreso por Romanyà Valls, S.A. – Verdaguer, 1 – 08786 Capellades (Barcelona)

Impreso en España – *Printed in Spain*

Para papá y la *Rachel K*

PRÓLOGO

El agua salada y la sangre tienen el mismo sabor.

Nunca lo había pensado hasta este momento, hasta que se encuentra ahogándose entre ambas con la sangre brotándole de la herida de la sien y el mar adentrándose en su boca.

Ambas sustancias son cálidas, fuertes.

Ambas amenazan con consumirla.

Está oscuro, pero puede escuchar las olas rompiendo contra el lateral del barco, puede oír la fuerte discusión que está teniendo lugar en alguna parte por encima de ella. Unos momentos atrás, esa discusión le importaba, pero ahora lo único que le importa es su dolor de cabeza, el escozor de la sal y el profundo tormento en el pecho.

En cierto sentido, es más fácil dejarse llevar. Dejar que suceda.

¿No es eso lo que ha estado haciendo todo este tiempo? ¿No es eso lo que la traído hasta aquí, a este solitario lugar en medio del Pacífico, donde está mareada, ahogándose y sola?

Respira profundamente.

Le duele. El agua entra en los lugares en los que debería haber aire.

Pero, tras el dolor, llega una especie de paz. Se ha terminado. Todo.

Se desliza hacia abajo.

No vuelve a subir.

Hasta la Segunda Guerra Mundial, la isla de Meroe era más conocida por el naufragio que le dio su nombre. Los marineros del HMS Meroe quedaron abandonados en la isla durante más de cinco meses y los pocos que sobrevivieron fueron finalmente juzgados en Inglaterra por el asesinato de sus compañeros. El juicio estuvo rodeado por oscuros rumores de canibalismo cuyos detalles se consideraron demasiado espantosos para ser mencionados en los periódicos. Solo se condenó a uno de los ocho supervivientes: el teniente Thorton. Su ahorcamiento atrajo a una multitud de miles de personas, incluyendo a celebridades de la época como lord Byron y J. M. W. Turner. La isla de Meroe se convirtió en una especie de nota a pie de página sombría en los anales de la historia náutica hasta la década de 1940, cuando su ubicación estratégica la volvió muy útil para las fuerzas de los Aliados en el Pacífico. Desde entonces, ha estado más o menos abandonada, aunque en los últimos años se ha convertido en un destino popular para los viajeros más aventureros.

—*Historias escondidas,* Traveler's Press, 2010

AHORA

UNO

A veces me pregunto si la gente que está de vacaciones realmente considera que está en otro planeta.

O tal vez en otra dimensión.

Es la única explicación que se me ocurre para toda la mierda que he visto en los seis meses que llevo trabajando en el Haleakala Resort en Maui. Y no hablo solo de las rarezas que uno esperaría: parejas quemadas por el sol preguntándome si me interesa «unirme a ellos esta noche», grupos de mujeres con camisetas de tirantes coordinadas con la palabra TRIUNFADORAS gastándose miles de dólares en chupitos de tequila que acaban enzarzándose en discusiones llorosas en el bar del vestíbulo o los imbéciles de Wall Street que dejan rayas de coca en el lavabo del baño y luego acusan a la que atiende la habitación de esnifárselas.

Todo esto eran desastres que acababa arreglando de un modo u otro, pero hablo de momentos realmente perturbadores, como el tipo que me ofreció doscientos dólares si me comía una piña entera delante de él (cosa que no hice) o la anciana que se pasó toda una semana de vacaciones en su *suite* viendo películas para adultos en la televisión y pidiendo un sinfín de patatas fritas al servicio de habitaciones (sinceramente, bien por ella). También está la vez que fui a limpiar una habitación en la que se habían alojado unos chicos de una fraternidad y me encontré círculos concéntricos de orina por toda la alfombra (el padre de uno de ellos sacó una tarjeta de crédito para pagar el reemplazo después de proporcionarle pruebas fotográficas de los daños).

Lo que me lleva al día de hoy, en el que estoy de pie en medio de la suite Makai contemplando una variedad de juguetes sexuales esparcidos sobre la cama considerando si este momento en particular entra en la categoría de repugnante, inquietante o demente.

—Es muy perturbador —murmura Maia a mi lado con un montón de toallas mojadas en los brazos—. Es como Stonehenge, pero con consoladores.

Resoplo poniéndome ya un par de guantes.

—Para ser justas, solo veo dos… vale, tres consoladores. —Señalo un disco rosa chicle que hay a la derecha—. Eso es un vibrador y eso morado… vale, eso no sé lo que es, pero, de todos modos, bien que hacen, claramente están pasándoselo bien en la isla.

Maia niega con la cabeza y vuelve hacia el carrito de la ropa sucia. Es más bajita que yo y la falda del uniforme le llega más abajo de las rodillas. Eso debería hacer que pareciera desaliñada o mal vestida, pero Maia es incapaz de eso. Parece una actriz buenorra de alguna serie de la CW que simplemente se ha dignado a interpretar el papel de asistenta.

—No estoy en contra de que la gente se lo pase bien, Lux. Pero a veces pienso que se les olvida que hay personas que van a *ver* toda esta mierda.

—O puede que quieran que veamos esta mierda —replico sacando una bolsa de plástico con el logo del hotel estampado de mi propio carrito—. Tal vez sea parte de su experiencia.

—Pues qué asco —contesta estremeciéndose, y yo recojo el vibrador rosa y lo meto en la bolsa.

—Mojigata.

—Rarita —espeta antes desaparecer en el baño. Le sonrió y vuelvo a mi tarea.

Maia es nueva aquí en Haleakala, empezó el mes pasado y, aunque me cae genial, tengo la sensación de que se irá en un par de semanas. He pasado aquí el tiempo suficiente para ver que el personal de limpieza se clasifica en tres categorías: las que se quedan de por vida, mujeres que llevan aquí diez años y seguirán otros treinta; los de «es algo temporal pero ya llevo aquí un año»; y, finalmente, las chicas como Maia, que piensan que trabajar en un resort de cinco estrellas será divertido, no habrá mucho que hacer y que ganarán una cantidad decente de dinero.

Se suponía que yo debía estar en el tercer grupo, pero, tras casi seis meses, me preocupa estar cayendo en el segundo.

Me vine a Hawái por un chico (sí, sé que suena estúpido), pero me parece que cualquier mujer a la que Nico Johannsen le hubiera pedido que se reuniera con él en Maui habría comprado un billete de avión en el acto.

Y, además, no había sido solo por el chico en sí, también era por lo que él me estaba ofreciendo. Una oportunidad de viajar, de navegar por el mundo, de vivir finalmente algunas experiencias.

Una aventura.

—Cumplir un sueño —murmuro inspeccionando la cama sin saber cómo proceder. ¿Tendría que dejar todos los juguetes sobre una toalla en el mostrador del baño al igual que hacíamos con los pinceles de maquillaje?

De repente, solo quiero marcharme. Arrancarme el uniforme, abandonar el carrito de la limpieza, salir del resort y volver a casa.

Pero ¿dónde está ahora mi casa?

Técnicamente, vivo en una casita de campo en el lado sur de la isla, un lugar que Nico y yo compartimos con dos de sus compañeros de la marina y sus dos novias. Pero ni siquiera tenemos una habitación, dormimos en un colchón que ponemos en la sala de estar por las noches. Toda la casa huele constantemente a sal y a protector solar y las sábanas siempre parecen estar húmedas y arenosas. Compartimos dos cuartos de baño para los seis, con bañadores goteando de la barra de la ducha y toallas con pequeñas manchas de moho porque nada en este sitio parece permanecer seco.

Se suponía que mi casa iba a ser el barco de Nico, la Susannah.

Solo con pensarlo ya me duele, imaginármela en la dársena seca con un puto agujero enorme en el casco. Nico la había traído desde San Diego después de conocernos y yo había venido volando para reunirme con él aquí. Un billete de ida y toda mi vida en una maleta de ruedas y una mochila.

Pero cuando llegué a Wailuku, me enteré de que no solo el motor de la Susannah se había estropeado durante el viaje, sino que, cuando Nico hizo que la trasladaran al puerto deportivo en el que podían repararla, un accidente al sacarla del remolque le había perforado el casco, una reparación para la que Nico no tiene fondos.

Corrección: una reparación para la que Nico no va a *pedir* fondos. Su familia tiene más dinero que Dios (dirigen un enorme bufete de abogados para lesiones personales, demandas y todas esas mierdas), pero Nico quiere abrirse camino en el mundo con sus propios medios.

Es una cualidad realmente admirable, cuando no está echando por la borda nuestro plan y reteniéndome aquí, limpiando juguetes sexuales de desconocidos.

—Puede que el barco esté maldito —le dije la otra noche, susurrando contra la piel cálida y salada de su cuello, acurrucados en nuestro colchón mientras la lluvia golpeaba el fino tejado.

—Puede que seas tú. Antiguamente, se pensaba que llevar una mujer a bordo siempre traía mala suerte —replicó él.

—Puede que seas un imbécil —le respondí yo, y él solo se rio y me besó y, de repente, nuestro colchón pequeño y arenoso no me pareció tan horrible. A Nico se le daba muy distraerme, su incansable optimismo me sacaba de mis espirales de preocupación y duda y de mis «qué mierdas hacemos ahora». Nico no se preocupaba por el futuro y, si una voz poco caritativa en mi cabeza me susurraba de vez en cuando que él no tenía que preocuparse por esas mierdas porque ya lo hacía yo por él, la ignoraba.

O intentaba hacerlo.

De todos modos, antes de la Susannah o de Hawái, vivía en California, pero tampoco había sentido que ese fuera ser realmente mi hogar. Me había mudado allí con mi madre desde Nebraska cuando tenía doce años y, cuando ella había muerto once años después, me había quedado en San Diego porque no se me ocurría ningún otro sitio al que ir.

Ahora, a mis veinticinco años, empezaba a parecerme todo una serie de desvíos equivocados y oportunidades perdidas. Había girado a la izquierda cuando tenía que haber ido a la derecha. Había hecho *zig* cuando tenía que haber hecho *zag*.

Arranco las sábanas y las meto en el fondo del carrito. Oigo que se abre la puerta de la *suite* cuando Maia sale al pasillo a por más toallas o a por un champú que huele a plátano e hibisco.

—¿Crees que debería doblarles a estos imbéciles la toalla en forma de almeja? —le pregunto—. Sé que lo normal es un cisne, pero teniendo en cuenta sus gustos…

Detrás de mí, alguien se aclara la garganta. Me enderezo y veo a dos personas de pie en vestíbulo: un hombre con una camisa hawaiana con tonos violentos de rojo y verde y una mujer con un vestido a juego. Sostienen mai tais con los rostros enrojecidos por la vergüenza, por el sol o por ambas cosas y les ofrezco una débil sonrisa.

—¿*Aloha*?

Una hora después, estoy de pie en el aparcamiento del Haleakala con los pantalones cortos desgarrados y mi camiseta, mientras que mi uniforme y la etiqueta con mi nombre están ahora en manos de mi jefe. Bueno, de mi exjefe desde este momento, el señor Chen, y aunque debería estar hecha una furia, levanto la cabeza hacia el sol y sonrío.

No más sábanas, no más toallas. No más dedos rozándome «accidentalmente» el culo. Llevaba un mes queriendo dejarlo, pero hay algo liberador en el hecho de que me hayan quitado la elección de las manos. No es culpa mía que los Sanderson hayan entrado en ese momento. No es culpa mía que se dejaran todo eso sobre la cama en primer lugar.

No es culpa mía haber perdido el empleo.

Ahora solo tengo que decírselo a Nico.

DOS

—Tengo que decir que es la primera vez que pierdo el trabajo por un consolador.

Puesto que estoy oficialmente desempleada, puedo reunirme con Nico en su restaurante favorito de la isla. Está sentado enfrente de mí, huele a agua salada y a grasa de motor, pero sigue siendo tan guapo que lo noto en el estómago, en las rodillas. Lleva una bandana roja retirándole el pelo arenoso de la cara y su tatuaje se le enrosca en el bíceps de piel suave y bronceada.

Si he de ser sincera, el tatuaje es una idiotez. La típica mierda tribal de los blancos que en realidad no significa nada para él. Aunque, tres días después de conocernos, agregó una L enroscada en uno de los bordes del tatuaje por mí. Al menos, fue un gesto muy dulce.

Él fue muy dulce.

Sigue siéndolo, por supuesto, pero es diferente de cuando lo conocí. Cuando nuestra relación era algo nuevo y embriagador, la calma que él irradiaba había sido un bálsamo más que bienvenido tras años de lucha contra el cáncer de mi madre: hospitales, efectos secundarios de la quimioterapia y peleas a gritos con mi padre por teléfono.

Nico es el tipo de chico que diría algo tipo «no te lleves lo que no necesitas» y te crees de verdad que ha descubierto un modo mejor y más iluminado de vivir y no quieres siquiera darle un puñetazo.

Bueno, no siempre quieres darle un puñetazo.

Ahora se limita a tomar un sorbo de su refresco y asiente en mi dirección.

—Ese trabajo era una mierda de todos modos.

—Una mierda descomunal.

—Y puedes encontrar otro, tal vez mañana —continúa señalándome con su vaso.

Atravieso un fideo con el tenedor y me encojo de hombros.

—¿Por qué no miramos cuánto hemos ahorrado? Puede que por fin podamos arreglar la Susannah.

No contesta, solo mueve la cabeza de lado a lado en un gesto que le he visto miles de veces. Básicamente, es una mezcla de «eh» y «luego lo hablamos» y de repente me invade la frustración.

No puedo obviar el hecho de que Nico es feliz aquí. Dice que quiere seguir viajando como habíamos planeado, pero, cuanto más tiempo pasa aquí, más lo veo asentándose, echando raíces. Le encanta su trabajo en el puerto deportivo y trabajar con barcos. Hace amigos en todas partes porque él es ese tipo de persona, así que todos sus compañeros lo adoran (de ahí que tengamos un lugar en el que quedarnos gratis). Si hay alguien que puede florecer en cualquier terreno, ese es Nico.

No estoy segura de si yo he florecido alguna vez en alguna parte. A veces me pregunto si soy capaz de hacerlo siquiera. Tal vez por eso me atrae tanto la idea de no echar raíces en ninguna parte.

O tal vez solo esté harta de limpiar la mierda de los demás, a veces literalmente.

Empujo la comida y miro hacia el mostrador, donde por fin se ha reducido la cola. Son casi las dos, lo que significa que cerrarán pronto y Nico volverá al puerto mientras que yo… supongo que ¿volveré a la casa? ¿Me sentaré en el sofá a esperar a que vuelva Nico?

Eso me parece casi más deprimente que limpiar habitaciones de hotel y de repente noto una pequeña punzada de arrepentimiento por lo sucedido hoy. Tal vez tendría que haberme disculpado con los Sanderson, haberme arrastrado, incluso. Haberle suplicado al señor Chen que me diera otra oportunidad.

Pero no puedo permitirme ir por ese camino porque, si empiezo a arrepentirme de una cosa, tendré miles de otras decisiones que cuestionarme. Dejar la escuela, el modo en el que habían acabado las cosas con mi padre, todos los años que había pasado saliendo de fiesta con amigos que no eran realmente mis amigos... La forma en la que había ido a la deriva por la vida hasta que había conocido a Nico.

—Hoy he conocido a un par de chicas —comenta él sacándome de mis pensamientos.

Lo miro con las cejas arqueadas.

—¿Y me lo cuentas porque...?

—Bueno, estaban buscando a alguien que fuera su novio durante las vacaciones y he decidido que eso me parece mucho más divertido que arreglar motores de barco, así que me parece que yo también tendré un trabajo nuevo pronto.

Le hago un gesto con el dedo y sorbo más fideos.

—En serio, Nico.

Sonriendo, me guiña el ojo y aparta su plato vacío.

—En serio, Lux. He conocido a dos chicas. Estadounidenses. De la Costa Este.

Lo dice con un desdén que me hace arquear las cejas.

—No todos podemos ser dioses del sur de California, Nicholas.

Espero que se ría, pero detecto cierta irritación en el pliegue que se le forma en el puente de la nariz. No sé si es por el comentario sobre su origen o por el uso de su nombre completo, pero, en cualquier caso, le quito importancia con la mano porque no me apetece discutir.

—Perdón, continúa.

Lo suelta:

—Bueno, querían alquilar un barco para unos días, pero el tipo con el que se suponía que tenían que hablar no estaba, así que nos hemos puesto a charlar. Creo que tal vez me contraten a mí.

No soy precisamente celosa; con un novio como Nico, tienes que aprender a no serlo si no quieres perder la cabeza, pero aun así siento una extraña aprehensión.

—¿Contratarte para que las lleves en barco? ¿Para darles una vuelta por la isla?

Se encoje de hombros y se recuesta en su asiento. En el exterior ha empezado a llover, es una suave llovizna que sé que terminará en pocos minutos y que dejará el aire espeso y con un olor dulzón.

—Supongo. Me han preguntado si quería tomar algo con ellas esta noche para hablarlo y les he dicho que llevaría a mi novia.

—Mírate, qué idiota más fiel —me burlo. Él vuelve a sonreír, alarga la mano sobre la mesa para tomar la mía y besarme los nudillos.

—Más bien me aterroriza que me cortes el pene mientras duermo si quedo con dos chicas en un bar sin ti.

—Fiel e inteligente.

La lluvia arrecia y golpea el techo con fuerza y Nico mira hacia el exterior antes de volver a encararse a mí. Tiene los ojos preciosos, de un marrón intenso, y se le pliegan los rabillos cuando sonríe.

—He supuesto que, si al final no me contratan, al menos nos invitarán a un par de birras y tampoco tengo nada mejor que hacer esta noche.

—Yo igual —contesto y me rio—. Lo cierto es que ahora no tengo nada que hacer en ningún momento, nunca.

Odio que no suene a broma.

TRES

Las chicas han elegido un bar para turistas, por supuesto.

Pinneaple Pete's está demasiado lleno y huele a esa particular mezcla nociva de protector solar, cerveza y perfume del *duty-free* que siempre se cierne en ese tipo de lugares. Con la suerte que tengo, seguro que me encuentro a los huéspedes del Haleakala que han conseguido que me despidan.

Nico se ha ido a trabajar después de comer, se ha aseado y se ha cambiado en el puerto y me ha dejado prepararme a mí en la casa. Pero, puesto que nuestros compañeros de piso también iban a salir esta noche, he tenido que pelearme para poder ducharme y conseguir un espacio en el espejo, lo que significa que he llegado tarde y que todavía tenía un trozo mojado en la parte de detrás. No sé ni por qué me he esforzado en tener buen aspecto, ya que Nico llevará simplemente los pantalones cortos y la camiseta de reserva que guarda en la mochila que se lleva al trabajo. No es que me preocupe especialmente impresionar a unas universitarias ricas que están de vacaciones, pero, aun así, me he puesto mi vestido favorito, el amarillo con el cuello *halter* y pajaritos bordados por el dobladillo, el que revolotea alrededor de mis rodillas y siempre hace que los ojos de Nico se demoren un poco más en la curva de mis caderas y el hueco de mi clavícula.

Siempre me ha gustado que me mire así. Me encantó desde la primera vez que lo conocí en un bar bastante parecido a Pineapple Pete's en cuanto a la iluminación escasa y a la cerveza de mierda, pero que, por lo demás, estaba a un mundo de distancia. Yo trabajaba de camarera en un establecimiento cerca de la playa en San Diego y Nico había entrado una noche. Acababa de comprar la Susannah y la estaba arreglando antes de navegar a Baja California, después a la costa de México, hacia el Pacífico y hacia quién sabe dónde. Hawái, Tahití o tal vez un lugar tan lejano como Australia.

Todavía llegaremos a eso, me digo a mí misma mientras me abro camino entre la multitud buscando a Nico. Esto es solo un pequeño contratiempo y luego seguiremos nuestro camino, tal y como él me prometió.

Lo distingo cerca del fondo en una de esas mesas altas que no tienen sillas. Me ve y me levanta la mano, ya con una cerveza en ella, y las dos chicas que están enfrente de él se giran para mirarme.

No fruncen el ceño, lo que supongo que es un buen comienzo. De hecho, sus sonrisas parecen sinceras, no azucaradas ni asquerosamente falsas. Tampoco se parecen a la mayoría de las universitarias ricas que solemos ver por aquí. Nada de estampados florales ni brillo de labios. La de la derecha lleva el cabello oscuro recogido en un moño desordenado y la de la izquierda, cuyo pelo es varios tonos más claro, lleva vaqueros y una camiseta de tirantes y nada de maquillaje en la cara.

Nico rodea la mesa y me atrae para darme un beso con su aliento cálido que huele a la cerveza que se está tomando.

—Esa es mi chica —dice deslizando la mano brevemente para apretarme la cadera.

—Por favor, dime que ya me has pedido una —contesto poniéndome de puntillas para pellizcarle el labio inferior entre los míos, y él sonríe acercando su nariz a la mía.

—Puedo ir a traerte una ahora mismo —se ofrece, y miro a las chicas que se han apartado de nosotros para hablar entre ellas.

—Te acompaño —digo, pero Nico niega con la cabeza y me empuja hacia la mesa.

—No te preocupes, nena —responde. Es una frase que oigo tan a menudo que casi la pronuncio con él. Las chicas de la mesa me miran y Nico asiente hacia ellas—. Brittany —señala mirando a la del moño— y Amma —completa señalando a la de los vaqueros—, esta es Lux. Lux, Brittany y Amma. —Otra sonrisa, esta un poco más torpe—. Voy a por un par de cervezas más.

Desaparece de nuevo entre el gentío y me deja de pie al lado de la mesa mirando a Brittany y a Amma.

Brittany es la primera en hablar:

—Lux, como la de *Las vírgenes suicidas* —comenta.

Me sorprende y me alegra bastante. Nadie ha hecho nunca esa conexión al oír mi nombre. Normalmente preguntan si es un apodo o la abreviatura de algo.

—Sí —confirmo—. A mi madre le encantaba ese libro.

—Pues es una mierda de personaje para llamarse así por ella —opina Brittany, pero sonríe mientras se lleva la botella a la boca.

—Lo sé —admito—. Cuando me leí por fin el libro con trece años, pensé: «mierda, mamá».

Tanto Brittany como Amma se ríen y de repente me doy cuenta de que llevo mucho tiempo sin hablar con nadie que no sean mis compañeros de trabajo o los de Nico. Incluso en San Diego había empezado a perder el contacto con mis amigos en cuanto mi madre se había puesto enferma.

Es curioso lo rápido que había pasado, lo fácil que había sido que las personas que veía cada día se desvanecieran y desaparecieran hasta convertirse simplemente en un montón de cuentas de Instagram que todavía seguía. Y no los culpaba. Mi vida se había vuelto triste y deprimente y nadie sabía qué decirle a la chica que de repente estaba cuidado de su madre enferma en lugar de sentarse a su lado en clase de sociología.

Tras la muerte de mamá, me había planteado volver a matricularme, pero todos aquellos con los que me había llevado ya estaban por lo menos dos semestres por delante de mí. Se parecería demasiado a empezar de nuevo y me resultó más fácil conseguir un empleo, concentrarme en poner un pie delante del otro... y en pagar el alquiler.

—¿Nico ha dicho que lleváis casi un año en Hawái? —pregunta Amma. De cerca, veo que no es tan guapa como Brittany, pero tiene los labios carnosos y los pómulos altos. En la tenue luz del bar, sus ojos son oscuros e hipnotizantes.

—Seis meses —puntualizo y en ese momento me pregunto si Nico habrá exagerado para parecer más familiarizado con las aguas que rodean la isla. Rápidamente, añado—: Aunque Nico estuvo en Hawái muchas veces antes de que nos mudáramos y ha navegado mucho por la zona.

Es decir, en vacaciones familiares, alojándose en los mejores resorts de las islas, lugares en los que ni siquiera me darían trabajo fregando retretes. Eso no lo menciono. Asumo que solo ven a Nico como un pasota de playa, un tipo simpático con una gran sonrisa y un cuerpo todavía mejor que trabaja en barcos y que definitivamente no tiene ni idea de qué tenedor usar en una cena elegante.

—¿Y qué hay de ti? —pregunta Brittany. Levanta el brazo para colocarse un mechón de pelo detrás de la oreja y me fijo en que tiene un tatuaje en la muñeca—. ¿Dónde estabas antes de venir aquí?

En el después.

Me pregunto qué significa eso, si es que significa algo. Puede que solo sea la letra de una canción de Taylor Swift que no logro recordar.

—Crecí en Nebraska —contesto—, pero mi madre y yo nos mudamos a San Diego cuando era pequeña. Allí conocí a Nico el año pasado. Me habló de su plan de navegar por el Pacífico Sur. Me contó que había cientos de islas que ni siquiera tienen nombre, lugares que apenas aparecen en los mapas. —Sinceramente, esa era la parte que más me había gustado. La idea de ir a un lugar casi completamente desconocido.

—¿Y lo seguiste? —pregunta Amma inclinando la cabeza a un lado.

No me gusta cómo lo dice, pero es cierto. Me pegué al sueño de Nico porque pensar en el mío me había parecido imposible en aquel momento. Los sueños eran para la gente que tenía tiempo y dinero, para la gente que no se sentía vacía porque había visto morir en agonía a la única persona que la había amado. Los sueños eran para la gente que tenía elecciones, oportunidades. Yo no creía que tuviera nada de eso.

Pero tampoco voy a confesarles todo eso a Brittany y a Amma. En lugar de eso, me encojo de hombros y sonrío.

—Bueno, ya lo habéis visto, ¿podéis culparme?

Brittany se ríe y asiente, pero Amma sigue examinándome. Percibo que quiere preguntar algo más, pero entonces vuelve Nico sosteniendo cuatro cervezas.

—¿Y bien? —pregunta dejándolas sobre la mesa—. ¿Ya le habéis contado a Lux lo que acabamos de hablar?

—Estábamos conociéndonos primero —responde Brittany guiñándome el ojo con aire conspirador como si ya fuéramos amigas.

Nico se coloca cerca de mí y sonríe tomando un sorbo de cerveza.

—Nena, esto te va a encantar —promete y asiente hacia Brittany—. Muéstraselo.

Brittany se saca el móvil del bolsillo trasero.

—Amma y yo nos conocimos el primer año de universidad —empieza y Amma asiente confirmándolo.

—En Civilización occidental. Un maldito tostón. —Brittany sonríe—. Pero desde ese momento empezamos a hablar de hacer este gran viaje al graduarnos. Esta es nuestra última parada y queremos algo especial. Algo diferente a lo que publican en Instagram todas las chicas de hermandad que vienen de vacaciones a Hawái. Algo… fuera de lo común.

Me tiende su móvil y me doy cuenta de que estoy mirando un mapa. Pero es todo azul claro, en toda la pantalla no se ve nada que no sea océano. Necesito unos segundos para fijarme en el pequeño puntito de color arena en medio de todo ese vacío.

—Es una isla —me dice Amma.

—Un atolón —la corrige Brittany.

—Un atolón es una isla hecha de coral —me explica Nico mirando el mapa por encima de mi hombro—. Hay muchos en esta parte del mundo. Durante la Segunda Guerra Mundial…

Levanto una mano.

—Nico, te quiero, pero me dan alergia los hombres que hablan de la Segunda Guerra Mundial.

Brittany se ríe en voz alta y echa la cabeza hacia atrás. Sus dientes tan blancos brillan bajo la luz del cartel de cerveza Bud Light que cuelga sobre nuestra mesa.

—Vale, ya me caías bien por ese nombre tan guay, pero ahora me gustas de verdad.

Amma sonríe, pero veo que su postura se tensa ligeramente y que su mirada se desvía un momento.

—De todos modos, conozco este lugar —continúa Nico—. Es la isla de Meroe. Se llama así por un barco llamado HMS Meroe, que naufragó allí en el siglo XIX. El coral hizo que muchos barcos encallaran en la zona. Pero el Meroe fue el primero de los grandes, así que supongo que consiguió los derechos del nombre.

—¿Sobrevivió alguien? —pregunta Amma colocando un codo sobre la mesa.

Nico se encoge hombros.

—¿Al naufragio? Sí, casi todos. Pero al final la isla los atrapó. Una tripulación de más de treinta tipos que, cuando los rescataron, había quedado reducida a tres hombres. No hay mucha vida allí para poder mantenerse. Se puede pescar, pero, por lo que he oído, la selva es bastante dura. Y no hay agua dulce.

—¿Y por qué queréis ir allí? —pregunto devolviéndole a Brittany su móvil.

Se lo vuelve a meter en el bolsillo.

—Leí sobre ese sitio hace un par de años en un blog de viajes. Nico tiene razón, es muy duro y todo eso, pero también es... —Su mirada adquiere un aire soñador, ligeramente desenfocada—. No sé, me pareció tan precioso. Tan remoto. Como una verdadera vía de escape, ¿sabes? —Se ríe, cohibida—. Además, parece guay. Pasar algo de tiempo de desconexión —Sonríe y pone los ojos en blanco—. Sé que probablemente estarás pensando que he visto *La playa* demasiadas veces.

—No —respondo tomando un sorbo de cerveza y sonriendo—. Estaba pensando que has leído *La playa* demasiadas veces. Me pareces el tipo de chica que lee el libro antes de ver la película.

Hace chocar su botella con la mía.

—Vaya que sí.

—El chico que queríamos que nos llevara no estaba en el puerto —agrega Amma. Le ha quitado la etiqueta a la botella y ahora la está rompiendo a trocitos—. Pero Nico sí que estaba ahí, así que Brittany decidió que era el destino.

—*Es* el destino —insiste Brittany—. Un destino extremadamente excelente que nos ha traído no solo a Nico, sino también a Lux.

La miro fijamente, confundida, y luego miro a Nico, quien me sonríe como un niño emocionado en Nochebuena.

—¿A qué te refieres?

Le brillan los ojos y se acerca todavía más.

—Ven con nosotros.

CUATRO

—No irás a decir que no, ¿verdad? —me pregunta Nico en medio de la oscuridad.

Estamos en nuestro colchón en la sala de estar de Greg y Josh. Tengo la cabeza apoyada en el hombro de Nico mientras le trazo diferentes patrones con el dedo en el pecho. Hemos tomado más cervezas con Brittany y Amma y luego los cuatro hemos encontrado otro bar mejor y me he tomado más chupitos de vodka de los que debería. Pero todo el rato han pagado Brittany y Amma y ha sido más fácil beber y bailar que darles una respuesta seria sobre esa excursión suya a lo *Robinson Crusoe*.

—No lo entiendo —continúa colocándose una mano detrás de la cabeza—. Lo único que querías era salir a navegar, ¿y ahora dices que tienes que pensártelo?

Me apoyo en un codo y lo miro.

—Quiero salir a navegar *contigo* —puntualizo—. No quiero un crucero de dos semanas con un par de universitarias que solo buscan pasárselo bien. Además, ¿no te parece raro que, conociéndome de unos… tres segundos, de repente me estén invitando a sus vacaciones? A ti sí, necesitan a alguien que sepa manejar el barco. Pero ¿a mí? —Niego con la cabeza.

Frunce el ceño y le acaricio los pliegues que se le forman sobre la nariz con el pulgar.

Sé por qué no lo entiende. Es decir, tiene razón: me moría de ganas de salir de la isla y ahora tampoco tengo un trabajo que me retenga. Pero hay algo en toda la propuesta que me hace dudar, algo que no quiero pronunciar con palabras.

En lugar de eso, pregunto:

—¿Tú vas a decir que sí, aunque yo diga que no?

Nico suspira y yo deslizo la mano hasta su tatuaje, dejando que mi uña roce esa elegante «L» cursiva dibujada solo por mí.

—Nena... —empieza Nico y, en ese momento, me doy cuenta de que sí, de que va a aceptar, aunque yo diga que no.

Me incorporo, arrastro la sábana conmigo a pesar de que hace calor y busco con la mano por el suelo el porro que me había liado antes. Pensaba fumármelo en ese momento, pero ya me daba vueltas la cabeza y, cuando Nico me ha puesto las manos en la cintura, lo he dejado caer.

Enciendo el mechero, que ilumina brevemente la sala de estar casi vacía, y el humo que exhalo parece casi azul en la penumbra.

Me quedo sentada con los brazos apoyados en las rodillas levantadas durante un largo momento hasta que el silencio es demasiado para Nico.

—Creía que te habían caído bien —comenta finalmente, quitándome el porro de la mano y dándole una calada antes de devolvérmelo.

—Claro —contesto sin mirarlo todavía—. Me gustan.

—Pues ven.

—¿Y qué hago? —inquiero—. ¿Servir bebidas?

Se recuesta, riéndose.

—No eran de esas.

—Pero podrían serlo —replico imaginándome la mierda que sería eso. Me ha encantado volver a sentirme como la antigua versión de mí esta noche bromeando y bebiendo. Ser la novia guay y no la chica que sirve cervezas o toallas.

Quiero aferrarme a la versión de mí que es solo otra veinteañera despreocupada más. La versión que fingía ser cuando conocí a Nico y que perdí de vista en cuando aterricé en Maui y nuestro plan se trastocó.

A veces me molesta ser la que está pensando siempre en el futuro, en lo que nos costaría tener un estilo de vida más cómodo, mientras que Nico parece totalmente feliz arreglando barcos y sacando de vez en cuando algún chárter. Es como si al llegar a Hawái nos hubiéramos convertido en versiones diferentes de las personas que éramos en San Diego.

Niego intentando disipar ese pensamiento. Llevaba mucho tiempo sin fumar y claramente se me está subiendo a la cabeza.

—Deberíamos centrarnos en reparar la Susannah y en zarpar —le recuerdo—. En vivir nuestra propia aventura en lugar de acoplarnos a la de otra gente.

Vuelve a tomar el porro, da una fuerte calada y reconozco la obstinación en su mandíbula.

—Pagan demasiado bien para dejarlo pasar, Lux —recalca negando con la cabeza—. Lo que están dispuestas a pagarme por un par de semanas de trabajo podría sacarnos de aquí cuando vuelva.

Lo miro, parpadeando.

—¿De verdad?

Nico asiente.

—De verdad. Cincuenta de los grandes, Lux. Solo por llevarlas a un atolón, dejar que vivan su versión de *El lago azul* y volver.

Mierda.

Vuelvo a deslizarme bajo las sábanas y le rozo la espinilla con el pie.

Tiene razón, no puede dejarlo pasar. No podemos dejarlo pasar. Necesitamos un motor nuevo y reparar los agujeros del casco. Además, no hemos reabastecido ninguna ración desde que Nico salió de California. Ese dinero llegará lejos.

Ese dinero podría haberlo conseguido hace meses con solo una llamada a su padre, susurra una voz en mi cabeza.

Nico nunca ha sido muy específico acerca de la riqueza que posee su familia, pero los busqué poco después de conocernos, investigué la web del bufete de abogados, algunos perfiles de primos suyos en Facebook e incluso el Instagram de su hermana.

Son asquerosamente ricos. Tienen casas en California, en Vail y en la parte rica de Florida. Un apartamento lujoso en la parte lujosa de Nueva York. Y probablemente millones más en el mercado de valores.

Una vez, Nico me contó que había huido de su familia por las expectativas: esperaban que fuera a la facultad de Derecho y que acabara siendo socio del bufete de su padre. Odiaba la idea de ser, como él mismo decía, «un engranaje de la máquina». Supongo que puedo apreciar esa filosofía, incluso hay una parte de mí que considera noble resistirse a caer en la vida que sus padres crearon para él, pero también hay veces que me irrita lo frustrante que es.

Los últimos meses han estado llenos de esos momentos.

Y entonces, se me ocurre otra cosa. ¿Y si Nico vuelve con todo ese dinero y decide que no tiene sentido marcharse de Hawái si puede conseguir más trabajos así? ¿Dónde me dejaría eso?

—Hazles pagar primero la Susannah —digo finalmente y él me mira, sorprendido.

—¿Qué?

—Agrégalo a los costes. Diles que puedes proporcionarles una experiencia mucho más auténtica en tu propio barco, pero que necesita algunas reparaciones. Bueno, ¿cuánto tiempo puede tardar eso?

Nico inclina la cabeza hacia atrás.

—Dios, ¿un par de días, como mucho? El problema siempre ha sido el dinero, no el tiempo. Dom tiene un motor nuevo que puede venderme, la fibra de vidrio puedo trabajarla yo mismo…

Calla y deja caer el porro en un vasito de gelatina al lado del colchón.

—Si nos vamos con la Susannah, ¿vendrás?

Como no respondo de inmediato, me acerca a él, mis pechos quedan presionados contra su cuerpo y noto su aliento cálido en el rostro.

—Quiero vengas, nena. Te quiero allí. ¿Qué te retiene?

—¿Crees que va a desembocar en una extraña experiencia sexual? —pregunto y él sonríe.

—Definitivamente, es lo que espero.

Le doy un puñetazo en el hombro y él ríe y me hace rodar debajo de él.

—Tú solo quieres que te vea en acción —bromeo—. Con esos aires de pirata sexy obligándolas a llamarte «capitán Nic» o algo así.

—Oh, repite eso —se burla abriéndome los muslos con la rodilla mientras lo beso sonriendo contra su boca.

Tendríamos la Susannah arreglada y dinero suficiente para reabastecerla. Un trabajo y por fin (¡por fin!) empezaría la aventura para la que me había apuntado.

Ya era hora.

ANTES

—Ha vuelto el chico de oro.

Cam, otra camarera del Cove, le sonríe sugestivamente a Lux cuando pasan por el estrecho pasillo junto a la cocina, ambas con las bandejas llenas de vasos vacíos, platos embadurnados de kétchup y servilletas enrolladas.

Y aunque Lux está agotada, con los pies doloridos y un olor deprimente a patatas fritas en el pelo, siente una pequeña chispa brotando en ella.

La ha sentido cada vez que lo ha visto en la dos últimas semanas y, a veces, cree que espera sentir esa sensación (la sacudida que le recuerda que todavía puede *sentir* algo, aparte de tristeza y cansancio) más que ver al chico, en realidad.

Pero ahora, al echar un vistazo a la pared del bar, recuerda que no, que en realidad verlo también está increíblemente bien.

No solo está cañón. Hay montones de chicos guapísimos, y su tipo de atractivo específico (joven bronceado de California de bíceps marcados, dientes blancos y cabello rubio con mechas) tampoco es especialmente notable. Lux fue a la universidad con chicos así, los ve aquí en el Cove casi cada noche.

Pero el chico de oro es diferente.

Lux no sabe exactamente por qué. Tal vez sea el hecho de que normalmente está solo cuando va a al bar, que no forma parte de un grupo de chicos exaltados y ruidosos que piden jarras de cerveza y dan propina en monedas sueltas.

Casi siempre lleva consigo una libreta y, mientras Lux lo observa ahora, la saca de la bolsa de tela que cuelga de su asiento, se coloca el pelo detrás de la oreja mientras la abre con un lápiz afilado en la mano y una cerveza negra a su lado.

—Ha preguntado por ti esta noche —comenta Cam desde detrás de ella y Lux se da la vuelta con el ceño fruncido.

—Sí, claro.

Cam se ríe y sacude la cabeza.

—No, de verdad. Vale, no ha dicho «¿dónde está Lux McAllister, mi futura esposa?», pero sí que ha preguntado si «la camarera pelirroja» trabajaba esta noche.

Probablemente, sea una tontería ruborizarse así de placer ante un comentario tan inocuo, pero Lux va sonrojada todo el camino de vuelta a la cocina con el pulso locamente acelerado mientras deja la bandeja en la encimera, cerca de los fregaderos.

Cam está justo detrás de ella y le empuja el pie con la punta de la zapatilla.

—Va, ve a hablar con él —canturrea mientras Lux le hace señas para que pare.

—¿Y qué le digo?

—Dile que ha llegado a tus oídos que te estaba buscando.

—Mira que os gusta hablar como si estuvierais en un *western* de 1965.

Cam ríe de nuevo.

—Vale —acepta—. Te propongo una cosa: está en mi sección, pero yo atiendo a la mesa ocho, que está en la tuya, y tú puedes quedarte con él. ¿Trato hecho?

Lux está a punto de decirle que no y después, mucho después, pensará en ese momento en la cocina del Cove, rodeada por el olor a pescado frito, por el vapor sobre los fregaderos industriales, por el ruido de los cubiertos y por los cocineros que no dejan de bromear en español. En ese momento no le parece importante, no le parece un momento con peso o con carga. Solo es la oportunidad de hablar con un chico.

¿Cómo puede algo tan pequeño cambiarte la vida por completo?

—Trato hecho —le contesta a Cam sonriendo y dándole un apretón de manos.

El chico de oro levanta la mirada cuando ella se acerca a su mesa y su sonrisa la atraviesa entera.

Le parece una estupidez sentirse tan feliz solo porque un chico tan mono le esté sonriendo, pero Lux ha aprendido a aprovechar esos momentos inesperados de alegría cada vez que los encuentra.

—¿Te ha dicho mi camarera que he preguntado por ti? —inquiere agachando la cabeza sonriendo tímidamente. Sus ojos son de un color marrón cálido, lleva el pelo largo y se le enrosca alrededor de las orejas. Su aire de *golden retriever* humano no debería ser tan encantador, pero lo es.

Es muy muy encantador.

—Puede ser —responde ella encogiéndose de hombros, y él hace un gesto de dolor y se frota la nuca con la mano.

—Genial. En ese caso, desaparece cualquier posibilidad de que pienses que molo, ¿verdad?

—Sí, acaba de salir por la ventana.

Su sonrisa se ensancha y Lux ve que tiene hoyuelos. *Por supuesto* que los tiene.

—Mierda —contesta con un suspiro—. Y yo que iba a charlar contigo, a hacerte preguntas interesantes pero no invasivas…

—Naturalmente —contesta Lux. Le duelen los mofletes por el esfuerzo que está haciendo para no sonreír de oreja a oreja.

—Y después —continúa él—, al final de la comida, iba a pedirte tu número con toda la tranquilidad. Pero como todo se ha ido todo a la mierda, voy a saltar al final y a decirte que me pareces guapísima y que me encantaría salir alguna vez contigo.

A Lux le late con fuerza el corazón y, en este punto, su estómago es ya como un enjambre de mariposas. Aun así, se lo está pasando demasiado bien como para ceder tan fácilmente.

—No sabes ni mi nombre —le recuerda y él señala la etiqueta que lleva en la que lo pone.

—Ahora sí. Lux. Lo que me complica todavía más lo poco guay que estoy siendo porque, vaya, es nombre muy guay. Sabía que estarías en otra liga.

Se recuesta en su silla y Lux se fija en cómo se le estira la camiseta sobre su amplio pecho.

—Soy Nico —agrega y se pone un mano en la cadera.

—También es un nombre guay.

—Es la abreviatura de Nicholas.

Lux retuerce la cara, fingiendo que está pensando.

—Bueno, eso hace que pierdas algunos puntos de guay, pero, en general, sigue siendo un buen nombre. Lo acepto.

Entonces se ríe; su risa es como la de un niño, y echa la cabeza hacia atrás.

—Lo retiro —replica—. No me des tu número. Cásate conmigo.

—Primero quiero ver qué tipo de propinas das.

¿Cuándo había sido la última vez que había flirteado con un chico? ¿Cuándo había sido la última vez que se había sentido como la Lux de antes, la que siempre tenía una réplica en la lengua, la más rápida e ingeniosa de todas sus amigas?

Hacía años.

Años y años. Pero aquí está, y le está resultando muy fácil con este chico.

Acabará dándose cuenta de que es el superpoder de Nico, hacer que la gente se sienta al instante como la mejor y más cómoda versión de sí misma. No obstante, ahora mismo, junto a su mesa un jueves por la noche, no lo sabe, no entiende que la luz que tanto la ha iluminado se enciende en todas las personas que él conoce.

Señalando la libreta que sigue abierta sobre la mesa, Lux le pregunta:

—¿Qué estás escribiendo?

La luz es tenue en ese rincón, pero aun así puede verlo sonrojándose ligeramente, y tal vez sea entonces cuando se enamora de él.

Nico gira la libreta hacia ella para que pueda ver la página. Hay una lista de comida que no suena muy apetitosa (por ejemplo, carne en lata Spam), así como una serie de números y un mapa toscamente dibujado.

—Navego —explica él—. Tengo una embarcación de siete metros y medio en la que he estado trabajando. Planeo llevármela a Hawái en cuanto pueda. —Pasa una mano por encima de la página—. Es básicamente logística.

Lux no sabe mucho de embarcaciones más allá de que le gusta mirarlas. Puede que haya crecido en California, pero tiene raíces del Medio Oeste. Sus padres nacieron en Nebraska y él todavía vive allí con su nueva esposa y sus nuevos hijos.

Había sido idea de la madre de Lux ir a San Diego después del divorcio en busca de un nuevo comienzo, un lugar que fuera todo para ellas. Y había sido estupendo hasta que había enfermado el segundo año de universidad de Lux. Un cáncer de páncreas repentino y devastador que no estaba y de repente estaba en todas partes. Aun así, su madre había luchado con todas sus fuerzas. Le habían dado seis meses y había llegado a durar tres años, pero todo ese tiempo había sido una lucha, tan dura que, cuando finalmente murió, Lux se sintió culpable por sentir una pizca de alivio.

Se ha acabado. Al menos, ya se ha acabado, había pensado.

Había terminado, pero la había dejado con un extraño vacío de tres años en su vida. La última vez que las cosas habían sido normales fue cuando tenía veinte años, iba a la universidad de California en San Diego y llevaba una vida bastante típica: clases, fiestas y algún que otro ligue ocasional.

Entonces había llegado esa llamada, la voz temblorosa de su madre al otro lado. Y toda su vida había cambiado por completo de la noche a la mañana.

Los tres años entre esa llamada y la noche que Lux había recogido sus cosas y había abandonado la casa de alquiler que ya no podía pagar eran como un borrón y había salido de ellos para descubrir que no había conseguido mantener ni la más mínima parte de su vida anterior. Sus amigos se habían cansado de las llamadas y los mensajes sin responder, no tenía familia en California y su padre… bueno, había echado por tierra cualquier posibilidad de mantener la relación con él.

Desde entonces, Lux ha salido adelante como si estuviera sonámbula, trabajando para pagar el alquiler de un apartamento destartalado que comparte con otras tres chicas y pensando solo en la semana siguiente, a veces tan solo en el día siguiente.

Pero mientras observa los dibujos de Nico, algo parece despertarla.

—¿Cuánto tiempo se tarda? —pregunta, y él se encoge de hombros.

—¿En ir a Hawái? Tres semanas. Podría ser algo más o algo menos. Depende de muchas cosas.

—¿Te vas solo?

Lux intenta imaginarse cómo sería estar en medio de toda esa agua sola y con tan solo un casco de fibra de vidrio y sus propias habilidades interponiéndose entre ella y la muerte. Parece aterrador, pero también… ¿emocionante?

—Supongo que eso también depende de muchas cosas —contesta Nico sonriéndole y a Lux le da un vuelco el corazón.

El resto de la velada transcurre como en una nebulosa. Tiene otras mesas, pero está constantemente pendiente de Nico, sus ojos se desvían repetidamente a su rincón del restaurante. Cuando termina su turno y ve que él sigue ahí, esperándola, es como ver salir el sol.

De repente, su vida parece volver a empezar.

AHORA

CINCO

—Un momento, ¿entonces no te gustan los barcos?

Brittany y yo estamos en el pasillo de las conservas del supermercado Foodland haciendo acopio de provisiones. Las reparaciones de la Susannah están casi terminadas y nos marcharemos lo más pronto posible, por eso estamos comprando. Amma ha decidido quedarse en el puerto y ha arrugado la nariz ante la sugerencia de ir a la tienda.

Me pregunto si es porque algo tan mundano como hacer la compra no encaja con la idea que tiene Amma de lo que debe ser una aventura. Lo entiendo, pero, puesto que tampoco me gusta morir de hambre, me alegro de llenar el carrito con productos no perecederos como sopa, verduras enlatadas, frutos secos y galletas, además de la carne enlatada Spam tan querida en Hawái. Y agua. Nico tiene un sistema de purificación en el barco, pero aun así vamos a llevarnos garrafas, recipientes de plástico grandes que guardaremos en la pequeña bodega de la Susannah. Hay tres días hasta Meroe y luego querían pasar dos semanas en el atolón (Nico las había convencido de que, tras setenta y dos horas en el mar, querrían algo más de tiempo en tierra firme antes de darse la vuelta y embarcarse en el trayecto de vuelta.

Y eso teniendo en cuenta que todo vaya según lo planeado, que, tal y como Nico me ha recordado varias veces, nunca sucede.

Así que cargo más sopa.

—No es que no me gusten los barcos —le indico a Brittany—. Es que son cosa de Nico.

Ella asiente y se inclina sobre el asa del carro. Hoy lleva el pelo suelto y le barre los hombros mientras contempla su botín.

—Vale, ¿y lo tuyo qué es? —pregunta mirándome.

El sistema de megafonía reproduce una versión de Muzak de *The Greatest Love of All* y se me perla de sudor la línea del pelo mientras finjo examinar las latas, como si de repente me interesara mucho escoger la mejor marca de garbanzos.

Me acaba de plantear la pregunta del millón de dólares. ¿Qué es lo *mío*?

Lo cierto es que, cuando el mundo empieza a desmoronarse a tu alrededor, dejas de tener «algo tuyo». Estás tan concentrada en sobrevivir cada día que los intereses y las ambiciones se esfuman. Definitivamente, no tienes tiempo para tus pasiones. Un amor como el que siente Nico por los barcos o por el mar es un capricho para el que no he tenido tiempo en años. Pero, antes de que mamá enfermara, tenía todo tipo de intereses: hice atletismo en el instituto, toqué la guitarra de pequeña y siempre me ha gustado leer, desde los clásicos que te obligan a leer en clase hasta esos libros sobre crímenes reales con portadas realmente escabrosas. Había decidido especializarme en Lengua, pero había vuelto a tocar la guitarra en la universidad y estaba pensando en cambiarme a Educación Musical cuando mi madre me llamó para contarme que tenía una cita con el médico.

A veces, todavía pienso en la otra Lux, la que no vio su mundo trastornado de repente. La que podría estar ahora mismo sentada en un aula de música rodeada de niños pequeños a los que les estaría enseñando escalas. Es una imagen bonita, pero hay algo que nunca me llega a encajar. Ni siquiera puedo imaginarme siendo realmente esa persona.

—Viajar —decido contestar finalmente, porque decir algo como «la libertad» habría sido demasiado cursi para soportarlo y «la supervivencia», demasiado sincero y triste.

—¿Cuál es tu lugar favorito de todos en los que has estado? —pregunta empujando el carrito por el pasillo. Una de las ruedas chirría.

—Bueno, todavía no he estado en muchos lugares —respondo sonrojada y encogiéndome de hombros. Brittany está a punto de darse cuenta de lo patética que es mi vida y pasaré de ser la novia guay de Nico a ser una fracasada que se apega a su novio porque él sí que hace cosas interesantes—. Para ser sincera, sobre todo he leído guías de viaje.

En realidad, durante un tiempo las había estado coleccionando. Era una afición que había desarrollado en el instituto y que me había llevado hasta la adultez. Mi librería (cuando todavía tenía una) había estado llena de ellas con sus lomos blancos y ordenados y los nombres de los lugares en colores brillantes. Australia. Estambul. Rumanía. Tailandia.

La última me la había regalado mi madre durante sus últimas navidades. Era la única que todavía conservaba.

Brittany sonríe.

—Sí, yo era así antes.

La miro con las cejas arqueadas.

—¿Antes de qué?

Parpadea y niega ligeramente con la cabeza.

—Antes de conocer a Amma.

—Os conocisteis en la uni, ¿verdad?

—Ajá —responde mirando hacia una de las estanterías—. En la Universidad de Massachusetts Amherst. Introducción a la civilización occidental. Oye, ¿qué tipo de pasta deberíamos llevarnos?

Sostenía dos paquetes, uno de espaguetis normales y uno de *penne*. Al final, mete los dos en el carrito encogiéndose de hombros.

—Supongo que podemos llevarnos los dos. —Continúa metiendo paquetes de lacitos, macarrones y fideos de huevo y los amontona con las latas de sopa y de judías.

—Debéis ser muy cercanas para haber decidido viajar juntas —comento pensando en mis amigos de la universidad. No habría ninguno con el que hubiera querido recorrer el mundo.

Brittany asiente, pero sigue sin mirarme y tengo la incómoda sensación de que no quiere hablar de cómo ella y Amma empezaron su aventura juntas. Lo cual me parece raro porque no he percibido ningún tipo de tensión entre ellas y, mierda, como se peleen mientras estemos en el barco…

A estas alturas, el carrito está casi lleno y Brittany va hacia una caja mientras yo le escribo a Nico.

Ya lo tenemos.

Su respuesta llega inmediatamente.

Genial, aquí también lo tenemos casi todo. Creo que podemos marcharnos esta tarde.

No es ni mediodía cuando Brittany y yo volvemos al puerto con los brazos llenos de bolsas reutilizables. La Susannah flota en su atracadero, más pequeña que las embarcaciones cercanas, pero blanca y brillante. Su borde rojo recién pintado es muy alegre y el corazón me da un pequeño vuelco en el pecho, al igual que cuando vi a Nico por primera vez.

Está de pie en la proa con el pelo apartado de la cara con su habitual bandana y su brillante sonrisa mientras me saluda.

—¿Cómo ha ido? —pregunta y yo hago un gesto hacia el coche.

—Tenemos todo el Spam que podríamos comer —le prometo, y su sonrisa se ensancha mientras se lleva una mano a su pecho desnudo.

—La mujer que posee mi corazón.

—¿Spam?

Amma sale del camarote y, aunque es una estupidez, hay algo en el hecho de verla ahí con su parte de arriba del bikini, sus pantalones cortos, sus gafas caras que le ocupan un tercio de la cara y el pelo recogido en un moño desordenado que hace que algo oscuro y animal se despierte brevemente en mi interior. Le queda bien estar ahí, le queda bien estar al lado de Nico, ambos proyectan una comodidad con su entorno y con su cuerpo que yo nunca he sentido. Claramente, no la siento ahora con mis pantalones cargo y mis chanclas Teva y con una camisa blanca abotonada sobre el top como protección extra para el sol.

—No puedes ponerte tiquismiquis con el Spam cuando estás en el mar —contesta Nico, ajeno a mis oscuros pensamientos, mientras se dirige al muelle, y con una mano en la barandilla, salta despreocupadamente del barco. Sus náuticos hacen ruido sobre los tableros y, cuando se acerca a mí, huele a sudor y a sal con ese débil toque metálico que siempre se le aferra cuando ha estado trabajando en el puerto.

—¿Estás preparada?

—Más preparada que nunca.

—Perfecto —murmura y luego asiente hacia el barco—. ¿Podrías hacerme un favor y llevar esas bolsas al despacho de Hal?

Hal es el gerente del puerto deportivo, un hombre mayor con una piel como el cuero y con los ojos más azules que he visto nunca. El barco se balancea ligeramente bajo mis pies mientras atravieso la cubierta y levanto las bolsas que me ha indicado Nico.

Una de ellas, una bolsa de lona roja, está llena con lo que parecen ser piezas perdidas, trozos de metal roto y un par de herramientas oxidadas.

La otra, una bolsa reutilizable del supermercado, es mucho más ligera y, cuando miro en su interior, frunzo el ceño.

—Eh, esto es mío —replico levantando la bolsa y Nico se vuelve hacia mí con los ojos entornados.

—Nena, no necesitas tan libros para un viaje, vamos. Ocupan demasiado espacio en el camarote.

Hay una docena de libros de bolsillo. Algunos son nuevos, pero también están las viejas novelas de Agatha Christie de mi madre y la guía de viajes de Tailandia, con casi todas las páginas dobladas.

No los había metido en el barco solo para leerlos, sino que eran parte de mis esfuerzos para hacer el espacio algo más hogareño, algo más mío.

Nico también ha metido en la bolsa uno de los cojines que compré, así como un par de fotografías enmarcadas. En una salimos nosotros dos cuando llegué a Hawái, ambos en la playa rodeándonos con los brazos, con mi pálida piel pecosa contra su cuerpo bronceado.

La otra es una foto mía y de mi madre de la graduación del instituto. Ambas salimos con los ojos entrecerrados porque había demasiado sol y recuerdo que tuvimos que pedirle a la madre de mi amiga Mallory que nos sacara la foto, ya que no teníamos más familia allí.

Es uno de los pocos recuerdos que me traje de San Diego y ha estado en mi maleta todo el tiempo que hemos pasado durmiendo en el suelo del salón. Me había alegrado de tener por fin un lugar donde ponerla en el barco.

Y ahora la ha metido en una bolsa del supermercado.

—Hal lo guardará todo mientras estemos fuera —continúa y luego me dedica ese encogimiento de hombros tan suyo—. No es para tanto.

No lo es. Estará aquí todo cuando vuelva. Y sé que el espacio es escaso siendo cuatro en el barco. Pero aun así…

Amma se acerca y mira lo que hay en la bolsa.

—Ah, no son tantas cosas —comenta y levanta la cabeza para dirigirse a Nico—. Además, a mí se me ha olvidado traerme algún libro. Podemos hacer espacio fácilmente en nuestro camarote.

Me quita la bolsa de la mano y, con una sonrisa brillante, la deja de nuevo en la cubierta. Le devuelvo la sonrisa.

—Gracias.

Nico se encoge de hombros, tan amable como siempre.

—En ese caso, por mí bien.

Sé que Nico no tenía malas intenciones y no quiero estropear el día, así que lo dejo estar y llevo la otra bolsa al despacho de Hal. Al cabo de una hora, salimos del puerto dejando atrás el alto bosque de mástiles pasando entre yates mucho más grandes y elegantes que la Susannah. Brittany y Amma están en la proa con el brazo alrededor de la cintura de la otra y con el viento agitándoles el pelo. Si no tuviera el móvil abajo, me sentiría tentada de sacarles una foto, ponerle un filtro bonito y una descripción ñoña. Ese es el aspecto que tienen ahora mismo: una publicación en redes sociales a la que aspirar.

Mientras el barco se desliza hacia mar abierto, se me hunde el estómago. Por primera vez, asimilo que lo estamos haciendo: estamos yendo a una isla literalmente desierta con dos desconocidas y no sé si lo que siento es emoción, miedo, alivio o una vertiginosa combinación de las tres cosas. Solo sé que, mientras la Susannah se desliza por las aguas cristalinas, algo parece aflojárseme por fin en el pecho.

—¡Ya empieza! —canturrea Brittany levantando los brazos y abriéndolos de par en par, echando la cabeza hacia atrás.

—¡Joder, sí! —exclama Nico y Amma nos mira a ambos por encima del hombro, sonriendo.

Ya empieza, repito mentalmente.

Y no me refiero solo a esta excursión.

SEIS

Sabía que la Susannah era pequeña, pero no me doy cuenta de cuánto hasta esta primera noche, cuando los cuatro estamos abajo.

El camarote principal es al mismo tiempo cocina y sala de estar con fregadero, nevera, una pequeña cocina a un lado y un banco acolchado rodeando una mesa al otro. Esa mesa también es nuestra cama por las noches. Se pliega hasta quedar a la altura del banco y podemos deslizar los cojines del respaldo sobre ella, convirtiéndose en un espacio útil para dormir, aunque nada lujoso.

También hay un pequeño camarote en la popa que contiene una litera en forma de V. Es exactamente eso, un colchón en forma de V adaptado a la forma del barco. Brittany y Amma dormirán allí y, sinceramente, me alegro de tener nosotros la mesa-cama. El camarote es pequeño, tiene el techo bajo y, aunque hay una escotilla y Nico ha instalado un ventilador en el techo, es bastante sofocante.

Aparte de eso, solo hay un pequeño baño en el otro extremo del barco y unos armarios pequeños. Eso es todo.

Aparte de la decoración con mis libros y fotos, he hecho una cortina para la ventana del diminuto camarote y he comprado una alegre alfombra de piñas para la cocina. Aun así, no se puedo obviar que la embarcación es estrecha.

Aunque a Brittany y a Amma no parece importarles. Mientras cenamos (la primera de muchas comidas a base de arroz y judías que nos esperan), repiten una y otra vez lo bonito que es todo y Brittany saca fotos del espacio desde todos los ángulos.

—¿Cuánto tiempo hace que tienes este barco? —pregunta tomando un sorbo de agua embotellada.

Nico está sentado enfrente de ella, a mi lado, y coloca los codos sobre la mesa mientras mira a su alrededor.

—La compré hace un par de años. Llevo arreglándola desde entonces.

—¿Por qué se llama Susannah? —inquiere Amma. Solo se ha tomado la mitad de la cena antes de empujar el plato.

Nico se encoge de hombros.

—Tenía un nombre estúpido cuando la compré: Brisa Céfiro. Y, bueno, céfiro es lo mismo que brisa, o sea… ¿qué demonios? No importa, la cosa es que estaba saliendo con una chica llamada Susannah, así que…

Ya conocía la historia, pero cada vez que la escucho noto un incómodo apretón en el pecho. Me inquieta cómo le quita importancia a la chica a pesar de haberle puesto su nombre a un maldito barco. Y eso hace que me pregunte si, algún día, otra chica mirará la L en el brazo de Nico y él fruncirá los hombros del mismo modo y dirá: «Fue por la chica con la que salía, Lux, nada importante» y eso será todo.

—Creía que daba mala suerte cambiarle el nombre a un barco —comenta Amma. Se recuesta, pone un pie en el cojín y se rodea la rodilla con los brazos—. Tal vez sea tentar al destino.

Sonríe ligeramente, como si estuviera bromeando, pero nunca lo había escuchado, así que miro a Nico.

—Hay gente que lo dice —responde con un asentimiento—. Pero no lo sé. Nunca he creído mucho en esa mierda de las supersticiones. —De repente, sonríe y me golpea con el hombro—. De todos modos, deberías preguntárselo a Lux. Al fin y al cabo, la Susannah es su barco.

Pongo los ojos en blanco mientras se inclina hacia adelante.

—Espera, ¿en serio?

—No —contesto—. Bueno, técnicamente. Sobre el papel.

Hace un par de meses, llegué a casa y vi a Nico con un montón de papeles para que los firmara y así poner el barco a mi nombre. Al parecer, el padre de Nico lo había llamado y habían conversado largo y tendido sobre impuestos o algo. Sinceramente, no entendí la mayor parte y Nico no dejaba de insistir en que no era gran cosa, que simplemente tener el barco a mi nombre nos «facilitaría» las cosas financieramente. Y así fue como me convertí legalmente en la propietaria de la Susannah.

Tampoco es que signifique mucho: sigue siendo el barco de Nico.

Inclinándose hacia adelante, Brittany se apoya la barbilla en la mano.

—Vale, ahora sabemos cuál es la historia del barco, pero la que me interesa realmente es la de vosotros dos. —Nos señala con el dedo—. Contádmelo todo. Cómo os conocisteis, si fue amor a primera vista y toda esa mierda personal y encantadora.

Me río con sus palabras y Nico sonríe y me pasa un brazo por los hombros para atraerme hacia él.

—Ah, fue totalmente amor a primera vista. Al menos para mí.

Pongo los ojos en blanco y sonríe.

—Miente. Nos conocimos cuando yo estaba trabajando en un restaurante con el uniforme más horrendo que hayáis visto en vuestra vida. Ningún hombre se ha enamorado instantáneamente nunca de una mujer con pantalones cortos color caqui.

—Yo sí —insiste Nico—. Volví todas las noches durante dos semanas solo para verte con esos pantalones caqui.

—Por supuesto, a mis compañeras y a mí nos daba pena porque, como podéis ver, es muy poco agraciado —agrego haciendo que Brittany y Amma se rían mientras Nico me empuja de broma.

—Da lo mismo —continúa Nico—. Finalmente, me atreví y pregunté por ella y ella vino a mi mesa. Y eso fue todo.

—Prácticamente, hemos estado juntos desde entonces —concluyo mientras sonrío al recordar aquella noche, rememorando la emoción que había sentido cuando Nico deslizó su mano sobre la mía. La sensación de que, por fin, estaba anclada a algo. A alguien.

Brittany sigue sonriéndonos con los ojos brillantes.

—Me encanta todo esto —comenta—. Estabais predestinados.

Apoyo la cabeza en el hombro de Nico notando su calor sólido y familiar.

Predestinados.

No estoy segura de si creo completamente en esas cosas. En el destino. Creo que Nico entró en mi vida en el momento justo y creo que le gustó que yo necesitara un rescate, que le gustó poder ofrecerme algo que tanto deseaba. No era solo otra persona con la que compartir mi vida, eran también aventuras y nuevas experiencias.

Nico continúa:

—La primera vez que vi esos ojos tristes, quedé condenado.

Levanto la cabeza.

—¿Tristes?

Eso no me lo había dicho nunca. Normalmente bromea diciendo que le llamó la atención mi brillante cabello pelirrojo o la palidez de mi piel.

—Ajá —confirma tomando un trago se su botella de agua—. Cada vez que iba, incluso cuando me sonreías, parecías estar triste. Supongo que quise averiguar por qué.

Brittany sigue sonriendo cálidamente, pero no me gusta la imagen que él está dibujando, la de una chica triste y deprimida trabajando en un local que sirve marisco esperando a que el chico adecuado le pregunte por sus penurias.

—Bueno, sí, era una mala época, pero tampoco es que fuera llorando por las esquinas —replico apartándome un poco de él—. Seguía entera, a pesar de… toda esa mierda.

—¿Qué mierda?

Amma nos está observando ahora con los codos apoyados en la mesa.

—Mi madre enfermó hace cinco años —explico—. Cáncer. Dejé la universidad para cuidarla y, cuando ella murió, volver a estudiar era mucho trabajo, así que…

—¿Era tu única familia?

Las cejas de Brittany se acercan y hay algo en su expresión que me dice que realmente le importa mi respuesta.

—Más o menos. —Me encojo de hombros, incómoda, y noto que me arde el cuello—. Mis padres se divorciaron cuando tenía once años. Después de eso, mi padre decidió convertirse en un cliché con patas y preñar a su secretaria.

—Por dios —exhala Amma y yo asiento.

—Exacto. Así que las dos nos mudamos a California para empezar de cero mientras él creaba una nueva familia en Nebraska. Y, cuando mi madre se puso enferma, mi padre y yo no nos hablábamos. Así que, sí. Supongo que ella era todo lo que tenía.

No les cuento lo que sucedió cuando llamé a mi padre cerca del final. Se nos estaba acabando el dinero, mamá ya no podía ni comer (se le marcaban todos los huesos debajo de la fina piel) y su seguro se negaba a cubrir los cuidados paliativos a domicilio.

No les cuento cómo de calmada sonó su voz al otro lado del teléfono.

—Tu madre tomó una decisión, Lux. No me quiso en su vida. Y tú tampoco. Así que ahora ambas tenéis que vivir con ello.

Ese simple recuerdo, la vergüenza, la rabia y la incredulidad de que él pudiera ser tan cruel, de tener su ADN en mi sangre, hace que se me revuelva el estómago.

—No importa —añado obligándome a sonreír—. Fue una mierda, pero ¿sabéis qué? Eso me llevó hasta aquí. Hasta Nico y hasta la Susannah. Si me hubiera quedado en la universidad, tendría una licenciatura en Literatura inglesa y probablemente seguiría trabajando de camarera, solo que con un gran préstamo estudiantil.

—Navegar hasta una isla desierta suena mejor que eso —comenta Amma con un asentimiento y me doy la vuelta agradecida de que haya encontrado un modo elegante de terminar la conversación, pero yo todavía estoy afectada.

A través de la ventanita del camarote veo que el cielo nocturno se ha oscurecido y Nico se levanta, estirándose.

—Yo haré la primera guardia.

Brittany levanta la mirada.

—¿Guardia?

Nico le dedica una sonrisa que ya he visto con anterioridad, la que refleja algo de condescendencia sin mostrar los dientes y profundizando los hoyuelos. Nunca me ha gustado esa sonrisa y, desde esta perspectiva, es especialmente inquietante. De repente, capto un destello de cómo debería ser antes, cuando no era Nico, el tipo pasota con un barco, sino Nicholas Johannsen III, viviendo en La Jolla con su padre abogado, su madre llena de bótox, su elegante uniforme de instituto y su coche lujoso.

Es un estremecedor recordatorio de que, a pesar de que llevamos seis meses viviendo juntos en un espacio reducido, todavía hay muchos aspectos de mi novio que desconozco.

—No podemos irnos a dormir todos —le explica a Brittany—. Alguien tiene que vigilar.

—Pero… —Señala el panel de radio, el radar que hay en un pequeño estante que sobresale de la pared entre el camarote de dormir y la cocina principal—. Estamos en el siglo veintiuno. ¿No se hace ya todo de manera digital?

—Una parte —responde Nico cruzando los brazos sobre el pecho, con la piel muy morena contra las mangas raídas de su camiseta.

En este momento, me fijo en las letras descoloridas de su espalda, que dicen: PICNIC FAMILIAR JOHANNSEN Y MILLER 2011.

—Pero no hay nada mejor que esto —continúa señalándose los ojos con dos dedos— Y, hazme caso, lo último que quieres es no oír la alarma y que un buque lleno de contenedores se te eche encima a las dos de la mañana.

Ya he oído anteriormente esa advertencia en particular y sé a dónde quiere llegar Nico con ella.

—Muchas de esas embarcaciones enormes llegan a puerto y se encuentran fragmentos de veleros en su proa —señala con un brillo en los ojos mientras de una palmada y presiona las palmas—. Han hecho polvo a algún barco pequeño en la oscuridad y ni siquiera se han enterado.

Si había esperado que las chicas se mostraran alarmadas, debe estar decepcionado porque Brittany parece imperturbable.

—Bueno, definitivamente, no queremos que nos hagan papilla —dice y Amma resopla en su agua.

Nico parece un poco desconcertado. Me levanto de la mesa para recoger los platos.

—Te relevaré a las tres —le digo y me pasa un brazo por la cintura para darme un rápido beso en la mejilla.

—Perfecto, nena. Gracias.

Me da una palmada en el culo antes de subir corriendo los escalones que llevan a cubierta, y me vuelvo hacia Brittany y Amma con las mejillas sonrojadas. ¿Nico es siempre tan… machito? Es decir, definitivamente, sé que tenía cierta tendencia. Pero al verlo a través de los ojos de Brittany y Amma siento que tengo que decir algo tipo:

—Este viaje está sacando su lado de miembro de fraternidad.

Brittany sonríe y le quita importancia.

—Es un buen chico —dice y Amma asiente cruzando los brazos sobre la mesa.

—Y es agradable de mirar.

Sus palabras no me hacen sentir celos, tan solo una pizca de orgullo, lo que tal vez sea algo patético.

—¿Necesitas ayuda con eso? —pregunta Brittany asintiendo en dirección a los platos, pero yo niego con la cabeza.

—No, yo me encargo. Subid a cubierta. Os aseguro que las estrellas no parecen de este mundo.

No hace falta que se lo diga dos veces. Oigo a Nico llamarlas cuando salen arriba.

Sin tres personas más ahí dentro, en realidad la cocina parece algo más abierta. Respiro profundamente, saboreando uno de los escasos momentos que pasaré a solas.

Me pregunto si tal vez tendría que haber dejado que las chicas buscaran su propio barco, uno más grande en el que no tuviéramos que estar unos encima de otros.

Pero no, vale la pena estar un poco apretados. La Susannah por fin está arreglada. Y en cuanto volvamos de este viaje, Nico y yo seremos libres para empezar nuestra propia aventura y no nos sentiremos claustrofóbicos. Será… acogedor.

Hogareño.

Además, en dos días llegaremos a la isla (al atolón) y allí habrá mucho espacio. Demasiado, probablemente.

Tras lavar los platos en el pequeño fregadero, vuelvo a la mesa a por las botellas de agua y las sujeto por el cuello con los dedos para levantarlas todas. Mientras lo hago, miro el teléfono de Brittany, que sigue sobre la mesa. La pantalla de bloqueo muestra una foto de Brittany y Amma rodeándose los hombros con los brazos con el Coliseo de fondo. Sus sonrisas son amplias, pero ambas parecen algo más pálidas que ahora, también más delgadas. La delgadez de Brittany es casi alarmante, se le marcan tanto los pómulos que crean sus propias sombras. Los nudillos de Amma en el hombro de Brittany son casi blancos y hunde los dedos en la piel de Brittany.

Frunciendo el ceño, me acerco un poco más, pero, antes de poder estudiar la imagen más a fondo, oigo pasos de nuevo y vuelvo rápidamente al fregadero. Estoy enjuagando las botellas cuando aparece Brittany en la cocina buscando su móvil.

—Quiero sacar unas fotos del cielo —indica y luego vuelve a mirar hacia el fregadero—. ¿Seguro que no necesitas ayuda? Me sabe mal.

—No —la tranquilizo—. Subo en momento.

—Vale, pero subirás en *medio* momento si te ayudo —contesta y le sonrío. Las dos son muy simpáticas, no es como me esperaba que fueran unas chicas así.

Brittany se une a mí en el fregadero, tan cerca que nuestras caderas se rozan cuando estira el brazo para tomar uno de los platos. La bomba del fregadero no tiene una gran presión, pero nos las apañamos para limpiar los platos y los tenedores restantes con bastante rapidez y salgo a la cubierta con todos, mirando hacia arriba.

Hay tantas estrellas que casi parecen falsas, y apoyo una mano en el mástil mientras intento asimilar todo lo que estoy contemplando. El mar está abierto y vacío a nuestro alrededor, el cielo se extiende sobre nuestras cabezas y está todo tan despejado y vasto que puedo ver la curvatura de la tierra. De repente, entiendo por qué Nico disfruta tanto con esto.

No me siento pequeña, asustada, ni sola. Me siento como si formara parte de algo más grande.

Y, cuando miro a Brittany, con la cara inclinada hacia el cielo, veo una gran sonrisa extendiéndose sobre su rostro.

ANTES

Brittany está llorando de nuevo.

Amma está tumbada en la litera de abajo escuchando los sollozos de arriba. Le llegan amortiguados porque Brittany ha enterrado la cara en la almohada, en la pared o en la manta. Intenta ocultarlo, pero no es el canto elegante de las chicas de las películas con lágrimas silenciosas recorriendo rostros pálidos. Todo su cuerpo está en la mierda, le tiemblan los hombros, las lágrimas se desparraman, le gotea la nariz y le duele la garganta.

Amma lo sabe porque ella también ha emitido buena cantidad de esos llantos.

La habitación está incómodamente caliente incluso con las ventanas abiertas. Es una noche calurosa y tranquila y Amma oye dos ladridos cortos de perro, el único sonido que se oye aparte de los sollozos.

Brittany y ella habían elegido ese albergue porque era barato y, en ese momento, un viaje de veinte minutos en tren a las afueras de París no les había parecido demasiado lejos. Además, era un buen uso para sus pases Eurail. Pero Amma no había pensado en lo solas que podrían sentirse allí en los suburbios, en cómo el ritmo y los ruidos de la ciudad podían mantener a raya ese tipo de colapso. El silencio aquí es demasiado espeso, demasiado pesado, y la anciana que dirige ese sitio tiene toque de queda, lo que significa que todo el mundo tiene que estar en su litera a medianoche con las puertas cerradas.

Tendríamos que habernos gastado unos euros más y habernos quedado en la ciudad, piensa Amma aplanando su almohada. Pero se les está empezando a acabar el dinero y tampoco es que tuvieran mucho en primer lugar.

Brittany emite otro sollozo y, al otro lado de la habitación, una de las otras chicas estadounidenses que se hospedan en el albergue se incorpora. Amma cree que se llama Taylor o Hayden, algo así. Por una breve conversación que han mantenido sobre una cena compartida de bocadillos y sopa en la rústica cocina, Amma recuerda que es de Carolina del Sur y que tiene un acento muy marcado.

—Chica, quienquiera que sea ese tipo, no vale la pena. Cállate y duerme.

Amma se levanta antes incluso de darse cuenta y le lanza su almohada a la litera con la ira hirviéndole en la sangre con tanta velocidad que casi se marea.

—Que te den —dice con la voz aguda y demasiado fuerte en la habitación silenciosa, y la chica que hay encima de Taylor o Hayden de Carolina del Sur también se levanta.

—*Les nerfs!*

El francés de Amma es horrible, se quedó atascada en secundaria, así que no sabe lo que significa eso, pero asume que le está diciendo que se calme o que se calle. O tal vez sea una frase única francesa que combina ambas cosas.

Pero Brittany ya está bajando de su litera con sus pantalones de pijama a cuadros morados mostrando una esbelta pierna mientras murmura:

—*Je suis désolée, je suis désolée.* —«Lo siento, lo siento».

Eso sí que lo entiende Amma, siempre le ha parecido que «*désolée*» es una palabra demasiado intensa para decir «lo siento». Pero mientras Brittany se escabulle de la habitación todavía sollozando con la almohada aferrada al pecho, es la única palabra que le encaja.

Desolación.

El sentimiento que tanto ella como Brittany están intentando dejar atrás. Con cada nuevo destino, Amma piensa que quizás esa sea la vez que escapan de él. Durante el primer vuelo de Atlanta a Londres, se había imaginado que toda esa tristeza y todo ese dolor se escapaban y se quedaban en la pista de aterrizaje como un charco de pérdida que podían dejar más y más atrás con cada nuevo sello en su pasaporte.

Pero vuelve cada noche y parece que no haya paisaje o experiencia capaz de exorcizarlo.

El suelo parece arenoso bajo los pies de Amma mientras sigue a Brittany al pasillo. Al salir de la habitación de las literas oye un murmullo de voces y sabe que se irán al día siguiente. Esa primera noche ya las ha dejado marcadas como las raritas (la chica que llora y su amiga la psicópata) y eso es lo peor en ese tipo de lugares en los que palabras como «vibras» y «*chill*» son primordiales.

Que les den, piensa atravesando la sala de estar vacía mientras oye a Brittany abriendo la puerta trasera. *Si lo supieran, si entendieran…*

El albergue tiene un pequeño jardín trasero con muebles de hierro forjado y algunas plantas en maceta y Amma encuentra a Brittany en el centro con la cara inclinada hacia el cielo mientras aspira profundamente con la almohada sobre el césped a sus pies.

Se ha apartado el pelo de la cara y Amma se fija en la nitidez de su barbilla, en los huecos que tiene bajo los pómulos. Ha vuelto a adelgazar, aunque no está tan flaca como cuando Amma la conoció. Sentada en las sillas plegables del sótano de una iglesia, Amma había pensado que Brittany tenía aspecto de enferma. Preciosa, por supuesto, con ese cabello oscuro y esos ojos de color avellana, pero frágil e insustancial, como si pudiera romperse con cualquier cosa.

Perro Brittany es mucho más fuerte que eso, incluso con los conciertos de sollozos de medianoche. Amma ahora lo sabe.

Se da la vuelta al notar que Amma se acerca y se limpia la cara.

—Lo siento —se disculpa inmediatamente y Amma se encoge de hombros.

—Eso ya lo has dicho. Aunque en francés, así que supongo que no cuenta.

Brittany suelta una risita acuosa antes de gemir y llevarse las manos al pelo.

—Dios —suspira—. ¿Voy a ir llorando por toda Europa?

—Tienes todo el derecho a hacerlo —responde Amma acercándose a ella y pasándole un brazo por los hombros para estrecharla contra su cuerpo. Es una noche cálida, pero Brittany tiene la piel fría y se estremece ligeramente al acercarse a Amma.

—Creía que mejoraría —dice en voz baja, y Amma siente que a ella también se le forma un nudo en la garganta.

Ella no es como Brittany, no llora con facilidad ni parece que llorar la ayude. Las lágrimas nunca la hacen sentirse aliviada o relajada, solo agotada y vagamente avergonzada, como si hubiera cedido ante algo que no debería. Es como una purga de culpa más que una catarsis limpiadora.

—Lo hará —le asegura a Brittany—. Es decir, es solo la segunda semana. Tienes que darle tiempo.

Brittany da un paso para apartarse de ella y se pasa una mano por la cara.

—Hablas como el doctor Amin.

Amma sabe que es cierto y en parte lo odia, pero el líder de su grupo de duelo es la voz que oye en su cabeza en momentos como esos.

Dale tiempo.

Nada de lo que sientes está mal.

Siempre habrá un antes y un después y tienes que aprender a vivir en el después.

Esa frase era la que más le gustaba a Brittany. En el después. Lo lleva tatuado con letras cursivas en la parte interior de la muñeca, ligeramente oculto por las pulseras de cuentas que lleva actualmente. Se lo tatuó justo antes de empezar el viaje como promesa para volver a disfrutar de la vida.

De eso iba el viaje por Europa: de ver cosas nuevas, de explorar nuevos lugares y de reforzar el vínculo que las une con recuerdos nuevos. De lo contrario, solo serían amigas porque a ambas les había pasado la misma tragedia. Querían ser amigas porque se hubieran elegido la una a la otra. Querían tener una historia que pudieran contar que no hiciera que la gente se estremeciera, abriera mucho los ojos o le temblaran los labios con compasión o, peor aún, con lástima.

—Le diremos a la gente que nos conocimos en la universidad. Que nos convertimos en mejores amigas al instante —había dicho Brittany.

—En clase de historia. Tal vez en una hermandad. Que hicimos lo de las mochilas el último año —había añadido Amma.

Casi podían visualizar esa versión suya en el espejo donde eran normales.

Ahora, Amma vuelve a abrazar a Brittany y la rodea con los brazos.

—Mañana será otro día —le dice.

Brittany prácticamente empuja a Amma mientras le dice:

—Por dios, ¿me has seguido hasta aquí para ser una galleta de la suerte con patas?

Otra cosa a la que se está acostumbrando Amma es a esos cambios repentinos, como si el estado de ánimo de Brittany estuviera siempre a flor de piel esperando para estallar. Amma lo entiende, pero eso no significa que no esté cansada de ello.

No, te he seguido porque estabas llorando como una lunática de nuevo y eres tú la que tiene una galleta de la suerte tatuada literalmente en la piel, así que relájate, Britt.

Tiene esas duras palabras en la punta de la lengua, tan pesadas que casi puede saborearlas, y Amma se imagina lo bien que se sentiría tras decir lo que piensa realmente, pero solo le duraría unos minutos y luego llegaría el arrepentimiento. Además, todavía les quedan dos semanas de viaje y un país más que recorrer juntas antes de volver a casa a Nuevo Hampshire. Si se pelean ahora, lo arruinará todo.

—Solo intento ayudar —dice Amma en lugar de lo que está pensando. Son palabras pálidas y débiles y Brittany suspira mientras se rodea el cuerpo abrazándose los codos. Su piel parece ligeramente azulada a la luz de la luna y, una vez más, Amma desea que se hubieran quedado en París, donde podrían aliviar esa tensión con una copa a altas horas de la noche o con una carrera alocada por las calles de la ciudad flirteando con chicos llamados Étienne o Alexandre en oscuras cafeterías.

En lugar de eso, están en el patio trasero de un triste albergue de las afueras.

—No creo que puedas ayudar. No creo que nadie pueda.

Cuando Brittany pronuncia esas palabras, Amma piensa para sí misma: *Esto ha sido un error.*

Se dice a sí misma que se refiere a la elección del albergue.

Pero sabe que no es solo eso.

Para ser un atolón tan pequeño, la isla de Meroe está repleta de leyendas. Llamada así por el HMS Meroe, una fragata que naufragó allí en 1821, el atolón es, desde el agua, un verdadero Edén, el ideal de isla de un libro de cuentos infantil. Apenas hay indicios de los peligros que te esperan cuando pones un pie en sus playas de arena. Una selva impenetrable y la escasez de agua dulce son los primeros desafíos, pero hay más. Los peces que nadan en la laguna son preciosos y de colores brillantes, aunque venenosos y, por lo tanto, incomestibles. Hay una especie de tiburón pequeño pero mortal nadando por sus aguas cristalinas. Los insectos zumban y pican, llevando consigo todo tipo de enfermedades tropicales.

Aun así, tal vez el elemento más peligroso de Meroe es lo que la isla parece hacer a los que permanecen allí demasiado tiempo. Una especie de locura se instala cuando uno se aleja de la sociedad durante demasiado tiempo, cuando uno mira al horizonte y solo ve mar y cielo.

—*Divagaciones y recolecciones: mis viajes por el Pacífico Sur* por lord Christopher Ellings, 1931

AHORA

SIETE

Mi turno de guardia en el barco termina cuando sale el sol.

El cielo parece estar en llamas y los suaves tonos rosas a los que estoy acostumbrada son aquí de un rojo ardiente que se difumina en naranja.

Los colores se reflejan en la superficie cristalina del océano que nos rodea y, aunque es precioso, se me revuelve el estómago.

«Cielo rojo al anochecer, no hay que temer. Cielo rojo al amanecer, va a llover».

Era una de las primeras cosas que me había dicho Nico cuando me estaba enseñando a navegar. Mirando ahora al cielo rojo como la sangre, es difícil imaginarse una tormenta dirigiéndose a nosotros, pero casi puedo oler en el aire ese toque frío con un tinte metálico.

Nico saca la cabeza del camarote y frunce el ceño.

—Mierda —murmura antes de volver a desaparecer.

Una sensación de alarma me recorre la columna y lo sigo.

Está sentado en la mesa de la cocina con el ceño fruncido mientras comprueba un mapa del tiempo en el portátil. Cuando me acerco, señala una gran mancha verde en la pantalla.

—Aquí está —indica, y esa simple frase hace que se me aflojen las rodillas—. No es demasiado grande y, si corregimos el rumbo ahora, creo que casi podremos esquivarla, pero... —Suspira pasándose una mano por el pelo—. No voy a mentir, será un poco difícil.

—¿A qué te refieres exactamente con lo de «un poco difícil»? —pregunto cruzando los brazos sobre el pecho, pero antes de que pueda responder, se abre la puerta del camarote. Aparece Brittany con una camiseta ancha y desteñida que le cae por uno de los hombros bronceados y con el pelo enredado. Nos mira todavía con ojos somnolientos.

—¿Algo va mal? —inquiere y yo niego con la cabeza.

—Solo nos espera un poco de mal tiempo —responde Nico.

Eso la despierta. Abre los ojos como platos y se da la vuelta para decirle algo a Amma, a quien veo bajar de la cama tras ella.

—¿Qué tenemos que hacer? —quiere saber Amma.

Nico hace una pausa.

—Mirad, voy a hacer todo lo que pueda para evitar la peor parte, pero deberíais ir vistiéndoos y poniéndoos los chalecos salvavidas. Y, aunque de normal no os mareéis, tomad algo contra las náuseas.

Se acerca al mostrador, saca el botiquín de plástico rojo, toma un blíster y se lo lanza a Amma.

—Y aseguraos de permanecer abajo —les indica ambas—. Vosotras quedaos ahí.

Entonces Nico levanta la mirada hacia mí con la expresión más seria que le he visto nunca.

—Tú conmigo, nena.

Esas palabras me reconfortan incluso cuando un verdadero temor se apodera de mí.

Somos un equipo.

Estamos juntos en esto.

Llega lentamente y luego de repente.

El primer indicio es que el aire se vuelve más frío, lo suficiente como para que me ponga el chubasquero que me ha dado Nico. Llevo un chaleco salvavidas debajo, por lo que el atuendo es muy voluminoso y empeora por el hecho de que además llevo un cinturón de nailon alrededor de la cintura con una cuerda que me sujeta al barco.

Eso es lo que de repente me hace cobrar conciencia de que todo esto es real: la idea de que el viento y las olas tengan la fuerza suficiente como para lanzarme por la borda y que esta correa sea lo único que se interpone entre la seguridad y todo el océano.

He tomado clases de navegación tanto de Nico en San Diego como en Maui. A veces me enseña él, a veces algún otro de los chicos del puerto, y he llegado a sentirme mucho más cómoda en el agua, lo suficiente como para haber sacado un barco yo sola varias veces. Pero todas esas lecciones han tenido lugar en aguas tranquilas y bajo un cielo azul y despejado.

Esto es diferente.

En unas horas, el cielo se oscurece tanto que parece casi de noche. El viento que me azota la cara es frío y la lluvia que se me mete por debajo del chubasquero todavía más, y me siento como si el mundo entero se hubiera puesto del revés casi literalmente.

Nico está al timón con los pies firmes y yo parpadeo con la visión borrosa por la lluvia y el agua de mar. Me digo a mí misma que es mejor estar aquí fuera en la cubierta, que si estuviera debajo como Brittany y Amma me volvería loca por no poder ver lo que está pasando realmente.

Pero al ver cómo una ola crece frente a nosotros cada vez más alta cierro los ojos instintivamente. No quiero ver esto, no quiero presenciar la subida de ese muro de agua ni siquiera cuando siento que la Susannah empieza a subir. El viento aúlla con tanta fuerza que no oigo lo que me grita Nico e intento mantenerme en pie incluso cuando el barco se inclina en un ángulo espantoso.

No quiero morir así, arrastrada por la borda bajo esas aguas turbulentas.

La cubierta resbala y me agarro a los asideros que hay atornillados a los lados. Las velas están evidentemente plegadas, pero el motor sigue funcionando, impulsándonos a través del agua, y me dirijo lentamente a Nico gritando para que me oiga por encima de la furia de la tormenta.

—¿Qué puedo hacer?

El agua le recorre el chubasquero y tiene las manos rojas y los nudillos blancos por la fuerza con la que se agarra al timón.

—Tenemos que intentar mantenernos estables —grita—. Si se pone de lado…

No hace falta que termine la frase.

Si la Susannah gira a babor o a estribor, una de esas olas puede volcarla y se acabaría todo.

Pongo las manos junto a las suyas en el timón sintiendo el increíble tirón del barco y del mar y a través de las láminas de agua que caen sobre nosotros veo la puerta del camarote abierta.

Al principio creo que se ha abierto por la fuerza del barco, pero entonces veo el cabello oscuro de Brittany y el intenso naranja de su salvavidas moviéndose lentamente hacia la cubierta, agachando la cabeza contra el viento y el agua.

—¡Mierda! —Oigo que exclama Nico antes de volverse hacia mí—. Que vuelva dentro. No está amarrada.

Suelto el timón mientras Nico gruñe y se agarra con más fuerza y me acerco lentamente a ella.

—¡Vuelve abajo! —grito, pero no me entiende o no le importa porque ya está en la cubierta mirando a su alrededor con asombro o conmoción, no lo sé exactamente—. ¡Brittany! —vuelvo a chillar, y finalmente se da la vuelta para mirarme.

—¡Lo siento! ¡No podía quedarme ahí abajo! —responde también a gritos negando con la cabeza—. No podía no saber…

—¡Vale, pues ya lo sabes! —chillo—. Da muchísimo miedo.

Se ríe, aunque está pálida y verde, me acerco a ella empujándola para que entre por la puerta del camarote.

Sucede demasiado rápido.

En un instante, estoy de pie con las manos delante de mí. El siguiente, el barco se tambalea, se me resbalan los pies y estoy cayendo.

La cubierta se inclina y veo cómo el agua blanca y espumosa se acerca por un lado a la vez que me deslizo hacia ella.

¡NO!

Es lo único que puede pensar mi mente frenética mientras lucho por agarrarme a algo, una letanía constante: *No no no NO NO NO.*

Mis pies se agitan sobre la cubierta húmeda, desesperados por encontrar algo, cualquier cosa a la que agarrarse, y me aferro a la cuerda de salvamento que me rodea incluso cuando el nailon tira de mis dedos desgarrándome la piel.

Oigo un chasquido lejano y, durante un segundo, creo que me he roto algún hueso de la mano. Solo cuando la tensión cede alrededor de mi cintura me doy cuenta de que la cuerda se ha roto.

No hay nada que me ate al barco.

Me escuecen las manos mojadas por el agua de mar y la sangre, pero presiono ambas palmas contra la cubierta intentando detener el deslizamiento a la nada. Rayas rojas me siguen hacia abajo y observo casi desde la distancia cómo el agua las vuelve rosadas y las arrastra.

Clavo las manos con más fuerza, aunque no hay nada a lo que agarrarse, y entonces mi pie se golpea con un lado del barco con fuerza, luego tengo el tobillo por encima, la espinilla… mi pie cuelga sobre la nada, me estoy resbalando…

Entonces, con otra sacudida brusca, vuelvo a deslizarme hacia adelante.

La Susannah se endereza justo cuando estoy a punto de caer al mar y me apresuro a alejarme del borde, jadeando con dificultad.

—¡Lux! —grita Brittany y, por el rabillo del ojo, veo que intenta acercarse.

Me arden las manos y creo que me he roto un dedo del pie, pero me levanto de todos modos y la empujo hacia detrás. Entra tambaleándose en el camarote y yo cierro la puerta apoyándome contra ella, dejando que me cedan las piernas mientras me desplomo sobre la cubierta.

En unos segundos, he pasado de estar asustada pero viva a estar casi muerta.

Busco a Nico a través del viento y de la lluvia, aunque ahora que estoy sentada lo tengo oculto a la vista, y me pregunto si habrá visto que he estado a punto de caerme.

Tampoco es que él pudiera haber hecho nada. Pero, aun así, solo he oído el grito de Brittany, no el suyo.

Primero empieza a amainar el viento, la lluvia disminuye hasta ser poco más que llovizna y luego… se marcha.

Toda la tormenta parece haberse desvanecido con la misma velocidad con la que ha llegado, el cielo vuelve a ser azul en lugar de gris y el sol vuelve a brillar sobre nosotros. Se ha acabado.

Todavía estoy sentada en cubierta con el sudor dentro del chubasquero intentando comprender lo rápido que han cambiado las cosas. En el timón, Nico se ríe desabrochándose ya la chaqueta.

—Madre mía. —Se pasa una mano por el pelo salpicando gotitas de agua—. Ha estado difícil.

Es cierto, pero Nico lo dice tan alegremente que creo que realmente no entiende lo aterrador y peligroso que ha sido para mí. Siento que la ira brota en mi interior presionándome el esternón, haciendo que me tiemblen las manos mientras atravieso la distancia que nos separa.

—Podríamos haber muerto —le digo—. He estado a punto de morir. ¿Has visto lo rematadamente inútil que es esta cosa? ¡Casi me caigo por la borda!

Levanto el extremo deshilachado de mi cuerda de seguridad y él frunce el ceño mientras lo toma entre los dedos.

—Mierda, nena —masculla y siento que de repente me saltan las lágrimas y se me forma un nudo en la garganta—. Pero estás bien, ¿no? —pregunta mirándome con sus ojos marrones y… lo cierto es que sí, lo estoy. Sigo asustada, sí, y me duelen mucho las manos, pero tiene razón. Podría haber acabado muy mal, pero no ha sido así.

Detrás de mí, oigo a Brittany y Amma saliendo a cubierta. No quiero discutir delante de ellas, no quiero que me vean como la novia chillona y antipática, así que lo dejo estar porque ¿qué otra cosa puedo hacer? La tormenta ya ha pasado.

Niego con la cabeza y me inclino hacia Nico pasándole un brazo alrededor del cuello.

—Estoy bien —respondo con firmeza y su sonrisa vuelve.

Brittany me rodea con los brazos y me estrecha con fuerza.

—Mierda, ¡lo has hecho de puta madre! —exclama y, cuando se aparta, puedo ver auténtica admiración en su rostro. Mirando por encima del hombro, llama a Amma—. ¿Has visto a esta perra? Ha estado a punto de caerse por la borda y ha dicho: «¡Por mis santos ovarios que hoy no me muero!» Se ha impulsado de nuevo a bordo y…

—El barco se ha enderezado solo —la interrumpo negando con la cabeza. Ahora que el terror empieza a desvanecerse, casi me parece una tontería. Solo se me ha salido una pierna, y los dedos, que habría asegurado que me había roto, ahora solo me duelen. Puedo moverlos perfectamente dentro de los zapatos.

Brittany se vuelve hacia mí.

—No, no, te has impulsado tú solita a bordo de nuevo. Como te lo digo, ha sido impresionante. —Me pone las manos en los hombros y me sonríe a la cara—. Eres toda una superviviente, Lux.

—Hazme caso, nadie quiere morir así —contesto—. Tú habrías hecho lo mismo.

Brittany niega con la cabeza.

—No lo creo. Sinceramente, algunas personas estarían tan aterrorizadas que solo serían capaces de soltarse. Es lo más fácil, ¿sabes?

Asiento porque sí que lo sé y, de repente, me siento agotada ahora que la adrenalina ha abandonado mi cuerpo.

—Un bautismo de fuego —añade Nico con una sonrisa pasándome un brazo por los hombros e intento no pensar en el momento en el que me estaba deslizando, no lograba agarrarme a nada con la mano y mi sangre salpicaba la impoluta cubierta blanca de la Susannah.

En cómo había puesto mi vida en manos de Nico y él casi me había dejado ir.

ANTES

Hay una chica en el barco de Nico.

En el mes que ha pasado desde que Lux salió del Cove sujetando la mano de su novio, ha visto a mucha gente a bordo de la Susannah. Nico tiene una rotativa interminable de amigos que se pasan por ahí, pero siempre han sido chicos, hombres muy parecidos a él. Bronceados, guapos y con los dientes tan rectos y blancos que solo pueden ser resultado de miles de dólares en ortodoncias. Además, todos huelen también como Nico, a esa mezcla de sal y aceite de motor a la que Lux se ha acostumbrado tanto.

Nunca había visto a ninguna chica.

Pero ahora hay una. Mientras Lux baja por el muelle con los brazos llenos con bolsas de la compra, la ve: una chica de pelo largo y oscuro de pie en la cubierta de la Susanna. Son las últimas horas de la tarde que dan paso a la noche y está iluminada por un resplandor dorado. Lleva un vestido de flores que le ondea alrededor de las piernas y un bolso de cuero de aspecto caro colgando de un hombro. Tiene los brazos cruzados sobre su esbelto torso y, mientras Lux la observa, levanta una mano y se la pasa por la mejilla bajo las enormes gafas de sol.

Está llorando.

Nico está enfrente de ella con una mano apoyada en mástil y una expresión en el rostro que Lux no le había visto nunca todavía.

Parece... ¿aburrido? Pero también hay algo en el modo en el que se sostiene, en la rigidez de su postura, que hace que le salten las alarmas.

A Lux le viene un recuerdo: está sentada en el asiento delantero del Honda Civic de su madre el día que se marcharon de California. Tiene doce años y está desplomada en el asiento del copiloto mirando por la ventanilla a sus padres en el patio delantero de su casa.

Recuerda haber pensado que ese «su» ya se refería solo a su padre. Su madre estaba diciendo algo, negando con la cabeza, pero su padre estaba simplemente ahí de pie, con una postura casual y las manos metidas en los bolsillos. Todo en él parecía una puerta cerrada y Lux sabía que su madre ya no tenía la llave.

Ese es el aspecto de Nico ahora. Sin importar lo que le esté diciendo la chica, el asiente y escucha, pero ella no está entrando.

Lux está a punto de llegar a su embarcadero, sus zapatillas de deporte no suenan sobre la madera descolorida del muelle y, cuando Nico la ve, levanta ligeramente la barbilla hacia ella, aunque las comisuras de su boca se inclinan brevemente hacia abajo.

La chica se da la vuelta e, incluso detrás de las gafas de sol, Lux siente que sus ojos se fijan en toda su persona: en su cabello pelirrojo, en las bolsas de la compra que lleva en las manos y en la camisa de cuadros azul claro de Nico que lleva sobre el bikini.

La chica frunce los labios y vuelve a mirar a Nico.

—Supongo entonces que hemos terminado —replica, inclinando la cabeza para mirar al cielo.

—Aquí se acaba todo, Suz.

—Así es.

La chica apoya una mano en el mástil antes de bajar del barco con sus sandalias chirriando sobre la cubierta.

Al pasar junto a ella en el muelle, Lux capta su aroma, algo fresco y limpio que parece revolotear a su alrededor como una neblina.

—Así que tú eres su proyecto más reciente —comenta, y Lux se queda momentáneamente sin palabras—. Es muy fan de los proyectos —continúa, y ahora hay algo feo en la comisura de su boca, cierto desdén—. Buena suerte.

Tras decir eso, se marcha con un remolino de su falda y esa nube de perfume caro dejando a Lux con la bolsa de lechuga marchita y el helado de pistacho que ya había empezado a derretirse.

Mirando a Nico, arquea las cejas.

—¿Me pones al día?

Él suspira y atraviesa la cubierta para tomarle las bolsas de las manos.

—No es nada.

—A mí no me ha parecido que fuera nada.

—Salimos un tiempo y estaba enfadada por cómo habían terminado las cosas. Supongo que necesitaba decírmelo en persona. Otra vez.

Lux sigue a Nico hacia la Susannah. La embarcación se tambalea suavemente.

—¿Después de un mes? —Cuando Nico la mira por encima del hombro, Lux intenta ignorar el frío repentino que nota en la boca del estómago—. Es decir —empieza, metiéndose las manos en los bolsillos de los pantalones cortos—, llevamos ya un mes juntos. Así que, evidentemente, rompisteis antes de eso.

—Exacto, como ya te he dicho, no es nada —continúa Nico, alargando el brazo para abrir la puerta del camarote.

Lux lo sigue escaleras abajo hacia la tenue luz entrecerrando los ojos mientras Nico empieza a guardar la comida.

Se va a Maui en una semana, tal vez dos, y no han hablado todavía de lo que eso supone para ellos. Al fin y al cabo, lo suyo es algo reciente. Sí, ha llegado a ser algo serio rápidamente: Lux está viviendo más o menos en el barco estos días, lo que es definitivamente una mejora tras la caja de cerillas que tenía por apartamento, pero tal vez Nico siempre lo ha visto como un arreglo temporal.

Lux sabe que lo ama, aunque todavía no lo ha dicho en voz alta. Nunca había tenido a nadie como Nico anteriormente. Por supuesto, había salido con otros chicos, pero nunca había tenido nada serio, nunca había sentido esa sensación que tenía con él, como si fueran verdaderos compañeros.

Un equipo.

Cree que tal vez él también la ama, pero sigue esperando esas palabras mágicas: «Vente a Maui conmigo». De momento, nada.

Piensa en la persona que era antes, la chica valiente que se creía dura, que no pensaba que el mundo pudiera tocarla, la persona que era antes de la muerte de su madre. Esa chica simplemente lo habría abordado y le habría preguntado: «Oye, ¿puedo irme contigo?». A veces, puede sentir esa pregunta presionándole la parte trasera de los dientes y una parte de su cerebro simplemente le grita que lo suelte. Mierda, ¿y qué pasa si él le dice que no?

Pero esta otra Lux (la Lux más nueva y frágil) está demasiado asustada por reventar la burbuja en la que lleva viviendo el último mes, así que ahí está, simplemente… esperando.

Suz.

Nico la había llamado Suz.

Apoyada contra la pared, Lux cruza los brazos sobre el pecho.

—¿Esa era Susannah? —pregunta—. ¿Igual que el nombre del barco? ¿Susannah?

Nico sigue de espaldas a ella mientras guarda los plátanos en la bolsa de malla que cuelga sobre el fregadero y Lux ve cómo encoge los hombros y vuelve a soltarlos.

—Sí, era ella —contesta—. Pero no fue…

—Nada, sí, ya lo sé —agrega Lux secamente.

Dándose la vuelta, Nico apoya ambas manos en el fregadero.

—Estuvimos saliendo en la universidad —explica mirándola a los ojos—. Durante un par de años. Éramos jóvenes y estúpidos, pero estábamos juntos cuando conseguí el barco, así que le puse su nombre porque soy un romántico. Como muy bien sabes.

Tras eso, le dirige una sonrisa, una de las que hacen que se le profundicen los hoyuelos. Aunque se odia a sí misma por ello, Lux siente que una parte de su ira se desvanece.

A Nico se le da bien eso.

Dando un paso hacia adelante, Nico toma sus manos entre las suyas y las levanta para besarle los nudillos.

—¿Quieres que le cambie el nombre? —pregunta—. ¿El Lux? ¿El SS McAllister?

Poniendo los ojos en blanco, Lux se deja llevar y él le rodea la cintura con los brazos.

—Tal vez —responde, y él vuelve a sonreír y se inclina para darle un beso en la punta de la nariz.

—O, mejor aún, ¿y si te vienes conmigo a Maui en una semana?

A Lux le da un vuelco el corazón.

Ahí está, la pregunta que ha estado esperando. Sabe que va a decir que sí, pero todavía hay algo oscuro que rodea su alegría. ¿Por qué tiene que preguntárselo justo ahora cuando ella siente que hay algo sobre la Susannah que no le está contando?

Piensa de nuevo en las lágrimas de la chica, en sus labios fruncidos.

«Así que tú eres su proyecto más reciente».

¿Qué significa eso? ¿Y por qué una chica con la que había roto hacía meses estaba llorando en su barco todavía tan dolida y enfadada?

Entonces Nico le estampa un beso suave y rápido.

—Estás pensándotelo mucho —comenta levantando la mano para apartarle el pelo de la cara.

—Es que… —empieza, pero no quiere terminar esa frase, no quiere volver a mencionar a Susannah.

No quiere respuestas que sabe que no le gustarán.

No seas estúpida. La vida es corta. Aquí no hay nada para ti. Vete a Maui.

Así que lo hace.

AHORA

OCHO

Vemos la isla un día antes de llegar hasta ella.

Se puede vislumbrar desde la distancia. Al principio no parece más que un montón de nubes grises y borrosas, pero, al cabo de unas horas, puedo advertir manchas verdes. El corazón me late contra las costillas mientras la contemplo en la proa con los dedos enroscados alrededor de la cuerda.

De repente, este viaje tiene más sentido. Entiendo por qué Brittany y Amma querían venir aquí, por qué a Nico le gusta tanto la vida en el agua. Parece magia: trazar el curso hasta un destino y ver cómo se materializa lentamente delante de ti.

Brittany aparece a mi lado con su larga melena apartada de la cara y se acerca para apretarme la mano.

—¿Qué vas a hacer primero? —pregunta—. Cuando anclemos.

Me río y niego con la cabeza.

—No tengo ni idea. ¿Un número musical, tal vez? ¿Acompañada por algunos cangrejos y aves tropicales?

Eso también la hace reír y me da otro apretón en la mano.

—Perfecto. ¿Nico?

Brittany lo llama y, desde su puesto en el timón, se inclina ligeramente ahuecando una mano alrededor de la oreja.

—¿Qué?

—¡Quiere saber qué es lo primero que vas a hacer cuando lleguemos a la isla! —respondo.

Su expresión cambia y se le dibuja en el rostro esa sonrisa cegadora.

—Todavía no lo he decidido. El nudismo se me antoja bastante.

La tormenta me había desconcertado, habría desconcertado a cualquiera, pero ahora todo ha vuelto a su cauce. Estamos a salvo, nuestro destino está justo delante de nosotros y me esperan como una maldita alfombra roja dos semanas de no hacer nada: ni limpiar habitaciones de hotel, ni frotar un fregadero, ni esperar mi turno para usar la ducha de un baño lleno de moho.

No puedo esperar.

Horas después llegamos y, mientras la Susannah se acerca al puerto natural de la isla, miro a la orilla delante de nosotros. No es que esa belleza sea algo nuevo para mí; al fin y al cabo, llevo seis meses viviendo en Hawái. Pero Meroe tiene algo diferente, algo más salvaje. Parece el dibujo que haría un niño de una isla desierta con palmeras altas, una costa arenosa y el contraste entre los dos azules del agua y del cielo, aunque ambos intensos.

Tenemos que entrar a motor debido a las corrientes, y mientras nuestro barco se desliza sobre el oleaje para entrar en el puerto, el impulso es tan fuerte que, por un segundo, parece que el barco se mueve hacia atrás. Es como si la isla nos empujara.

En el timón, Nico muestra una expresión pétrea aferrándolo con fuerza y me pregunto si él también lo ha sentido. Probablemente no. Como él mismo ha dicho, no es nada supersticioso. Pero descubro a Amma frunciendo el ceño mientras nos acercamos finalmente al puerto.

Y entonces lo veo.

Ya se lo había dicho a Brittany, los barcos no son lo mío. He visto embarcaciones de todo tipo y nunca me ha impresionado ninguna.

Pero esta es muy diferente.

Es un catamarán de unos doce metros de un blanco brillante contra todo ese azul verdoso, y su vela es de un azul todavía más intenso y claro que el cielo. Es muy apropiado porque es el nombre que tiene grabado en un lado.

Cielo Índigo.

Al mirarlo me siento como la primera vez que vi a Nico. Como si de repente el mundo se hubiera vuelto un poco más grande.

—Mierda —oigo que susurra Amma a mi lado, frunciendo el ceño hacia la embarcación.

Ella y Brittany intentan hacer algo fuera del turismo típico al venir aquí. El hecho de que otra gente ya haya encontrado la isla (y que las haya vencido llegando antes) es algo que claramente molesta a Amma.

Nico ha apagado el motor dejando que la Susannah descanse sobre el agua clara y calmada mientras mira al Cielo Índigo.

—Menudo bellezón —comenta con una sonrisa de apreciación.

Pero Amma ya se ha vuelto hacia Brittany con una expresión tormentosa.

—Creía que nadie venía nunca aquí.

Brittany se limita a encogerse de hombros y se coloca las gafas de sol en la cabeza.

—Eso pensaba yo también, pero, bueno, estamos en el siglo veintiuno. Si nosotros podemos encontrar algo, también puede hacerlo otra gente. No es tan raro que haya alguien más aquí.

Amma no parece satisfecha con esa respuesta y la arruga de su ceño se profundiza todavía más, pero entonces aparece alguien en la cubierta del catamarán.

Incluso desde la distancia, puedo notar que es rico. Trabajar en los complejos turísticos de Maui me ha dado una especie de sexto sentido en cuanto a ese tipo de gente. Probablemente, su cabello fuera marrón en algún momento, pero pasa tanto tiempo al aire libre que ha conseguido ese brillo dorado del sol por el que algunas mujeres pagan mucho dinero. Lleva unas gafas de aviador con lentes de espejo que reflejan el agua azul y nos dedica una sonrisa de un millón de dólares cuando levanta un brazo para saludarnos.

—¡Gente a la vista! —exclama y prácticamente puedo sentir como Nico pone los ojos en blanco detrás de mí. Aun así, le devuelve el saludo al chico justo cuando una mujer sube a cubierta para reunirse con él.

Ella también es rubia, y el pelo le revolotea sobre el rostro cuando se inclina sobre la barandilla para mirarnos. Lleva unos vaqueros cortos rasgados que dejan a la vista sus muslos bronceados y una camisa ancha que probablemente sea del chico. Bronceados y bellos, parecen un anuncio de agua mineral cara y yo me siento mugrienta con mis pantalones cortos holgados y una vieja camiseta con cuello de pico.

A mi lado, Amma aprieta los puños mientras contempla a la pareja. Sus labios son una fina línea, blancos por los bordes, y cuando la empujo con el codo, se sobresalta como si hubiera olvidado que yo estaba ahí.

—¿Estás bien? —le pregunto.

—¡Relájate! —le dice Brittany a su amiga—. Cuantos más, mejor.

—No es eso —responde Amma en voz baja. Ahora el hombre está subiéndose al pequeño bote hinchable que hay pegado al lado del catamarán, claramente pensando en acercarse para saludar en persona.

—Apuesto a que tienen bebida de calidad en ese barco —me susurra Nico al oído mientras me pasa un brazo por la cintura. Huele a sudor y a protector solar y se le está pelando ligeramente la nariz. Yo no quiero ni saber qué aspecto tengo. Noto una capa de sal sobre la piel y sé que llevo el pelo hecho un desastre.

El bote se detiene junto a nosotros y el chico sigue sonriendo.

—¡Bienvenidos al paraíso! —exclama y me doy cuenta de que es australiano.

Por supuesto que lo es.

—Hola, amigo, gracias —contesta Nico. El chico señala la Susannah.

—¿Permiso para embarcar?

—Concedido —responde Nico y, en un par de minutos, está de pie en la cubierta de nuestro barco haciendo que parezca todavía más sucio en comparación con su resplandor general.

—Jake Kelly —dice, tendiéndole la mano a Nico, quien se la estrecha antes de presentarnos brevemente.

—¿Y bien? ¿Qué os trae por aquí? —pregunta Jake amablemente. De cerca es todavía más guapo de lo que me había parecido. Es increíble lo que puede hacer el dinero, el brillo que puede darte.

—Supongo que lo mismo que a vosotros —contesta Nico. Me fijo en que flexiona ligeramente los bíceps. Sus brazos están más bronceados y son definitivamente más grandes que los de Jake, y yo lucho contra el impulso de poner los ojos en blanco.

Hombres.

—Ah, ¿también habéis venido a buscar un tesoro enterrado? —inquiere Jake arqueando las cejas sobre la montura de sus gafas de sol antes de echarse a reír y ponerle una mano a Nico en el hombro—. Te estoy tomando el pelo, colega. Solo hemos venido a pasarlo bien lejos de los lugares concurridos.

—Pues igual —comenta Brittany dando un paso hacia adelante. Se ha puesto un bikini verde y rosa con dibujos brillantes y veo que Jake le dirige una mirada de admiración que no es nada lasciva, solo un rápido repaso de arriba abajo que no te hace sentir que necesitas una ducha después.

La sonrisa de Brittany se vuelve algo más pícara y saca la cadera mientras asiente en dirección a su barco.

—¿Tu mujer y tú lleváis mucho tiempo aquí?

Qué sutil.

Jake mira por encima del hombro.

—Novia —la corrige—. Eliza. Y no, solo un par de días. Tenéis suerte de haber llegado hoy. El día que llegamos nosotros hacía un tiempo espantoso.

Nico se anima y se enzarza en un relato de cómo nos topamos con una tormenta (probablemente sea la misma que ha mencionado Jake) y, aburrida de su evidente espectáculo de machismo, me dirijo a la popa para contemplar mejor la isla.

Amma ya está ahí con los brazos cruzados alrededor del cuerpo y, cuando me acerco, me doy cuenta de que tiene surcos de lágrimas por las mejillas.

Alarmada, me acerco y le pongo una mano en el brazo.

—¿Estás bien?

Se sobresalta y se limpia las mejillas húmedas.

—Sí, lo siento. Es que… supongo que estoy un poco abrumada. Ya hemos llegado, pero esto también es el principio del final.

Entiendo que la gente se sienta así al *final* de las vacaciones, queriendo empaparse de todo lo posible, aunque ya estés anticipando el inminente regreso a la realidad. Pero me parece un poco raro llorar cuando un viaje como este acaba de empezar.

Aunque Amma es un poco rara. Es más fácil tratar con Brittany, no es tan quisquillosa. De nuevo, me pregunto cómo se hicieron amigas, qué las mantiene unidas cuando realmente parecen bastante diferentes.

En lugar de eso, le sonrío a Amma y asiento hacia la isla.

—Piensa que es el principio del principio —le digo—. El comienzo de dos semanas en este lugar increíble sin nadie a nuestro alrededor.

—Nadie aparte de esos dos —susurra rápidamente Amma mientras Jake se acerca a nosotros.

—Nico dice que podrías estar dispuestas a disfrutar de una buena fiesta en la playa esta noche.

Amma se tensa y me preocupa que vaya a decir que no. Pero entonces parece que se le encienda un interruptor y le regala a Jake una deslumbrante sonrisa tan convincente que hace que me plantee si me he imaginado su inquietud anterior.

—No me la perdería por nada del mundo.

NUEVE

Nos lleva algo de tiempo situar las cosas. Nico quiere encontrar el lugar perfecto para fondear, un lugar lo bastante cercano a la orilla como para poder nadar fácilmente a la playa, pero lo bastante profundo para no rozar el casco con el fondo. Finalmente, echamos el ancla a pocos metros del Cielo Índigo y el agua que nos rodea es tan clara que puedo ver incluso la arena del fondo.

Cuando terminamos, Jake y Eliza ya han llevado su bote hinchable (si es que el elegante Zodíaco puede llamarse así) a la playa.

Nuestro propio bote hinchable sigue sujeto al lado estribor del barco, pero hemos fondeado lo bastante cerca de la orilla como para que me quite la camiseta y los pantalones cortos que llevo encima del bañador y salte por la borda para nadar hasta la isla.

El agua caliente me rodea la cabeza y la piel quemada por el sol me escuece bajo la sal, pero, cuando salgo a la superficie, sonrío tanto que me duele la cara. Aunque me escuecen los ojos, la isla que tengo ante mí es lo más hermoso que he visto nunca, más bonito que un sueño, mejor que cualquiera de las fantasías que me inventaba en la habitación del hospital de mamá cuando lo único que quería era correr hasta el fin del mundo.

Oigo un chapoteo a mi derecha y aparece la cabeza de Brittany a mi lado seguida por Amma y luego por Nico, todos sonriendo de oreja a oreja. Siento un agradable dolor en los músculos cuando empiezo a nadar. Llevamos varios días enjaulados y poder estirarme así me sienta mejor de lo que esperaba.

Recuerdo que Nico nos advirtió acerca de los tiburones que había alrededor de la isla, pero ni siquiera eso puede apagar mi emoción mientras muevo los brazos y las piernas abriéndome camino hacia la resplandeciente playa. En pocos minutos, mis dedos de los pies tocan el fondo arenoso y ya estoy aquí.

En la isla de Meroe.

Es un nombre bonito, melódico cuando se pronuncia en voz alta, tan bonito que es fácil olvidar que se lo pusieron por un barco naufragado.

Tras todos los giros equivocados, finalmente había tomado uno que me había llevado a una isla desierta, a un maldito lago azul de verdad.

Ya es tarde, y la luz es dorada y suave. La orilla se curva en la distancia y, más allá, hay lo que parece una selva casi impenetrable de palmeras y otro tipo de vegetación.

Me aparto el pelo mojado de la cara y señalo hacia la selva.

—Creo que la pista de aterrizaje de la que nos habló Nico está por ahí. Por si queremos ir a comprobarlo en algún momento.

—Ah, sí, está en lo más alto de mi lista de prioridades —contesta Amma. Me irrita que sus palabras sean bordes; claramente, sigue molesta por lo de Jake y Eliza.

Pero yo estoy acostumbrada a manejar la negatividad. Me encojo de hombros y le digo:

—Nunca se sabe. Después de una semana aquí, puede que te aburras de ver puestas de sol perfectas y de nadar en aguas turquesa. A veces pasa.

Nico finge un gruñido, carga contra mí y me levanta rodeándome la cintura con los brazos mientras yo chillo.

—O también podríamos jugar a los piratas —bromea haciéndome girar y tocándome el culo—. Buscar ese botín.

Poniendo los ojos en blanco, me libero de su agarre todavía sonriendo.

—En realidad, me cuesta creer que haya pasado tanto tiempo de nuestra relación sin que hayas hecho esa broma.

Más hacia delante, en la playa, Jake ha dispuesto un anillo de piedras y lo ha llenado de ramas y hojas de palmera secas. Cuando me acerco, se sube las gafas de sol desde la nariz y me sonríe.

—¿Una hoguera en la playa es demasiado cliché para la primera noche?

Le devuelvo la sonrisa negando con la cabeza.

—Es la cantidad justa de cliché.

—Sabía que me ibas a caer bien. Eliza, ven a conocer a Lux.

En realidad, me sorprende que se acuerde de mi nombre. Es lo bastante inusual como para que la mayoría de la gente necesite que se lo recuerde o, si no, me llaman Liz, Lucy, Lex o algo parecido, pero no del todo correcto. El hecho de que Jake haya memorizado mi nombre tan rápido hace que me caiga todavía mejor.

Eliza abre los brazos para abrazarme.

—¡Nuestra nueva compañera! —exclama riendo mientras me estrecha. Soy muy consciente de que estoy mojada y llena de sal mientras que ella huele de maravilla, lleva un perfume llamado California Reverie que olí una vez en la habitación de una huésped. En esa ocasión, me eché un poco en las muñecas y me pasé el resto del día oliéndome la piel a escondidas. Me había hecho sentir como una mujer totalmente diferente.

—Compañeras de isla —bromeo y ella se ríe generosamente, aunque no sea tan gracioso.

—Sinceramente, me alegro mucho de que estéis aquí. Quiero a este cabrón, pero la idea de pasar varias semanas sola con él en una isla me parecía demasiado sombría para contemplarla.

Su acento es total de la BBC, con las vocales claras y las consonantes recortadas, y cuando se aparta el pelo de la cara, veo los diamantes que le brillan en las orejas.

—Sí, vuestra llegada probablemente me ha salvado de una castración nocturna, así que te mereces una cerveza —dije Jake.

Me pregunto si siempre hablan así, con cada frase como si lanzaran una pelota de tenis de un lado a otro con la facilidad de dos personas astutas e inteligentes que se conocen tan bien la una a la otra.

Jake abre una nevera gigante y saca una cerveza y, cuando me la entrega, jadeo al ver lo fría que esta. Tenemos una nevera en el barco, pero Nico dijo que el hielo era una extravagancia innecesaria, así que todo lo que nos hemos bebido estaba caliente. Y no me he tomado una cerveza desde que salimos de tierra firme por no beber en mar abierto y todo eso.

—Tu compañero me ha contado que venís de Hawái, ¿no? —pregunta.

—De Maui, sí —contesto, tomando un sorbo, y cierro los ojos por lo buena y refrescante que está la cerveza—. Bueno, de San Diego primero, pero llevamos unos meses en Hawái.

—Nosotros habíamos pensado en ir a Hawái después de esto —comenta Eliza, rodeando la cintura de Jake con ambos brazos y envolviéndose la muñeca con los dedos de la mano contraria. Él tiene un brazo pasado casualmente por los hombros de Eliza y sostiene la cerveza con la otra mano—. Jake ha estado allí un montón de veces, pero yo no he ido nunca.

—Es muy bonito —le digo.

Eliza señala a nuestro alrededor.

—¿Tan bonito como esto?

Vuelvo a mirar hacia el mar, hacia cómo las aguas claras se convierten en azul más oscuro en contraste con el brillante zafiro del cielo.

—No sé si hay algún lugar tan bonito como este —respondo y lo digo en serio.

Nico se une a nosotros, seguido de Brittany.

—Genial, una hoguera —murmura con aprobación hacia Jake, quien se lo presenta a Eliza, y ella le da el mismo cálido abrazo y la misma sonrisa brillante que a mí.

—Voy a por la cena, ¿vale? —Eliza mira a nuestro grupo por encima de sus gafas de sol—. Coméis con nosotros, ¿verdad? Una celebración como Dios manda.

Teniendo en cuenta que nuestros planes para esa noche eran carne enlatada Spam y arroz, asiento, tal vez con demasiado entusiasmo.

—¿Necesitas ayuda? —se ofrece Brittany y Eliza le hace señas con la mano para que la siga.

—¡No te diré que no!

Amma observa en silencio, todavía desde la orilla con los brazos cruzados. Pero Nico ya está aceptando una cerveza de Jake y nos ponemos a encender el fuego, por lo que no tengo tiempo de preguntarme cuál será su problema.

Cuando Eliza nos había ofrecido cenar, no me había esperado ese festín.

Pescado a la parrilla, ostras frías y saladas, patatas asadas, delicados espárragos envueltos en panceta y un postre que parece hecho de fresas y de lo que sea que coman los ángeles.

No había comido tan bien en varios meses, no desde que había ido a Maui, y Eliza no deja de revolotear ofreciéndonos cada vez más y más, abriendo recipientes llenos de delicias e insistiendo constantemente en que comamos, que han traído demasiada comida porque ella se emociona demasiado en la cocina.

Y el vino...

Botellas y botellas, tan frío y apetitoso como la cerveza, y cuando el sol se ha puesto y la isla se ha oscurecido, estoy llena, borracha y más que feliz.

Estoy *pletórica.*

Es una sensación que llevo mucho tiempo sin sentir. Años, tal vez.

Jake se levanta abriendo una botella de champán. Todos damos gritos de borrachos cuando la espuma sale por el cuello de la botella mientras Jake nos llena torpemente las copas.

Cuando todos tenemos ya champán, se queda junto al fuego con la camisa medio desabrochada y el pelo revuelto.

—Por la isla de Meroe —entona al levantar la copa, y todos lo imitamos—. Por esos cabrones desafortunados que se estrellaron y murieron aquí...

—*¡Buuu!* —abuchea Eliza extendiendo la pierna para darle una patada en la espinilla—. ¡Nada de mierdas tristes!

Jake le agarra fácilmente el tobillo, tira de su pierna hacia arriba y en un movimiento sorprendentemente elegante para lo mucho que ha bebido, se inclina para darle un beso en la parte superior del pie. Sus miradas se encuentran de un modo que hace que me sonrojen las mejillas de repente.

—Mi amada tiene razón —admite, dejando su pie de nuevo sobre la arena—. Nada de mierdas tristes. Solo alegría por nuestros nuevos amigos y por una primera noche infernal juntos.

Todos lo vitoreamos.

Todos menos Amma.

ANTES

Roma es mejor.

Puede que sea por el calor o por el bullicio de las calles concurridas. O por el hecho de que andan tanto cada día que están agotadas por las noches cuando se dejan caer en la cama. O puede ser porque esta vez han sido más listas y han elegido un albergue en pleno centro de todo, cerca de la escalinata de la Plaza de España, y las noches allí no son demasiado tranquilas.

O puede ser porque la comida es muy muy buena.

Después del accidente, durante esos primeros meses (en el antes) Brittany no había querido comer nada. Apenas había podido. Lo que comía no tenía sabor, y se le quedaba una pesadez en la lengua hasta que lo escupía o lo vomitaba. Había bajado de peso, se le habían hundido los ojos en el rostro y la forma de su cráneo se podía entrever bajo su escaso cabello. Le resultaba perversamente reconfortante verse a sí misma casi desapareciendo, fundiéndose con el fondo. Le parecía más fácil que seguir adelante e intentar vivir en ese nuevo mundo.

Ahora, cuando se miraba en el espejo, veía que seguía estando demasiado delgada, pero ya no daba miedo. Ayer, cuando se tomó su primer helado de albahaca en la Plaza Navona y le explotó en la lengua, cremoso, intenso, rico y fresco, sintió que estaba mejorando. Tal vez la vida no fuera a ser siempre tan dura, tan sinsentido.

Ahora se siente así, sentada en una cafetería con Amma con el sol calentándole los hombros desnudos mientras se toman unos capuchinos y Amma va pasando fotos en su móvil.

—Esta está bien —comenta levantando el móvil para que Brittany la vea.

Se las ve a las dos delante del Coliseo y sí que está bien. Sonríen abrazadas y Brittany piensa que es la típica foto que, si la ves en una habitación o en la nevera, piensas: «Qué suerte tienen esas chicas».

No hay tristeza ni preocupación. Solo dos amigas guapas y felices aprovechando al máximo su juventud y viajando juntas por el mundo.

Cada día del viaje se siente un poco más cerca de llegar a ser realmente esa chica, la chica que finge ser.

—Envíamela —le dice a Amma y, en cuanto le llega el mensaje, se la pone de fondo de pantalla.

Cuatro semanas antes, antes de marcharse a Europa, su fondo era una foto de su familia. Salían los cuatro: su madre, su padre y Brian, su hermano pequeño. Sonreían con el sol poniéndose tras ellos y con las caras ligeramente quemadas por su viaje anual a la playa en Florida.

Brittany solía mirar esa foto y preguntarse si habría sido mejor si hubiera sabido que sería la última. Había discutido con Brian, quien se había llevado la PlayStation y se había pasado horas soltando aullidos desgarradores y gritos de batalla que la volvían loca. Se habían dado demasiados portazos ese viaje y, la última noche, Brittany se había sentado en la cama jugando con el móvil y le había dicho a su madre que le llevara algo de cena porque no tenía ganas de salir.

Su madre se había sentido decepcionada, pero había aceptado.

Eso era lo que seguía reconcomiendo a Brittany cada vez que lo recordaba, el modo en el que las comisuras de la boca de su madre se habían inclinado hacia abajo, el suave suspiro al cerrar la puerta de Brittany, su cabello oscuro oscilándole sobre los hombros mientras se daba la vuelta.

Después del accidente, Brittany había reproducido ese suspiro una y otra vez en su mente. También había catalogado todas las llamadas perdidas que no le había devuelto nunca y todas las veces que no le había contestado a un «me gusta» o un comentario en alguna publicación de Facebook.

A veces odia tanto a esa versión pasada de sí misma que quiere huir de su propia piel.

Pero ese gesto, el de sustituir el fondo de pantalla del móvil, ayuda un poco. La hace sentir que está empezando a construir ese nuevo futuro del que no deja de hablarle el doctor Amin.

Mira a esas chicas sonrientes y casi se cree que es una de ellas.

Pero los llantos vuelven a empezar su quinta noche en Roma.

Los sollozos que parecen brotar de la nada y el repentino dolor de garganta la sorprenden al principio. Nota una sensación de pánico, le arde la cara, le pican los ojos y le tiembla todo el cuerpo mientras se esfuerza por luchar contra las lágrimas.

Creía que estaba mejorando. Creía que se había terminado. Las palabras suenan lastimosas incluso en el silencio de su mente.

Pero está empezando a darse cuenta de que no hay realmente un final. Las olas pueden seguir llegando así como así y no puede hacer nada para impedírselo.

Amma no atraviesa el espacio que separa sus camas esta vez, no hace esos ruiditos tranquilizadores que Brittany odia y aprecia al mismo tiempo, así que se queda encogida como un animal herido esperando a que salga el sol.

Cuando aparece, vuelven a salir, recorren las calles, se meten en las tiendas, comen más pasta con el precio hinchado y cuando llega de nuevo el crepúsculo y se sientan en la terraza de una cafetería, Brittany se atreve a pronunciar las palabras que ha tenido todo el día en la punta de la lengua:

—Tal vez deberíamos volver a casa.

Sabe que Amma también lo piensa; han tenido sus momentos de diversión, pero esa no es la escapada que estaban buscando. Aunque... ¿tal vez sí que lo haya sido para Amma? Brittany no sabría decirlo. Quiere mucho a la otra chica, la quiere más de lo que ha querido nunca a ninguna otra amiga, pero, una y otra vez, se recuerda que solo tienen esa cosa horrible en común y nada más. No sabe realmente cómo es Amma, la Amma normal, la Amma del antes. Ella también podría estar sufriendo... simplemente ocultándolo mejor.

Mira a Brittany al otro lado de la mesa y se encoge de hombros ligeramente.

—Tal vez sí. Se me está acabando el dinero y, al menos, hemos podido ver París y llevamos casi una semana aquí en Roma. Ya es más que nada.

Eso es cierto. Brittany siempre había soñado con visitar ambas ciudades, tenía un póster de la torre Eiffel en su habitación y ahora también ha podido comer *gelato* a la sombra del Coliseo. Tal vez eso sea suficiente.

Revuelve su capuchino y mira hacia la mesa de gente que hay junto a la suya con sus mochilas andrajosas a los pies. Están un poco quemados por el sol, con la ropa arrugada y desteñida como les sucede a las prendas que se limpian repetidamente en los lavabos de los albergues y no llegan a secarse del todo. Una de las chicas se inclina para desabrocharse la sandalia y ríe cuando se desprenden las correas, dejando ver rayas de piel pálida entre capas de polvo. Brittany también ha acumulado todo ese polvo caminando por Roma y desearía tener la risa fácil de esa chica, desearía que todo eso no fuera tan difícil para ella.

Entonces se da cuenta de que la chica la está mirando directamente con un mechón de pelo rubio fresa colocado detrás de la oreja mientras le sonríe y la saluda.

Brittany le devuelve el saludo, pero, para su sorpresa, la chica se levanta de su silla y atraviesa la terraza llena para acercarse a su mesa.

—¡Hola! —saluda alegremente y le tiende la mano. Lleva una pulsera de cuerda descolorida y deshilachada alrededor de su delgada muñeca—. Soy Chloe.

Es solo un instante, pero así es como se empieza.

Queridos mamá, papá, hermana:

¡Saludos desde el paraíso! Los chicos y yo hemos conseguido una misión muy agradable y estamos en [CENSURADO]. Es precioso, ojalá pudierais verlo. Es como el libro ese que le hacía leerme a papá todas las noches cuando tenía doce años, *Robinson Crusoe*. Hay palmeras por todas partes y cocos también. ¡Uno de mis compañeros, [CENSURADO] incluso ha domesticado a un mono! Lo llamamos Barnum y [CENSURADO] le ha enseñado a quitarnos los cacahuetes de las manos. Nos entretiene, pero hace que eche de menos la casa y a Shep. ¿Todavía está bien? Sé que está muy mayor, pero dile que tiene que aguantar hasta que acabemos de machacar a estos tipos.

Hoy he ido a pasear yo solo para estar un rato tranquilo y, aunque los chicos dicen que este lugar les da escalofríos, a mí me parece muy pacífico. Supongo que hay alguna historia sobre un [CENSURADO] aquí en [CENSURADO] en la que algunos tipos acabaron matándose unos a otros por comida, pero, por suerte, nosotros tenemos una caja entera de suministros, así que las cosas no deberían ponerse feas. Ver todo ese océano me hace pensar en el momento de volver a casa y ver campos de maíz hasta el horizonte. Os echo mucho de menos a todos, pero ver el mundo así cuenta para algo. Entiendes realmente que todos los lugares son iguales, en cierto modo. Los chicos dicen que estar aquí es aburrido, pero yo les digo que deberían ver a nuestra granja en invierno para ver la calma que hay.

Así que no, no me importa estar aquí en [CENSURADO]. No es un mal sitio, solo es solitario y eso no tiene nada de malo.

Volveré a escribiros pronto.

Vuestro hijo, hermano, L.

—CARTA A CASA DEL SOLDADO DE PRIMERA LEONARD AMES (1923-DESAPARECIDO EN COMBATE EN 1943, DECLARADO MUERTO EN 1950)

AHORA

DIEZ

—¿Qué opinas de ellos?

Lo de anoche fue divertido. Casi demasiado, a juzgar por mi boca seca y el dolor de cabeza. A pesar de la resaca, en lo único que puedo pensar esta mañana es en toda esa comida y todo ese vino. En los diamantes de las orejas de Eliza.

—¿De Jake y Eliza? —pregunta ahora Brittany. Asiento. Tomamos el bote para ir a la playa con Amma mientras Nico se queda atrás en el barco. Brittany se encoge de hombros—. Son ricos, evidentemente —comenta—, pero parecen buena gente. Relajados. Lo que me parece sorprendente porque había asumido que la mayoría de los ricos siempre estaban tensos.

Así que no es su dinero el que ha financiado este viaje. Me lo había preguntado porque, si estaban dispuestas a pagarle cincuenta mil dólares a Nico, claramente el dinero estaba saliendo de *alguna parte*. ¿Y cuánto tiempo llevaban viajando? ¿Meses ya?

Brittany me muestra su sonrisa.

—Pero, en realidad, no conozco a ninguno. ¿Y tú?

A Nico.

No hablamos nunca de su familia, de la vida que llevaba antes de dejarlo todo para irse a navegar. Y Nico nunca se comporta realmente como los ricos. Pero, de vez en cuando, me acuerdo de que él y yo crecimos de un modo muy diferente.

Una vez, vino a recogerme del trabajo en Haleakala y paró en la entrada principal del hotel en lugar de en la puerta trasera y, aunque llevaba sus habituales pantalones cortos y su camiseta rasgada, el aparcacoches asumió inmediatamente que era un huésped. Nico me lo contó más tarde entre risas, pero me pregunté qué había en él que desprendiera esa aura de pertenencia a ese sitio.

Tal vez le di demasiadas vueltas.

Amma resopla.

—La gente rica es solo gente —replica—. Algunos son majos y otros son imbéciles.

Lleva un sencillo bikini negro que enfatiza la pálida suavidad de su piel y no parece tan tensa como ayer. Aunque, claramente, sigue de mal humor.

—Cierto —contesto—. Cuando trabajaba en el Haleakala, veíamos de *todos* los tipos, créeme.

Amma me dedica una sonrisa.

—Trabajando en un resort así habrás visto mierdas muy turbias.

—Ni te lo creerías —le aseguro y me pongo a relatar la anécdota de los juguetes sexuales. Cuando termino, estamos las tres riendo, y el sonido resuena con fuerza por el tramo de playa vacío.

Vuelvo a fijarme en lo silencioso que es este lugar. Anoche, me tumbé en la mesa-colchón y escuché el ruido de las olas rompiendo en la orilla en la distancia. Ese sonido, el murmullo constante de fondo, también estaba en Hawái, por supuesto, pero nunca tan cerca. Además, aquí no hay otros sonidos compitiendo por tu atención. Nada de tráfico, voces o música. Solo el viento y las olas, el canto de los pájaros y el suave susurro de las palmeras.

A mi lado, Brittany me da un caderazo.

—Es lo que prometimos, ¿a que sí?

Contemplo el brillante mar turquesa que se extiende en todas direcciones y asiento.

—Y más —agrego, alargando el brazo para tomarla de la mano y estrechársela. Es el afecto fácil que se compartía con las chicas de mi hogar. No me había dado cuenta de cuánto echaba de menos tener amigas.

Brittany me devuelve el apretón e incluso Amma parece relajada mientras paseamos por la playa hasta que llegamos a la manta en la que están tumbados Eliza y Jake.

Eliza está boca abajo apoyando la mejilla en los brazos flexionados con la espalda desnuda mientras que Jake tiene una toalla enrollada detrás de la cabeza y un libro de bolsillo en una mano. Las páginas y la cubierta están arrugadas; sin duda, se ha mojado, por lo que no puedo distinguir el título.

Levanta ligeramente la cabeza con una sonrisa en la cara cuando nos acercamos.

—Buenos días, vecinas —saluda alegremente mientras Eliza despega la mejilla de sus brazos.

—¿Qué tramáis vosotras tres? —pregunta dándose la vuelta.

No soy una mojigata, ni mucho menos, pero aun así me resulta algo sorprendente lo casual que se muestra en *topless* delante de nosotras y me alegro de llevar puestas las gafas de sol para no tener que preocuparme sobre dónde poso la mirada.

—Vamos a explorar un poco —respondo.

—Hay un sitio fabuloso para nadar al girar esa curva —indica Jake incorporándose en un codo y señalando hacia la playa—. Puedo enseñaros…

—No hace falta —agrega rápidamente Amma y engancha el brazo con el mío—. Que paséis buena mañana.

Empieza a tirar de mí por la playa y Brittany exclama:

—¡Os alcanzo en un momento!

Se vuelve hacia Jake y Eliza dibujando un patrón en la arena con un dedo del pie y, cuando estamos fuera del alcance del oído, le pregunto a Amma:

—¿Quieres decirme a qué venía eso?

—¿A qué viene qué?

Me paro y la miro fijamente, aunque lo único que puedo ver es mi cara reflejada en sus gafas de sol.

—Tu actitud con ellos. ¿No te caen bien Eliza y Jake?

Suspira, se coloca el pelo detrás de las orejas y se da la vuelta para mirar el océano durante un segundo.

—No es eso. Es que... —Se encoge de hombros, incómoda—. Brittany básicamente está encantada con todos con los que se encuentra enseguida y a mí me gusta tomarme algo más de tiempo, ¿sabes? Ir relajada.

—Ah, así que tú eres el gato y ella es el *golden retriever* —comento. Ella suelta una carcajada.

—¿Qué?

—Tanto en las amistades como en las relaciones, normalmente una persona es el gato, más resguardado y distante, alguien con quien tienes que trabajar la relación. Mientras que la otra persona es el *golden retriever*. Que ama inmediata y completamente.

—¿Y que lame caras? ¿Se restriega contra todo? —pregunta Amma sonriendo, y miro hacia atrás, donde todavía puedo distinguir a Brittany junto a Eliza y Jake.

—Creo que no ha llegado tan lejos todavía —respondo. Amma se ríe de nuevo.

—Entiendo que tú también eres un gato.

—Ajá —confirmo asintiendo—. Y Nico nació *golden retriever*. —Ahora me toca a mí encogerme de hombros—. Por eso nos va bien.

Amma asiente entornando los ojos.

—Ya lo veo. El otro día le decía a Brittany que sois el ideal de pareja al que aspirar.

Esa idea me provoca una oleada de placer. Nunca había podido vernos a Nico y a mí a través de los ojos de nadie y, de repente, siento curiosidad por descubrir todo lo que Amma piensa de nosotros.

—¿Eso crees?

—Totalmente —contesta subiéndose las gafas por la nariz. Su piel ya está empezando a broncearse, tiene un tono dorado en los hombros. Los míos ya sé que están rosados a pesar de la capa de protector soltar de factor alto que me he aplicado antes—. Vivir en Hawái, viajar juntos por el mundo… es como un sueño, ¿verdad?

Amma sonríe cuando lo dice, pero hay una sombra de tristeza en ella y, cuando vuelve a mirar hacia el agua, dice:

—Mi novio y yo íbamos a recorrer Europa así. Y tal vez después habríamos pasado a Asia. Creo que compró todas las guías de viaje que pudo encontrar. Incluso me compró uno de esos horribles cinturones con monedero por mi cumpleaños. Ya sabes, de los que se atan a la cintura. —Se señala el vientre plano y yo asiento con la cabeza.

»Le dije que antes me moría que ponerme uno de esos, pero, sinceramente, era bastante dulce lo emocionado que estaba. Lo mucho que se preparó.

Se ríe ligeramente negando con la cabeza y luego aprieta los labios y le tiembla ligeramente la barbilla.

—Entonces… ¿rompisteis? —pregunto en voz baja porque siento que me estoy metiendo en territorio sensible.

Amma levanta la mano y se limpia la mejilla.

—Básicamente —contesta y vuelve a sacudir la cabeza—. De todos modos, probablemente fuera una idea estúpida, y así he podido viajar con Brittany, que es mucho mejor.

Amma me dirige una sonrisa resplandeciente y yo se la devuelvo, aunque todavía puedo ver el rastro que ha dejado la lágrima que le ha caído por la mejilla.

Entonces, antes de que pueda preguntar algo más, echa a andar por la playa y me indica que la siga.

Avanzamos pocos metros antes de encontrar el sitio del que debía estar hablando Jake. Es como la laguna en la que están anclados los barcos, pero mucho más pequeño, como una cala rodeada de arena por tres lados, y ni siquiera nos tomamos una pausa antes de meternos en el agua.

Cuando atravieso la superficie, Amma se ríe y me salpica con una mano.

—Te has puesto en plan sirenita —bromea echándose el pelo hacia detrás exageradamente. Sonrío y floto sobre mi espalda. El cielo es tan azul como ayer con solo unas pocas nubes esponjosas moviéndose vagamente por él.

La paz empieza a asentarse en mí de un modo que no había experimentado desde la muerte de mamá. Por primera vez en años, no me preocupa... nada. Ni el dinero, ni el cáncer, ni las clases, ni Nico. Puedo quedarme ahí flotando, *literalmente*, en el presente perfecto. Sé que no puede durar, este tipo de tranquilidad está destinada a ser temporal, y he aprendido por las malas que es más inteligente pensar siempre en la próxima curva de la carretera, estar siempre preparada para lo que puede venir a continuación. Al fin y al cabo, parece que cuando dejas de hacerlo es cuando suceden las peores cosas.

Pero me prometo a mí misma que intentaré saborearlo.

Noto la mano de Amma rozando la mía y, cuando miro a mi derecha, ella también está flotando a mi lado.

Me pregunto cuánto tiempo podemos quedarnos aquí antes de que Nico empiece a preguntarse por nosotras. No hemos traído nada, ni móviles, ni toallas, y aunque me he echado protector antes de salir, sé que me quemaré si me quedo demasiado tiempo.

—¡Ah, mierda!

Hay un chapoteo y una mano intentando agarrarme la pierna.

Levanto la cabeza y ahí está.

La aleta es pequeña, negra un instante y gris al siguiente, dependiendo de cómo le dé la luz. Y aunque no se parece en nada al monstruo que apareció en mis sueños después de ver *Tiburón* por primera vez, es suficiente para hacer que el corazón se me suba a la garganta y para que el estómago me caiga hasta las rodillas.

Hay algo siniestro en esa aleta que se desliza por el agua como una cuchilla perturbando la tranquilidad de este lugar perfecto.

Me siento como si estuviera en un sueño cuando me doy la vuelta y nado hacia la playa, como si el agua se hubiera convertido en pegamento de repente, espesa y viscosa, ralentizando mis movimientos, aunque sé que estoy nadando todo lo rápido que puedo y que la orilla está muy cerca. Aun así, todo mi cuerpo está tenso por el miedo, preparándose para una punzada repentina de dolor. Es el terror entumecedor de saber que estás a punto de convertirte en comida.

Amma está justo a mi lado y de repente me asalta un pensamiento oscuro y repentino.

No tengo que vencer al tiburón, solo tengo que vencerla a ella.

Incluso cuando llego a las aguas poco profundas y me pongo en pie arrastrándome torpemente, puedo visualizarlo en mi mente: Amma y el tiburón acercándose a mí, mi pie buscando la mandíbula de Amma, sus dientes chocando entre sí, su sangre manando de un rojo brillante sobre las claras aguas mientras el tiburón se vuelve hacia ella y yo estoy a salvo, estoy fuera, estoy *viva*…

Es una visión fugaz y se desvanece cuando Amma y yo llegamos a la playa, pero, cuando la miro, me invade la misma extraña sensación de terror y asombro que cuando te asomas por un acantilado y piensas: *¿Y si saltara ahora?*

El alivio de no haberlo hecho se mezcla con el vértigo de saber que *podrías haberlo hecho.*

Ahora estamos las dos en la orilla mirando hacia el agua y la aleta no está más cerca de lo que estaba antes. El tiburón está girando en círculos perezosamente en la boca de la laguna. No nos ha perseguido en ningún momento.

Nos desplomamos sobre la arena riendo como cuando has estado cagada de miedo, pero, de algún modo, ha salido todo bien.

—Dios mío —jadea Amma rodeándose el tronco con los brazos—. ¡Casi nos convertimos en ese tipo de chicas!

Levanto una mano temblorosa para apartarme el pelo mojado de la cara.

—¿Qué tipo de chicas?

Se sienta y se rodea las rodillas con un brazo.

—Ya sabes —contesta—. Las chicas estúpidas de las pelis de miedo. Las que van revoloteando y bromeando por ahí a pesar de que es muy obvio que van a morir en la primera escena.

—De acuerdo, pero esas no podíamos ser nosotras porque no llevamos las tetas al aire —le recuerdo, y se echa a reír otra vez.

—Tienes razón —responde asintiendo con aprobación—. Esa habría sido Eliza.

Eso hace que ambas soltemos una carcajada y, en la laguna, veo que el tiburón vuelve hacia las aguas abiertas.

—Supongo que se ha cansado de nuestras estupideces —señalo. Amma se levanta y toma un puñado de arena.

—¡Vete a la mierda, tiburón! —grita lanzándola al agua y, por alguna razón, me parece lo más divertido que he oído nunca, porque me río con tanta fuerza que me caen las lágrimas por las mejillas y Amma también se ríe, ambas nos morimos de risa de un modo en el que no lo había hecho en casi tres años. Desde que murió mamá.

—Me gustas, Lux —dice Amma cuando nos calmamos—. Es decir, cuando nos conocimos supe que eras bastante guay, pero ahora me gustas de verdad.

Es patético el modo en el que me reconfortan esas palabras, lo mucho que he echado de menos ser aceptada por otras mujeres, compartir esta camaradería sencilla. Me hace pensar en cómo me he sentido hace solo unos minutos flotando sobre las claras aguas. Como si pudiera existir como alguien en el presente, no el pasado, sin preocupaciones por el futuro.

Vaya, eso estaría bien.

Amma me sonríe desde detrás de sus gafas de sol.

—Y, como hemos comentado antes, no es fácil que la gente me llegue a gustar —dice—, así que el listón es muy alto.

Solo está bromeando, pero recuerdo lo que he sentido en el agua, el impulso de darle una patada para salvarme yo.

«Eres toda una superviviente», dijo Brittany después de la tormenta. Tal vez solo fuera eso, un profundo instinto humano de autoconservación.

Pero algo de esa imagen (Amma en el agua, la sangre en su boca) se queda conmigo durante el resto del día.

ONCE

Pasamos cuatro días en Meroe antes de decidirnos a adentrarnos en la selva.

Desde la cubierta de la Susannah, la isla es un paraíso. Los cocoteros se elevan hacia el cielo, el agua baña la blanca orilla y todo parece tan perfecto como en una postal.

Pero el interior de la isla es diferente.

Sé que Nico dijo que la isla se había utilizado como punto estratégico durante la Segunda Guerra Mundial y que hay una pista de aterrizaje antigua en alguna parte, pero contemplando ahora todos estos árboles, es difícil de creer. La isla parece impenetrable y oscura y no sé por qué no podemos hacer lo mismo que hacemos todos los días: nadar, pasear por la playa y beber. Eso está mucho más cerca de mi idea de pasarlo bien que abrirnos paso a través de la selva solo para ver viejas mierdas de la guerra.

Pero Nico y Jake estaban muy entusiasmados con el tema y no dejaban de repetir que sería una «aventura», así que estoy intentando (de nuevo) ser la novia guay que está dispuesta a todo. A veces pienso que, si sigo fingiendo ser esa chica durante el tiempo suficiente, acabaré convirtiéndome en ella.

Brittany y Eliza muestran expresiones similares de indulgencia resignada. Amma, en cambio, está al lado de Nico haciéndole un millón de preguntas: cuánto tiempo tiene la pista, cuándo se usó, si realmente vivía gente allí y muchas más y, por supuesto, Nico se las traga todas, aunque la mayoría de las respuestas se reducen a:

—Eh... no lo sé.

A mi lado, Eliza me da un codazo.

—¿Deberíamos tomar nota? —pregunta en voz baja asintiendo hacia Amma. Yo resoplo.

—Definitivamente, algunos actúan como si hubiera un examen después —susurro en voz demasiado alta. Amma me mira bruscamente, aunque no creo que haya oído lo que he dicho.

Pero tal vez ha captado el tono, porque se aleja de Nico y se cruza de brazos de mal humor.

Esta chica no se aclara. Brittany y yo habíamos pasado el día siguiente al casi ataque del tiburón en el Cielo Índigo y Amma y no se había unido a nosotras, sino que había preferido quedarse en la Susannah. Eso no pareció molestar a Brittany, pero pude oírlas susurrando en su camarote por la noche y me pregunté si habían discutido.

No es la primera vez que me alegro de que Jake y Eliza estén también aquí. Tener a más personas ayuda a calmar definitivamente cualquier posible tensión.

Los seis estamos aquí en la playa mirando hacia la selva. Nico y Jake sostienen machetes procedentes del Cielo Índigo. Al principio me había parecido una maldita fanfarronada de machos, pero ahora, al contemplar la espesa vegetación desde la orilla, cobra sentido.

—Entonces, ¿pensáis atravesar esa mierda como si fuerais Rambo? —pregunta Brittany con una mano en la cadera arqueando las cejas.

—Es el único modo de hacerlo, reina —contesta Jake. Hoy no va tan bien arreglado, ha cambiado sus pantalones cortos y su camisa por una vieja camiseta, unos pantalones caquis holgados y un par de zapatillas viejas.

El machete hace un ruido silbante cuando Nico lo blande y golpea una gruesa liana con un sonido tan húmedo como carnoso que hace que me estremezca ligeramente.

—Qué pasada —murmura con la emoción de un niño pequeño en los ojos, y Eliza se ríe.

—Dios, eres tan macho.

Exagera la pronunciación arrastrando la vocal «maaaaacho» y Nico también se ríe y se encoge de hombros.

—Es divertido. ¿Quieres probarlo?

Le entrega el machete y ella rodea el mango con los dedos para probar su peso antes de blandirlo. Su golpe es casi tan fuerte como el de Nico y la hoja se queda atascada en la liana que estaba intentando cortar.

—Mierda —espeta tirando de él, y Jake se acerca para ayudarla a sacar el machete.

—Es más difícil de lo que parece, ¿eh?

Cuando la hoja sale, Eliza se tambalea ligeramente hacia detrás, su espalda choca con el pecho de Jake y él aprovecha la oportunidad para bajar la cabeza y darle un beso en el cuello.

—¡Estoy toda sudada! —protesta Eliza, pero él se limita a sonreír y le da otro beso, esta vez en la mejilla.

—Todos lo estamos —le recuerda él y luego señala hacia el sol que ya golpea con fuerza, aunque solo son las nueve de la mañana—. Y vamos a sudar mucho más antes de que acabe el día.

No miente. Jake y Nico se turnan para cortar la maleza y Brittany, Amma, Eliza y yo apartamos las lianas y las ramas con las manos. Parece que nos lleva una eternidad avanzar, y estoy a punto de sugerir que nos tomemos un descanso cuando, de repente, la vegetación se abre un poco más y llegamos a un claro.

Hay tanta humedad en la selva que me cuesta respirar y el aire que me entra en los pulmones es denso y pesado. Me pica la piel por debajo de la camiseta de neopreno y me suda hasta la parte trasera de las rodillas.

Pero también hay algo bonito aquí. Bonito, salvaje y extraño.

—Es tan silencioso —murmura Amma. Se oye el zumbido de los insectos y el susurro de las hojas cuando los árboles se mecen con la brisa, pero, aparte de eso, no se oye nada, ni siquiera las olas de la playa; es como si la selva se hubiera cerrado a nuestro alrededor, sellándonos.

—Es como la iglesia —agrega Brittany y luego le toma la mano a Amma—. Como aquella iglesia de Italia, ¿te acuerdas?

Veo que a Amma se le mueve la garganta al tragar saliva y que le estrecha la mano a su amiga y recuerdo aquella foto de las dos en el móvil de Brittany. En momentos como este, es fácil ver por qué su amistad funciona a pesar de ser tan diferentes; es lo que tiene compartir experiencias. Me pregunto si, cuando nos marchemos de Meroe, también tendremos ese tipo de vínculo entre todos.

Me gusta esa idea.

Nico señala hacia adelante con la punta de su machete.

—Vamos. Parece que por ahí hay un camino.

Es un camino, no uno muy bueno y, definitivamente, tenemos que continuar abriéndonos paso por la selva con el machete, pero ahora es más fácil y, tras unos minutos, la vegetación se despeja de nuevo dejándonos en un vasto espacio abierto sin árboles sobre nosotros y con el océano azotando la orilla a pocos metros de distancia.

Hemos llegado al otro lado de la isla. El oleaje aquí es más fuerte y las olas son más grandes fuera de la laguna protegida en la que nos alojamos. Cuando doy un paso hacia adelante, tropiezo con el borde de algo.

Miro hacia abajo y veo el asfalto agrietado, la hierba y las enredaderas atravesando el cemento negro.

—¡Supongo que aquí está tu pista de aterrizaje! —le digo a Nico y él mira a su alrededor, claramente decepcionado.

—Vaya —espeta llevándose la mano a la cabeza para apartarse el pelo de la nuca, todavía sosteniendo el machete—. Creía que estaría… no sé. Supongo que no tan hecha mierda.

Jake se sube las gafas de sol por el puente de la nariz con el dedo con el otro brazo alrededor de la cintura de Eliza.

—Así es la selva, amigo. Te lo quita todo en un instante.

Chasquea los dedos para enfatizar sus palabras. Hay algo inquietante en esta parte de la isla, algo perturbador. Tal vez sea el recordatorio de que este lugar tiene una historia, una historia oscura. Que una vez hubo aquí otras personas y que no es un paraíso completamente libre de todas las mierdas del mundo moderno. O tal vez sea solo por lo fuerte y violento que suena el mar en esta zona.

De repente, lo único que quiero es volver a nuestra playa, a nuestro pequeño y seguro puerto.

Pero Nico ya está cortando las lianas que rodean la pista de aterrizaje con el machete y agachándose para mirar más de cerca.

—¿Dijiste que la usaron durante la Segunda Guerra Mundial? —pregunta Amma agachándose junto a él.

—Sí, era un punto de reabastecimiento rápido —explica Nico y luego empieza a señalar con el filo—. Guardaban tanques por ahí, según algunas fotos que he visto.

—¿Dónde las viste? —pregunto y él me mira con los ojos entornados.

—Las busqué antes de venir.

Eso es nuevo para mí, pero Amma le sonríe y le apoya una mano en el brazo.

—Qué bien que investigaras.

No hay nada fuera de lugar en el modo en el que o toca ni en sus palabras y ahora me cae bien Amma, me gusta de verdad, pero hay algo en esa imagen de ellos dos agachados juntos que hace que se me retuerza ligeramente el estómago. Tal vez es porque recuerdo ese momento antes de salir de Maui cuando los vi a ambos en la cubierta de la Susannah con el aspecto de haber nacido para estar ahí.

O tal vez sea porque Amma se parece a ella, a la verdadera Susannah.

Pero sea cual sea ese sentimiento, es estúpido e irracional y lo empujo hacia abajo.

—¿Estás bien? —pregunta Brittany en voz baja apareciendo a mi lado.

—Sí, bien —contesto—. Supongo que solo tengo calor y estoy cansada y no me interesa lo más mínimo la Segunda Guerra Mundial.

Creo que ella sabe que hay algo más, pero se limita a sonreír y me da un rápido apretón. Eliza se acerca a mí, todavía guapa y perfecta a pesar de la humedad.

—¿Y por qué exactamente estamos haciendo esto en lugar de estar bebiendo en la playa?

—Hombres —respondo negando con la cabeza.

—Cierto —asiente ella y me pasa un brazo por los hombros.

—Volvamos y dejémoslos a la suya. He puesto una botella de Pinot Grigio en la nevera antes de salir y me está llamando.

Me imagino el vino blanco frío deslizándose por mi garganta y casi empiezo a salivar. Me doy la vuelta para decirles a los demás que Eliza y yo vamos a volver cuando mi pie choca con algo oculto entre la vegetación cerca de la pista.

Miro hacia abajo esperando encontrarme una roca grande.

En lugar de eso, me encuentro unos dientes y unas cuencas vacías mirando al cielo.

Una calavera.

DOCE

—¿Lux? —Oigo a Nico llamarme, pero me quedo paralizada en el sitio mirando a la calavera con esos dientes rotos y esos agujeros que un tiempo fueron ojos. Cuando Nico llega hasta mí, me agarro a su camisa. Me tiembla todo el cuerpo.

—Es... una calavera —farfullo casi jadeando y Nico abre mucho los ojos cuando mira hacia abajo.

—Me cago en la puta.

Cuando me suelta, casi me caigo. Me tiemblan las rodillas. De repente, tengo a Brittany a un lado y a Eliza al otro, ambas sujetándome por los codos.

Nico levanta suavemente la calavera con ambas manos.

—¡Dios! —grita Brittany, pero Amma se agacha junto a él.

—¿Cuánto tiempo crees que lleva aquí?

Jake está ahora al otro lado de Nico con el machete colgando en una mano. Se baja las gafas de sol para observarla con los ojos entornados.

—Diría que mucho tiempo. Mira lo estropeada que está.

Nico se la acerca a la cara y empieza a nublárseme la visión.

—Has dicho que usaban este sitio como zona de descanso durante la Segunda Guerra Mundial, ¿verdad? —pregunta Amma lo bastante cerca de Nico como para que sus hombros se toquen—. Es decir, alguien podría haber muerto aquí porque estaba herido. O enfermo. Tal vez lo enterraron y algo lo ha sacado.

La imagen toma forma inmediatamente en mi cerebro: alguna criatura de la selva excavando en la tierra, desenterrando un cuerpo, mordiendo, desgarrando…

—Cariño, bebe un poco de agua, ¿vale?

Eliza está delante de mí con un termo metálico y, aunque el agua está caliente y tiene un ligero regusto químico, bebo con avidez y siento que parte de las náuseas retroceden.

Nico ni siquiera me mira.

—O tal vez fuera otra cosa, ¿sabes? —le dice a Jake—. Aquí, si te peleas con alguien, ¿quién iba a saber si… acabas con esa persona?

Se vuelve hacia la calavera que tiene en las manos con un brillo en los ojos marrones.

—Dios, sería muy turbio. ¿Os imagináis que hemos encontrado a un tipo que fue asesinado en los años cuarenta?

Empieza a pasárseme el mareo y me doy cuenta, incómoda, de que soy la única que ha alucinado con esto. Yo lo he encontrado, pero ahora que se me está pasando el susto, me siento… tonta. Como si hubiera exagerado totalmente.

Sonriendo, Nico sostiene la calavera con una mano.

—*Esto* sí que es una aventura de verdad. Navegar hasta una isla desierta, atravesar la selva y encontrar a un viejo soldado hecho pedazos. —Vuelve a darle la vuelta a la calavera en sus manos—. Es una gran historia. Cuando la gente la vea en la Susannah va a flipar. Les podré contar…

—Perdona, ¿qué acabas de decir?

Nico se vuelve a mirarme entonces con las cejas fruncidas.

—La calavera. Oye. —Se acerca a mí y usa la mano libre para apartarme el pelo de la cara, pero entonces recuerdo que hace tan solo un minuto esos dedos han tocado la calavera y vuelvo a sentir esa sensación enfermiza y vertiginosa.

—Las has encontrado tú, nena —continúa todavía sonriendo—. ¿No quieres tener tu propio trofeo en el barco?

—Era una *persona* —replico con el volumen demasiado alto. En lo alto, una bandada de pájaros surca el cielo graznando ruidosamente y de repente soy consciente de que el sudor me resbala por la columna vertebral y de que tengo el pelo pegado a las mejillas. Probablemente tengo un aspecto horrible y desearía no haber dicho nada, desearía poder mirar esa cosa como todos los demás, como un artefacto interesante con un poco de emoción macabra.

Pero tal vez solo puedes reaccionar así cuando la muerte no te ha tocado nunca personalmente. En los últimos meses de mi madre, se podía ver realmente la forma de sus huesos debajo de su piel. Pienso en esos huesos en el maldito barco de otra persona como un *souvenir* guay, el equivalente a un caso de plástico *tiki* o un tarro lleno de caracolas.

Me doy cuenta de que Brittany también está algo pálida y cuando me toma la mano para estrechármela en señal de apoyo, su agarre es lo bastante fuerte como para que duela.

—Lux tiene razón —dice—. No puedes llevártelo.

—Es muy viejo —replica Amma cruzando los brazos sobre el pecho—. Y solo es una calavera. Quien habitara en ella se fue hace mucho tiempo, Britt. Ahora es… solo un objeto. Ya no es una persona.

—Si Lux no la quiere en el barco, no debería ir en el barco —declara Eliza firmemente, y me sonrojo todavía más porque ahora están eligiendo bandos por un tema que he empezado yo.

De repente, Jake da un paso hacia adelante y le quita la calavera a Nico.

—Oye, colega —dice a la ligera—, probablemente dé mala suerte tener huesos en el barco, ¿no crees? Me la llevaré y la enterraré en alguna parte. Pero deberíamos sacarle fotos o algo, documentar dónde la hemos encontrado y todo eso.

Durante un segundo, me parece que Nico va a discutir con él o a insistir en el tema. Si lo hace, me doy cuenta de que no tengo ni idea de cómo voy a reaccionar. No quiero empezar una pelea, pero tampoco quiero esa cosa en el barco, de ninguna forma. Y, lo más importante, no quiero tener que dar explicaciones. Quiero que Nico lo capte, que recuerde todo lo que le he contado sobre mi madre y que entienda por qué una calavera humana no es exactamente mi idea de lo que es encontrar un tesoro enterrado.

En lugar de eso, Nico asiente hacia Jake.

—Sí, amigo, tienes razón. Probablemente dé mal *yuyu*.

Pasamos la siguiente media hora más o menos husmeando por la pista de aterrizaje, pero la diversión se ha esfumado y, antes de la hora del almuerzo, volvemos hacia la playa. Jake y Eliza desaparecen ellos solos un rato y Brittany y Amma se van a nadar mientras que yo vuelvo al barco alegando que quiero echarme una siesta, pero, en realidad, solo quiero estar sola.

Cuando vuelve a subir alguien a bordo, es casi la hora de la cena.

Estoy sentada en cubierta con las piernas colgando por la borda cuando Nico se acerca.

—¿Estás bien? —pregunta poniéndose en cuclillas a mi lado.

Lo cierto es que no. Todavía estoy conmocionada, lo que me hace sentir estúpida y tonta. Nico y Jake tienen razón, probablemente la calavera llevara ahí desde los años cuarenta, no es algo que deba asustarme.

Pero la cuestión más importante es que, de nuevo, algo me ha molestado (me ha *asustado*) y a Nico no le ha importado una mierda.

—Ha sido un día raro —respondo y él suspira.

—Esto no es Maui o el Haleakala —responde pasándose la mano por el pelo—. Es algo más salvaje, más raro. Eso es lo que lo hace divertido.

—Sí, tropezar con gente muerta, el culmen de la diversión —ironizo y me golpea el hombro con el suyo.

—¿Puedes animarte un poco?

No parece enfadado ni irritado, solo un poco frustrado, pero aun así lo detesto. Es otro de esos momentos, de esas señales del hombre que podría haber sido... del hombre que a veces me preocupa que pueda ser en realidad. Me aparto de él y me aferro con los dedos a la barandilla de madera del barco.

—¿Por qué no vas a hablar con Amma? —sugiero—. Ella parecía tan entusiasmada con esa calavera como tú.

Se queda allí sentado un momento y veo que no es capaz de decidir cuál es el mejor modo de lidiar con esto, de lidiar conmigo. No sabe si debería dejarlo estar o intentar argumentar para salir de esta.

Al final, murmura:

—Da lo mismo. —Y vuelve a ponerse de pie. Tras una pausa, oigo un chapoteo y cuando me giro para mirar por encima del hombro, lo veo nadando hacia la orilla atravesando el agua brillante con golpes de brazos suaves y definidos.

El sol se está poniendo y el cielo se ha convertido en una brillante gama de colores que va desde el morado hasta el naranja, pasando por el rosa algodón de azúcar de las nubes. Lo único que se oye son los cantos de los pájaros y las olas contra el casco. Cierro los ojos.

Nico tiene razón. Este lugar es salvaje y raro y ese es justamente su encanto. Por eso querían venir aquí Brittany y Amma, por eso lo eligieron Jake y Eliza. Por la aventura.

¿Y acaso no es eso lo que yo quería?

Me levanto y miro hacia el Cielo Índigo. Distingo a Jake y a Eliza dando vuelvas por la cubierta y sé que Brittany y Amma siguen en la isla. Nico ha dejado de nadar y se gira para mirarme desde el agua y, sin pensármelo dos veces, me saco la camiseta por la cabeza. Me quito los pantalones con la misma rapidez y me sumerjo en el océano, desnuda y tal vez un poco loca.

Aunque la risa de Nico cuando emerjo hace que haya valido la pena.

Nada hacia mí y nuestras piernas desnudas se encuentran y se enredan mientras se inclina hacia adelante para darme un beso torpe y salado en los labios.

Le paso un brazo por los hombros, su piel se resbala contra la mía y le devuelvo el beso.

—Lo siento —susurro contra su boca cuando nos separamos, y él sonríe y apoya su frente en la mía.

—No pasa nada, nena —dice—. Sé que aquí es un modo de vida diferente. Pero es una buena práctica para cuando nos vayamos los dos solos.

Se oye un silbido penetrante desde la playa y nos volvemos en el agua para ver a Brittany en la orilla riendo y levantándonos los pulgares. Yo también me río y me hundo un poco más para cubrirme los pechos. Mi atrevimiento se está desvaneciendo ahora que se han arreglado las cosas entre Nico y yo.

Amma está junto a Britt en la playa con las manos metidas en los bolsillos.

Pienso en su hombro junto al de Nico, en el modo en el que le ha rozado la mano cuando ha alargado el brazo para tocar la calavera.

Solo ha sido un día raro, vuelvo a pensar.

Solo un día raro.

TRECE

Esa noche decidimos pasar un rato en el Cielo Índigo. El ambiente es acogedor, como el que se respira alrededor de una hoguera. Estamos los seis en la cubierta iluminada por las tiras de luces que ha colgado Eliza y el barco se balancea suavemente en su sitio. Amma ha conectado su móvil a los altavoces y suena una suave música acústica típica de cafetería de fondo.

Jake está en una de las hamacas. Eliza se sienta en el suelo entre sus piernas con un brazo rodeándole el muslo mientras él le cuenta a Nico algo sobre una carrera de barcos de Sídney. Amma está sentada a su lado quitándole lentamente la etiqueta a su botella de cerveza.

Brittany está arrodillada detrás de mí intentando desenredarme el pelo apelmazado por el mar y la sal y echo la cabeza hacia atrás para sonreírle.

—Nadie ha jugado con mi pelo desde que era pequeña —le digo.

—Mis motivaciones son totalmente egoístas —contesta—. Tienes el mejor pelo de todo el barco y sería un crimen dejarlo así.

Eso me hace reír y tomo otro trago de mi bebida. Estoy más que un poco borracha y todo se ha vuelto suave y nebuloso. Jake nos ha preparado daiquiris, pero no son del tipo a los que estoy acostumbrada (los brebajes congelados de color rosa brillante que salen de las máquinas de Haleakala. Este solo tiene zumo fresco de lima, algo de azúcar y ron de buena calidad, sin ninguna fresa a la vista. Voy por el tercero y empiezo a notar la cara algo entumecida, pero no puedo parar. Cuanto más bebo, más lejano me parece lo que ha sucedido hoy. Como si le hubiera pasado a otra persona.

Nico se ríe por algo que ha dicho Jake y, cuando lo miro, el calor que se me expande en el pecho no tiene nada que ver con el alcohol.

Me alegro mucho de que nos haya traído aquí. Me alegro mucho de haber conocido a Brittany, Amma, Eliza y Jake. Me...

—Vale, pétalo, ya se te están cerrando los ojos —dice Jake inclinándose hacia adelante para quitarme la copa medio vacía de las manos. Me rindo sin oponer resistencia y le sonrío.

—¿Acabas de llamarme pétalo?

—Llama así a todas las mujeres —replica Eliza pellizcándole ligeramente la rodilla a Jake—. Cree que es encantador y, por desgracia, tiene razón.

—Es encantador —confirmo—. Es decir, normalmente, cuando los chicos me llaman «gordi» o «nena» lo odio.

—Yo te llamo nena —objeta Nico y le hago un gesto con la mano.

—Me refiero a chicos con los que no estoy saliendo. A tipos al azar.

Jake arquea las cejas.

—¿Yo soy un tipo al azar?

Probablemente estoy demasiado borracha para mantener esta conversación, mis palabras rebotan por todas partes y sacudo la cabeza.

—No, ahora somos amigos. Creo —añado y, detrás de mí, Brittany se ríe.

—Te veo bastante mal, Lux.

Es cierto. No me había emborrachado así en mucho tiempo. No me había sentido realmente segura. Cuando el dolor sigue encendido, el alcohol y las drogas son un arma de doble filo. Pueden adormecerte, hacer que sientas menos el dolor, pero también pueden abrirte en canal y dejarte vulnerable para que vuelva una avalancha cuando menos te lo esperas. Aprendí esta lección por las malas los meses posteriores a lo de mamá, cuando un par de vodkas con refrescos en mi apartamento se convirtieron en cuatro y después en seis y lo siguiente que sé es que estaba vomitando y llorando en el suelo del baño.

Ahora no hay ninguna avalancha. En lugar de eso, miro a mis nuevos amigos y deseo que mi madre hubiera podido conocerlos. Deseo que hubiera visto este lugar, este trozo de paraíso que parece sacado de un sueño.

—Ya está —dice Brittany desde detrás de mí, acariciándome el pelo—. Guapa y arreglada.

Muevo las manos hacia atrás y, por primera vez en mucho tiempo, noto el pelo suave debajo de las yemas de los dedos, enroscado en un nudo bajo la nuca.

—Tan guapa y no hay ningún sitio en el que presumir de ello —comenta Eliza con una sonrisa mientras saca su móvil—. Al menos, puedo tomar una foto, aunque no pueda compartirla hasta que volvamos a la civilización.

Jake inclina la botella en su dirección.

—Vale, una reflexión para vosotros... ¿el lugar en el que existen Instagram y Twitter es más o menos civilizado que esta obra maestra de la naturaleza y de Dios?

—Ay —murmura Brittany moviéndose de detrás de mí y dejándose caer en la cubierta—. Eres de esos. Demasiado bueno para un filtro bien elegido.

—No, solo es viejo —bromea Eliza rodeando con un brazo la espinilla de Jake y mirándolo—. Cumplió treinta el mes pasado y ahora finge que no ha usado un *emoji* en toda su vida.

—No lo he hecho —insiste Jake y Eliza pone los ojos en blanco.

—¿Sabíais que este barco venía con una instalación de wifi ridículamente cara y que Jacob Arthur Kelly la arrancó de cuajo? Así de comprometido está este idiota con estar fuera de la red.

—Si voy a pasar unas semanas en el paraíso con mi chica no puedo tenerla mirando Twitter ni leyendo cotilleos sobre famosos —contesta Jake y luego se inclina para darle un beso en la frente a Eliza—. Eso no es por tener treinta años, es por tener sentido común.

Son adorables juntos, una pareja perfecta, y de repente desearía estar sentada con Nico, poder enroscarnos sobre el otro con la misma facilidad y comodidad.

Pero ahora parecería incómodo intentar acercarme a él, como si quisiera demostrar algo. Además, Amma ya está sentada a su lado. No se están tocando, ni siquiera están tan cerca, pero sigo teniendo ese nudo en el estómago, esa misma ráfaga de celos.

—Treinta, ¿eh? —comenta Nico apoyándose en las manos mientras estira las piernas—. Supongo que entonces eres el mayor de todos. Yo tengo veintiséis, Lux veinticuatro...

—Ya tengo veinticinco, tenía veinticuatro cuando nos conocimos —lo corrijo y él asiente.

—Correcto. Y Brittany y Amma, ¿qué edad tenéis vosotras? ¿Veintidós?

Ambas asienten, y Eliza finge un falso escalofrío.

—¡Madre mía, Jake, somos ancianos! Eso nos convierte en... —Hace una pausa y retuerce la cara en una mueca de horror—. ¿Los responsables?

—Dios, qué pesadilla —contesta él, y luego se levanta tambaleándose ligeramente—. Vale, necesito hacer algo tremendamente irresponsable en este mismo momento antes de ponerme a revisar mi fondo de jubilación y leer el *Financial Times*.

Tras decir eso, toma el borde de su camiseta, se la casa por la cabeza con un movimiento sencillo y se dirige al lado estribor del catamarán.

Antes de poder comprender lo que está haciendo, se desliza el bañador por las piernas mostrando su piel dorada y pálida bajo la luz de la luna y salta por la borda con un grito. El chapoteo se oye con fuerza en la noche tranquila.

—¡Puto lunático! —grita Eliza tras él y yo me inclino por la borda para verlo flotando y sonriéndonos desde el agua.

—¡Venga! —nos llama—. ¿Qué sentido tiene estar en una isla desierta si no te bañas desnudo?

Entonces Jake me mira.

—Lux, sé que a ti te gusta —agrega guiñándome el ojo; de repente, se me pone la cara roja.

¿Lo ha visto? Aunque esta isla esté a kilómetros de todo, aunque no haya internet ni red telefónica y mucho menos redes sociales, no es realmente privada. No con los seis tan cerca unos de otros.

Brittany ya se está moviendo a un lado del barco quitándose la ropa entre risas y Amma también se levanta, pero no hace ningún movimiento para desnudarse.

—Vamos, Britt —le dice—. Está oscuro y no sabes qué hay ahí abajo. Podría ser peligroso.

—¿Por qué de repente te importa tanto que la gente sea imprudente? —replica Brittany. Sigue sonriendo, pero Amma se estremece como si su amiga le hubiera pegado. Da un paso hacia atrás y casi se choca con Nico.

—¿Estás bien? —oigo que le pregunta él y Amma asiente mientras Brittany, desnuda y hermosa bajo la luz de la luna, da un grito y salta al agua.

—¡Hay una chica! —cacarea Jake. Eliza suspira, se levanta y lleva las manos a los lazos de su vestido veraniego.

—Si no puedes vencerlos, únete a ellos —declara. Pronto hay un tercer chapoteo, más risas y gritos desde el agua.

Noto el cerebro confuso y desenfocado mientras observo sus pálidos cuerpos atravesando las oscuras aguas y la luz de la luna bailando sobre las suaves olas. Todos sonríen y bromean, Eliza se enrosca alrededor de Jake y él flexiona los brazos para sostenerla en el agua. Vuelvo a pensar en Jake viéndonos antes a Nico y a mí, me pregunto si le ha gustado, si nos ha mirado como creo que puedo estar mirándolo yo ahora a él con Eliza.

Como si hubiera notado mi mirada, Eliza levanta la mirada.

—¿Vienes, Lux? —me llama.

Estoy a punto de desabrocharme los pantalones cuando Amma dice:

—Creo que yo me vuelvo a la Susannah. No me encuentro demasiado bien.

—Será por el ron —dice Nico y mira hacia mí—. ¿Te vas a nadar o vuelves con nosotros?

Quiero saltar a las aguas cálidas con Jake, Eliza y Brittany, quiero nadar desnuda bajo la luna este lugar precioso, pero hay algo que no me gusta sobre la idea de que estén Nico y Amma solos en nuestro barco.

Así que quito la mano de mi cinturón y me giro de espaldas al agua mientras oigo que Brittany me llama:

—¡Vamos, Lux!

—¡A lo mejor mañana! —contestó y los tres abuchean y silban y Eliza me muestra los pulgares hacia abajo haciéndome reír.

Tan pronto los tres volvemos a la Susannah, Amma se mete casi inmediatamente en el camarote y cierra la puerta.

Cuando ya estoy metida en la cama con Nico con la cabeza dándome vueltas y la boca seca y pegajosa, recuerdo ese momento con ella y Brittany y el dolor (no, la casi devastación) que había atravesado el rostro de Amma.

«¿Por qué de repente te importa tanto que la gente sea imprudente?».

¿Qué significaba eso? ¿Y por qué le había dolido tanto a Amma?

—¿Crees que pasa algo entre Amma y Brittany? —susurro en voz tan baja que apenas se oye.

Pero Nico ya está dormido.

ANTES

Amma lleva toda la vida escuchando el dicho «tres son multitud», pero nunca lo había experimentado ella misma como ahora en Italia. Chloe se desliza en su vida como si siempre hubiera estado allí, como si fuera parte del viaje desde el principio.

Desde la noche que se conocieron en aquella cafetería, Chloe ha estado con ellas en cada paso del camino esperándolas en la puerta del albergue o quedando con ellas en algún restaurante y, aunque Amma no quiere resentirse con ella, sobre todo teniendo en cuenta cómo parece conectar con Brittany, cada vez le resulta más difícil no hacerlo.

«Chloe dice...»

Así es como empieza ahora Britt todas las frases.

«Chloe dice que este restaurante tiene la mejor carbonara».

«Chloe dice que la escalinata de la Plaza de España está sobrevalorada».

«Chloe dice que esa parte de la ciudad se ha vuelto muy turística».

«Chloe dice, Chloe dice».

Chloe de repente tiene autoridad sobre todo y Brittany no puede dejar de repetir todas sus opiniones.

Amma entiende ese impulso. En cierto sentido, después de lo que les ha pasado a ambas, agarrarse a las riendas de otra persona puede parecer más fácil.

Pero sentadas en un bar de vino del barrio de Trastevere mientras Brittany se ríe por alguna anécdota que está contando Chloe de su año sabático en Inglaterra, Amma intenta recordarse a sí misma que Britt está mejor desde que ha aparecido Chloe. Ya no llora por las noches ni habla de volver a casa.

Por eso al principio Amma se había sentido aliviada cuando Chloe había preguntado si podía unirse a ellas. El grupo con el que había estado la primera noche eran estudiantes de posgrado estadounidenses que, según Chloe, eran «más aburridos que una puta piedra» y, al mismo tiempo, a Amma le había parecido que había cierto glamur en eso, en poder revolotear entre varios grupos de personas haciendo amigos nuevos por el camino. Sin responsabilidades ni ataduras.

Sin culpa.

Amma no es capaz de imaginar cómo debe ser vivir sin culpa. Es su compañera permanente, lo ha sido desde la primera vez que miró el Facebook de Brittany porque necesitaba ver a la chica cuya vida había arruinado.

Enterarse de que ambas iban a la misma universidad, de que Brittany iba solo un curso por detrás de ella en la Universidad de Massachussets, hizo que se le revolviera el estómago lo suficiente como para tener que ir corriendo al baño y vomitar. Le había parecido demasiado cercano, demasiado... predestinado, de algún modo, el hecho de que ella estuviera en Florida durante las vacaciones de primavera al mismo tiempo que esa chica, una chica con la que podía haberse cruzado por el campus, haberse encontrado en el baño en una fiesta y haberle hecho un cumplido de borracha mientras se retocaba el pelo o el pintalabios.

Solo cuando se le despejó la cabeza y se le asentó el estómago, Amma lo comprendió. Era el destino.

El destino dándole una oportunidad de intentar arreglar la situación de algún modo.

Eso fue lo que la llevó a la sesión de asesoramiento en la iglesia, lo que le hizo sentarse en una silla plegable de metal junto a Brittany. El destino (y alguna extraña noción de penitencia) la había llevado a contarle a Brittany la mayor mentira de toda su vida.

Al principio, Amma solo quería verla. Oírla hablar. Y tal vez una parte enfermiza de ella se sentía obligada a escuchar la versión de los eventos de Brittany. Lo único que Amma sabía realmente era que necesitaba ver a esa persona cuya vida estaba actualmente tan irrevocablemente alterada como la de Amma.

Por eso, aunque hay algo en Chloe (en sus rápidas y amplias sonrisas y en su fácil camaradería con todos los que conociera) que inquieta a Amma, aguantará a su nueva amiga e ignorará toda la mierda que la irrita. Por ejemplo, cuando Chloe ha anunciado en cuanto se han sentado que no tiene efectivo y que necesita que alguna la cubra.

No es la primera vez que lo hace y, teniendo en cuenta lo rápido que se les está acabando el dinero, Amma está especialmente irritada, pero Brittany acepta enseguida y ahora Amma está mirando la bebida de Chloe que, probablemente, sean los últimos euros de Brittany.

Se siente preparada para irse, aunque solo se ha tomado una copa de vino, cuando entra un grupo de chicos y se sientan en la mesa de al lado.

Claramente, son estadounidenses, las gorras de béisbol los delatan. En el mes que llevan viajando por Europa, Amma no ha visto a nadie de ningún otro país llevando una de esas gorras.

Chloe se inclina hacia adelante con esa sonrisa ladeada suya y balanceando su melena pelirroja.

—Apuesto veinte euros con vosotras a que esos tipos tienen los peores perfiles de Instagram que habéis visto nunca.

Amma se muerde la lengua cuando realmente quiere preguntar: «¿Tienes esos veinte euros?», pero Brittany tuerce ligeramente la silla para mirar bien al trío. Los tres chicos están sentados alrededor de una mesa pequeña con las rodillas abiertas. También llevan diferentes variaciones de un mismo atuendo: pantalones caqui hasta las rodillas, camisas y gorras. Los tres llevan gafas de sol de aviador y tienen enormes jarras de cerveza delante de ellos.

—Es una apuesta perdida —replica Brittany negando con la cabeza y Chloe se ríe recostándose en su silla.

—Vale, pero ahora necesito saber si estoy en lo cierto —dice. Se levanta y se dirige a su mesa.

Coloca la mano en el respaldo del macho alfa, el más grande de los tres. Lleva un reloj elegante en su gruesa muñeca y varios tatuajes se asoman bajo sus mangas remangadas.

—Juraría que te conozco —le dice Chloe al tipo y su acento australiano cambia al estadounidense con tanta perfección que Amma arquea las cejas, sorprendida—. ¿Fuiste a Brown? —continúa Chloe, y el chico niega con la cabeza, aunque que se sube las gafas de sol para mirarla mejor. Chloe no es un bombón, no como Brittany, pero hay algo en ella que atrae la atención y Amma ve cómo la mirada del tipo se desliza por el cuerpo de Chloe.

—A la Universidad del Sur de California —contesta y Chloe suelta una risita sacando la cadera mientras se inclina un poco más—. Está claro.

Ella juguetea con el borde de su gorra, donde está bordado el logo de la universidad. La sonrisa del chico se ensancha.

—Pero sí que te conozco de algo —continúa Chloe mientras el chico se remueve en su silla separando todavía más las piernas.

—¿Por qué todos hacen eso? —le murmura Brittany a Amma vaciando el contenido de su copa—. Es muy poco atractivo.

—¿Sigues el *lacrosse*? —le pregunta con tono chulesco el chico.

—¡Tal vez sea eso!

Amma observa cómo ella y el chico juntan las cabezas y sacan los móviles mientras intercambian claramente sus números o sus cuentas en redes sociales. O ambas cosas. Se pregunta si Chloe ha bebido más de la cuenta porque justo cuando se levanta de la silla, se tambalea ligeramente y deja caer el móvil bajo la mesa. Ríe mientras lo recupera y los tres chicos aprovechan la oportunidad para mirarle el culo.

—Vaya clase —farfulla Amma insegura de si está metiendo con Chloe o con los chicos.

De vuelta en su asiento, Chloe les enseña el móvil.

—Comprobadlo.

En unos segundos, tiene el perfil del tipo de la Universidad del Sur de California y se lo enseña subrepticiamente a Brittany y a Amma.

—¿Qué os había dicho?

Son un montón de fotos del mismo tipo posando junto a coches de lujos con la barbilla levantada y la mirada hacia algún sitio a media distancia. Sale sin camiseta en, al menos, la mitad de las fotos, mostrando su piel suave y dorada y la tinta oscura subiendo y bajando por sus enormes bíceps.

—¿A qué se dedica? —pregunta Brittany—. Quiero decir, lo que tiene delante es un Maybach.

Se acerca el camarero con una botella de vino en un cubo de hielo.

—No hemos pedido eso —le dice Amma y Chloe se gira para sonreírles a los chicos dándoles las gracias.

Amma se sonroja. Por supuesto.

—Bueno, para empezar —le dice Chloe a Brittany mientras le llena la copa—, puedo *garantizarte* que ese coche no es suyo. Probablemente se esté haciendo una sesión de fotos en un solar. Y dos, todos esos chicos son así. Toda esa mierda del «emprendimiento». Se llaman a sí mismos CEO de una empresa que ellos mismos se han inventado y que ¡sorpresa! Nunca tiene beneficios. —Niega con la cabeza—. Estos cabrones están por todas partes. Y son todos iguales y tienen perfiles en redes sociales iguales y dicen cosas estúpidas tipo: «No puedes volar con leones si nadas con ovejas».

Eso realmente hace reír a Amma, pero Brittany sigue pasando fotos con el ceño fruncido.

—Por Dios, ¿no ven lo idiota que es esto?

—Los idiotas se atraen entre sí —responde Chloe encogiéndose de hombros—. Así es como consiguen dinero. Se presentan como tipos importantes, lo que atrae a otros tipos que también quieren ser importantes y luego organizan esos «*marketing workshops*» por miles de dólares. Es una estafa.

Vuelve a mirar hacia su mesa y Amma ve que se le mueve un músculo en la barbilla.

—Y lo peor de todo es que se salen con la suya.

Llega la cuenta de las pocas copas que habían pedido antes de que llegaran los chicos y Brittany va a tomarla.

—Yo me encargo —dice Chloe tomando la cuenta y sacando su cartera. Amma echa un vistazo al interior de su cartera y ve un fajo de billetes metido en un bolsillo lateral.

—Creía que no tenías efectivo —comenta.

Chloe se encoge de hombros y cierra la cremallera de su bolso.

—He encontrado un poco.

AHORA

CATORCE

Por alguna razón, a la mañana siguiente me levanto temprano, me bebo un asqueroso café instantáneo en la cubierta de la Susannah cuando Eliza se acerca con el Zodíaco. A pesar de todos los daiquiris de la noche anterior, tiene un aspecto fresco y brillante, con una sonrisa cegadora bajo la luz del sol mañanera.

—¿Puedo secuestrarte? —pregunta y levanto mi taza de plástico.

—¿Tienes un café mejor?

Como respuesta, levanta un termo de metal de aspecto pesado y yo sonrío y dejo la taza.

—Pues considérame secuestrada.

Asomo la cabeza por el camarote y llamo a Nico.

—¿Cariño? Eliza y yo vamos a explorar un poco, ¿vale?

Gruñe en señal de reconocimiento y yo agarro unas gafas de sol y una toalla, además de mis zapatillas de deporte destartaladas, antes de bajar por la escalera hacia el Zodíaco.

Eliza me sonríe y nos dirigimos a la playa. Nos hemos acostumbrado a la comodidad de ir nadando de un lado a otro dejando atrás nuestros móviles. Jake incluso ha hecho un pequeño cobertizo en la playa con una lona donde poder guardar las toallas y el protector solar. Es curioso lo rápido que he empezado a considerar este sitio como un hogar, mucho más de lo que lo fue Maui durante meses.

Nos detenemos en las aguas poco profundas y nos bajamos para arrastrar el bote por la playa antes de que Eliza señale hacia la selva.

—¿Te apuntas otra vez?

Emito un gemido teatral que la hace reír y levanta las manos.

—Nada de calaveras esta vez, te lo prometo.

—¿Puedes hacer una promesa como esa aquí?

Lo considera frunciendo el rostro e inclina la cabeza a un lado.

—¿Sabes qué? ¡Probablemente, no!

Seguimos el sendero que los chicos abrieron hasta el claro, pero esta vez, en lugar de seguir por donde lo hicimos, Eliza gira a la izquierda. La sigo, ya sudando con el intenso calor y humedad de la selva, aunque sea una hora tan temprana. Pero al cabo de unos minutos, oigo agua corriendo y miro a Eliza con sorpresa. Tiene una sonrisita juguetona en los labios y, de algún modo, sigue pareciendo fresca y arreglada, con el cabello rubio recogido en un moño apretado en la parte superior de su cabeza.

Me guiña el ojo y aparta algunas ramas.

Hemos llegado a otro claro pequeño, pero este contiene un estanque alimentado por una cascada. La escena está perfectamente enmarcada: los árboles que hay encima la mantienen en la sombra, el agua es clara y hay zonas de arena perfectas para sentarse.

—Lo encontré el otro día —comenta—. Vale, técnicamente, lo encontró Jake y solo porque estaba buscando un lugar exótico en el que acostarnos, pero da igual.

Es una escena fácil de imaginar y me sonrojo al instante: ellos dos, guapos, rubios y bronceados, bañados por el agua... la imagen me produce un repentino y sorprendente deseo. Tal vez solo sea porque Nico y yo no nos hemos acostado desde que salimos de Maui. Claramente, debería traerlo hasta aquí y ponerle remedio.

—¿Cuánto tiempo lleváis juntos? —pregunto siguiendo a Eliza hasta un área de arena en la que sentarnos mientras observamos el agua cayendo al estanque.

—Ay, dios —suspira echando la cabeza hacia atrás—. Depende de cómo lo mires. Técnicamente, alrededor de un mes.

Tienen la comodidad de dos personas que llevan años juntas; mi cara debe revelar mi sorpresa, porque Eliza se ríe.

—Lo sé, parecemos un matrimonio de viejos. Pero, en realidad, lo conozco desde que éramos adolescentes, así que eso es parte del motivo. No llegó el momento adecuado hasta hace poco. ¿Y Nico y tú?

—Casi un año —respondo—. Nos conocimos en San Diego, luego él navegó hasta Maui y yo lo seguí.

—Qué romántico —comenta con aprobación antes de volver a mirar hacia el estanque rodeándose las rodillas con los brazos—. Es curioso porque la verdad es que parecéis muy diferentes.

Nunca me he parado a pensar cómo nos vemos Nico y yo de cara al exterior. Más o menos, hemos estado encerrados en la burbuja de los dos hasta ahora.

—¿Sí?

—Ajá —asiente—. Él es tan relajado que parece casi de gelatina. ¡Lo cual no es nada malo! —agrega levantando una mano para tranquilizarme—. Dios sabe que necesitamos más hombres así. Pero tú pareces tan… no sé. Dura. Férrea.

Me rio, cohibida.

—¿De verdad?

Vuelve a asentir.

—De verdad. Pero es raro, porque a veces eres como…

Se sienta recta, aprieta los puños, tensa la mandíbula y mira hacia la distancia, como una mujer en una misión. Me río avergonzada y encantada con esta versión de mí misma.

—Como una auténtica valquiria —sentencia relajando la pose—. Pero otras veces, eres…

Adquiere una nueva pose. Encoge los hombros hacia adelante, agacha la cabeza y me mira a través de las pestañas. Vuelvo a reír, pero esta vez más forzada. ¿Es así como me veo? ¿Tan… mansa? ¿Tímida?

Eliza se sacude y vuelve a sentarse recta.

—Todavía no he llegado a captarte del todo, Lux McAllister —concluye.

Me sorprendo cuando me oigo a mí misma responder:

—Ni tú ni yo.

Las palabras se quedan flotando y ninguna de las dos dice nada durante un largo rato.

Eliza señala el estanque que tenemos delante.

—Sé que tiene buen aspecto, pero es salobre. Totalmente imbebible.

—Me pregunto si aquellos náufragos se tropezaron alguna vez con esto —comento agradecida por el cambio de tema. Me imagino a esos hombres de antaño quemados por el sol y esqueléticos, con los pesados abrigos de lana azul de la marina británica en medio de todo el calor—. Debió ser una gran putada, ¿verdad? Llegar a tierra, descubrir el paraíso y que no te sirva de nada.

—«Agua, agua por todos lados y ni una sola gota que beber» —cita Eliza y asiente. Luego me da un codazo—. Pero, gracias a Dios, esos no somos nosotros. Tenemos un montón de agua a bordo.

—Y un montón de vino —agrego haciéndola reír.

—Eso también.

Se recuesta y se apoya en los codos para quitarse los zapatos con los dedos de los pies, y entonces levanta la cara hacia el cielo.

—Bueno, cuéntamelo todo de ti, Lux.

Imito su postura.

—¿Todo?

—Bueno, las partes interesantes.

Me río.

—De esas no hay muchas.

Eliza me mira y se desliza las gafas de sol por la nariz.

—Me niego a creerlo. ¡Chica, mírate! Viviendo en Maui, navegando por el mundo con un chico tremendo. Brittany me contó que estuviste a punto de caer por la borda durante una tormenta de camino hacia aquí y que mantuviste la calma por completo. —Se encoge de hombros—. A mí me parece muy interesante.

Lo más raro de todo es que, cuando lo dice así, me siento realmente interesante. Mierda, como alguien que ha hecho cosas.

Y lo cierto es que me gusta esa versión de mí.

Tal vez sea la calidez de su voz, tal vez la belleza del entorno o tal vez simplemente que me gusta mucho Eliza, pero me sorprendo al decir:

—Mi madre murió. Cuando yo iba a la universidad.

Le cuento toda la historia: el divorcio y la familia nueva de mi padre, cómo le pedí ayuda cuando mamá estaba enferma y cómo él no me la dio.

—Menudo cabrón —murmura.

Las palabras me salen solas:

—Lo recuperé.

Eliza se da la vuelta para mirarme con las cejas arqueadas y no puedo evitar sonreír un poco, aunque el recuerdo me traiga esa mezcla mareante de emoción y vergüenza.

—Lo creas o no, vino al funeral. Después de todo eso, tuvo los huevos de presentarse en el funeral. —Niego con la cabeza—. No podía creerlo. Dijo que «se lo debía».

Eliza resopla.

—Me parece que le debía mucho más que eso.

—Exacto —reafirmo—. ¿No podía estar a su lado cuando estaba enferma, pero sí que podía volar hasta San Diego cuando ya estaba muerta? —Niego con la cabeza recordando a papá con su traje azul marino, su expresión contrita y mi cuerpo tenso cuando vino a abrazarme. «Quería estar aquí por ti»—. Por supuesto —continúo—, se trajo a su nueva esposa y a sus hijos. Tuvo la decencia de no traerlos a la funeraria, pero estaban allí. Si quería fingir que se preocupaba por su hija, no debería haber aprovechado el vuelo para visitar el zoo más famoso del mundo.

Eso fue lo que más me molestó. Lo habría respetado más si simplemente se hubiera presentado, pero quería tenerlo todo. Parecer un buen padre cuando ya no importaba y ser realmente un buen padre con sus nuevos hijos.

—¿Y qué hiciste? —pregunta Eliza, y yo la miro.

Nunca se lo he contado a nadie, ni siquiera a Nico. No pensé que fuera a entenderlo.

—Quería llevarme a cenar la última noche que estuvo allí a un sitio elegante en el distrito histórico de Gaslamp Quarter. Supuse que en una especie de gesto de simpatía. Así que le dije que iría, pero llegué tarde. Esperé a que se pidiera la bebida, a que se acomodara.

—Ya me está gustando esta historia.

Sonrío recordando el subidón que había sentido al entrar.

—Fui directa a su mesa y simplemente... se lo solté. Le dije que era un padre de mierda, que podía empezar de cero con una familia nueva, pero que finalmente ellos también descubrirían la montaña de mierda que era.

Eliza está sentada ahora, rodeándose las rodillas con los brazos.

—Si esto acaba contigo lanzándole la bebida a la cara, estaré encantada.

—Así es, sí —admito sonrojándome con el recuerdo, acordándome de cómo todo el restaurante se había quedado en silencio en ese momento, del sonido del Martini salpicando su frente—. También me acompañaron a la salida y me prohibieron la entrada al restaurante permanentemente, pero, sinceramente, me pareció bien. Tampoco es que fuera a volver nunca.

Más tarde, me acosté en la cama y pensé que habría sido capaz de prenderme fuego solo para quemar a mi padre, pero había merecido la pena. El modo en el que había palidecido, la satisfacción de, finalmente, decirle todo lo que quería, de haber cedido a esa parte de mí que solo quería *hacer* algo de una condenada vez por todas sin importar cuán impulsivo fuera.

Me encojo de hombros, tímida de repente.

—Parece una estupidez, lo sé.

—Para nada. —Apoya la mano sobre la mía y me la estrecha—. A mí me parece muy valiente.

La miro sonriendo mientras siento que se me forma un nudo en la garganta.

—Gracias.

—Ya te lo había dicho —sigue ella—. Dura. Férrea. Una luchadora.

—Sí, bueno, últimamente me siento más como una vagabunda —suspiro—. Como si me estuviera acoplando al sueño de otra persona.

—No hay nada de malo en vagabundear un poco —me dice y me muestra de nuevo esa sonrisa blanca y brillante—. Significa que tienes opciones.

—Opciones —repito. Me gusta la palabra. Parece más sólido cuando lo expresa así. Como si no estuviera solo vagabundeando, sino esperando. Esperando el momento correcto, la oportunidad correcta, el sueño adecuado que perseguir.

Ojalá pudiera descubrir cuál es.

Nos quedamos alrededor de una hora más en el estanque y, cuando volvemos, los demás ya se han reunido en la playa. Ya se ha convertido en una rutina, nos congregamos allí a mediodía y somos como una familia de vacaciones o algo así.

Pero cuando Eliza y yo nos acercamos, me doy cuenta de que nadie está hablando. Solo están mirando al horizonte con el ceño fruncido. Me acerco a Brittany.

—¿Qué pasa?

Señala.

Allí, en el mar, hay una vela.

Teniendo en cuenta que había gente aquí cuando venimos, no debería sorprenderme que apareciera otro barco. Pero no deja de ser desconcertante ver a alguien navegando directamente hacia nosotros, hacia lo que ha empezado a parecer nuestra propia isla privada.

Observamos en silencio cómo el barco se abre paso entre los bancos de arena. No es tan bonito como el Cielo Índigo, ni siquiera es tan bonito como la Susannah. Es un barco de gama media y, al verlo, se me hunde el corazón.

—Mierda —masculla Brittany a mi lado protegiéndose los ojos del sol—. No quiero compartir.

Su voz suena tan lastimera que estoy a punto de echarme a reír pese a que yo también estoy decepcionada.

—Ya estás compartiendo con Eliza y Jake —le recuerdo y ella me mira.

—Pero ahora ya son amigos —replica—. Amigos con alcohol del bueno. Esta gente no son amigos. Son intrusos.

—¿Quieres defender la isla? —le pregunto—. ¿Poner trampas explosivas? ¿Ponernos en plan *Los robinsones de los mares del sur*?

Estoy de broma, evidentemente, pero Brittany dice:

—Quizás podríamos ir a por la calavera de la pista de aterrizaje. Ponerla en la playa, asustarlos para que se marchen.

Cuando ve mi expresión horrorizada, se ríe y me da un caderazo.

—Ay madre, qué cara has puesto. —Antes de volver la mirada hacia el mar, pregunta—: Y ya que ha salido el tema, ¿qué estabais haciendo Eliza y tú y en la selva?

Estoy a punto de contárselo todo sobre el estanque, sobre ese precioso lugar oculto, pero hay algo que me lo impide.

—Solo estábamos paseando, nada especial.

Asiente con la cabeza mientras el barco surca las olas y se adentra en el puerto. Desde esta distancia, distingo una sola figura de pie junto al timón.

—Y entonces, fueron siete —dice Jake con un suspiro.

ANTES

Eliza tiene casi diecisiete años cuando todo se desmorona. Antes de aquella noche de abril, su vida no había sido exactamente encantadora. Nunca tenían dinero suficiente, su padre se había separado antes de que ella llegara a conocerlo de verdad y ella y su madre se habían mudado muchísimas veces. Habían vivido en ciudades grandes como Londres o Manchester y en pueblecitos con nombres que parecen sacados de libros de cuentos, pero, para Eliza, seguían siendo pisos de protección oficial y escuelas de mierda.

Eliza se las ha ido arreglando porque es guapa y astuta y porque ha descubierto ese secreto que a la mayoría de la gente le cuesta años descubrir: nadie quiere que seas tú mismo. Solo quieren verse a sí mismos reflejados.

A Eliza se le da muy bien hacer eso.

Así que, aunque nunca ha tenido la ropa más bonita ni de las mejores marcas, siempre ha tenido amigos, siempre está en el centro de todo y ahí es donde le gusta estar, donde siente que tiene mayor control.

Cuando cumple dieciséis años, las cosas se estabilizan. Su madre tiene un buen empleo trabajando como asistenta para una familia adinerada a las afueras de Londres, mientras que Eliza está firmemente instalada en la jerarquía social de su escuela: es la abeja reina, una chica de oro perfecta a pesar de su casa medio vacía y de su maquillaje de bazar. Está estudiando para sacarse el graduado en educación secundaria, es lo bastante inteligente para entrar en una universidad decente, lo bastante inteligente para asegurarse de que la vida que atrapó a su madre no la atrape a ella.

Y luego, por supuesto, llega Jake.

Lo conoce una típica tarde lluviosa. Ella y su madre solo tienen un coche y Eliza tiene que ir al pueblo para comprar unas cosas después de clase. Su madre le deja usarlo, pero solo si Eliza acepta recogerla del trabajo esa tarde. A Eliza la irrita que su salida de compras se haya acortado y se irrita todavía más cuando su madre no aparece a la hora acordada después de tocar el claxon.

La lluvia la salpica, se le resbala por la espalda de la chaqueta mientras ella corre hacia la escalinata de la elegante casa de ladrillos con sus setos y su lujosa puerta roja.

Eliza llama al timbre, cabreada, empapada y con el pelo ya encrespado por la humedad y, cuando se abre la puerta, está dispuesta a gritarle a su madre o a cualquier criada estirada que aparezca ante ella.

No se lo espera a *él*.

Alto, con el pelo solo unos tonos más oscuro que su propio rubio dorado y unos ojos tan azules que duelen. Con el tiempo, descubrirá que Jake Kelly es tanto el orgullo de la familia como la oveja negra, un niño problemático al que ya habían echado de dos internados en Australia, su lugar de origen. El traslado a Inglaterra es una especie de último recurso, una oportunidad para «enderezar finalmente al niño».

No funcionará. Nada lo hará. Pero eso Eliza todavía no lo sabe.

Solo sabe que es el chico más cañón que ha visto nunca, allí con su uniforme escolar, con la corbata desabrochada y sin chaqueta. Sabe que tiene un año más que ella, ya que ha oído a su madre mencionar al hijo del señor Kelly: le dijo que va a la escuela de niños ricos del pueblo de al lado, que ya ha tenido «problemitas» y que el señor Kelly está planteándose trasladarlo a un centro más estricto.

—Eh, hola —dice y ella le sonríe apreciativamente apoyándose en el marco de la puerta.

—Buenas.

Más adelante aprenderá que a menudo destaca su lado australiano con la gente nueva. Que cuando le conviene es un sol muy encantador.

Eso es mucho tiempo antes de que Eliza se dé cuenta de que es todo apariencia, una farsa, al igual que sus aires de abeja reina.

Pero eso ya llegará. Ahora, Eliza se vuelve hacia su sonrisa y le dice:

—He venido a recoger a mi madre. ¿Beth?

—Estoy aquí, cariño, lo siento.

Su madre sale corriendo hacia la puerta y se pone el abrigo. Eliza se da cuenta de que va despeinada y de que el bonito pintalabios rosa que se había puesto por la mañana ha desaparecido y, no se da cuenta en ese momento, pero resulta que limpiar no es lo único que Beth hace por el señor Kelly.

—Nos vemos —le dice Jake a Eliza, y lo percibe como una promesa y una amenaza al mismo tiempo.

Le gusta.

Al principio, lo de Eliza y Jake es un secreto. Empieza a necesitar el coche con más regularidad para tener que recoger a su madre de esa casa lujosa y desarrolla la costumbre de llegar pronto para tener que esperarla.

La primera vez que Jake la besa es en el coche aparcado en la entrada mientras fuera llueve a cántaros. Sabe a humo y a chicle de canela y Eliza cae rendida, tanto que no se da cuenta de lo que está pasando con su madre. Su repentina distracción, su móvil sonando a todas horas, el modo en el que siempre parece estar en casa de los Kelly incluso los sábados… nada de eso le resulta extraño. Eliza está en su propia burbuja en la que solo caben las clases y Jake, por lo que se sorprende de verdad cuando, un mes después de ese beso, Jake le dice:

—Sabes que nuestros padres se están acostando, ¿verdad?

Jake y ella están en la cama del chico con la puerta cerrada y la música a todo volumen, aunque no es que importe mucho. Eliza nunca ha visto a nadie capaz de salirse con la suya tanto como Jake.

Le pone una mano en el pecho y se incorpora para mirarlo a los ojos.

—¿De qué estás hablando?

Asintiendo, Jake le pasa una mano por la espalda desnuda.

—Por si no te has dado cuenta, siempre está aquí y esta casa no está nunca tan limpia, pétalo.

Eso tiene sentido, aunque hay algo que hace que a Eliza se le revuelva el estómago. Hay algo muy… patético al respecto. Es la pieza secundaria de un tipo rico, siempre a su disposición.

Pero Eliza no se dará cuenta de lo patético que es hasta esa noche de abril en la que su madre no vuelve a casa.

Al principio no le preocupa mucho. Le gusta tener la casa para ella sola y supone que su madre estará de nuevo con el señor Kelly. Cuando le suena el móvil, no tiene ni idea de hasta qué punto su vida está a punto de cambiar.

Lo primero que oye es a su madre sollozando.

—Ay, cariño —le dice—. Cariño, lo siento muchísimo.

La historia llega volando a continuación. Iba a «pasar la tarde en Londres» y la han parado en Kings Cross, la pequeña bolsa de mano que llevaba con ella contenía tres kilos de cocaína y ahora está sentada en una cárcel de Londres y está llamando al señor Kelly para ver si puede pagarle la fianza, pero él no le contesta, así que no está segura de cuándo podrá volver a casa.

—Mamá —dice Eliza con un graznido notando frío y calor en el cuerpo al mismo tiempo—. Tienes que decirles que la droga es suya. Porque lo es, ¿verdad? ¿Te ha hecho él llevarla a Londres?

—Jack no tiene nada que ver con esto —responde su madre y Eliza ríe, aunque esté llorando.

—Claro, porque acabas de conseguir tres kilos de cocaína tú sola y luego has decidido llevártela contigo a Londres. ¡Mamá, por favor!

La voz de su madre es muy floja cuando le responde con cansancio:

—De todos modos, no importará.

No importa. Su madre nunca vuelve de Londres, la condenan a diez años por tráfico de drogas con intención de vender. No menciona ni una sola vez el nombre de Jack Kelly, se declara culpable y es engullida por el sistema.

Su última noche en el pueblo, la noche antes de que la hermana de su madre se la lleve a Essex, Eliza ve a Jake por última vez. Desde el arresto de su madre, se ha mantenido apartada de él, de él y de su asquerosas familia, porque sabe que van a volver a Australia pronto y piensa en ello a todas horas, en él y en su padre (su maldito padre) en otra casa enorme, capaces de empezar limpios y de cero donde quieran o necesiten.

Se sienta allí, en el coche de Jake, con los ojos hinchados de todo lo que ha llorado y con un pañuelo arrugado en la mano. Él se enciende un porro y le ofrece una calada.

Ella no la acepta, ahora aborrece la idea de las drogas. Ha jurado no volver a tocar ninguna nunca.

Jake se limita a encogerse de hombros y a aspirar el humo azul en sus pulmones, exhalándolo dentro del coche, y Eliza se siente ligeramente mareada.

—Es todo tan injusto —dice.

—La vida es una gran putada, ¿verdad? —contesta Jake a la ligera, y Eliza lo mira.

Está guapísimo, atrapado en el resplandor anaranjado de las farolas de la calle, y de repente comprende que los hombres como el padre de Jake, los hombres como el propio Jake, siempre se saldrán con la suya.

Eliza creía que había descubierto el secreto, pero no es nada comparado con el secreto de la hermandad de hombres.

—Supongo —responde y lo que piensa es: *Pero no tiene por qué serlo.*

No lo será para mí.

Alma_Errante: Alguien ha oído hablar alguna vez de #laisladeMeroe? Parece que está a pocos días de navegación desde Hawái y unos amigos y yo estábamos pensando en ir después del #HawaiianPro. ¿Ideas?

Shaka2379: @Alma_Errante. NI HABLAR. Ese lugar tiene malas vibras. Unos amigos y yo pasamos por allí hace dos años. 2/10 NO LO RECOMIENDO

Alma_Errante: @Shaka2379 Jajajajajja, en serio?? A qué te refieres con «malas vibras»?

Shaka2379: @Alma_Errante No sé, supongo que mucha gente murió allí y te sientes fuera de lugar. Íbamos a quedarnos una semana y nos largamos a los 2 días. SI VAS, YA SABES

TuChicoRobbRoy: @Shaka2379 @Alma_Errante ¡CAGAOS! Más para los demás. #APracticarCanibalismo #EstúpidosInfluencers

Twitter, marzo de 2022

AHORA

QUINCE

El otro barco fondea detrás de la Susannah y del Cielo Índigo y me lo tomo como una buena señal. Quienquiera que esté a bordo, actúa con respeto y mantiene las distancias.

—¿Deberíamos sacar el bote para saludar? —pregunta Nico. Me pasa el brazo por los hombros y me acerco un poco más a él.

—¿Una fiesta de bienvenida? —inquiere Jake—. No es mala idea.

—No me siento muy hospitalaria, cariño —contesta Eliza—. ¿Por qué no vais Nico y tú? Metedles el susto en el cuerpo, solo por si acaso.

Jake resopla.

—Ah, sí, no hay nada más intimidante que un chico con unos pantalones cortos de color salmón y otro con una bandana de dinosaurios.

Pero ya ha saltado un hombre del barco y se acerca nadando a la orilla.

—Bueno, al menos obedece las costumbres locales —bromea Amma, pero estamos todos demasiado tensos para reírnos.

Al ver a alguien acercarse a la isla que empezaba a sentir «nuestra» no puedo evitar sentirme posesiva.

No sabía que tenía esa vena y me sorprende lo mucho que volvemos a los instintos humanos más básicos cuando dejamos la civilización atrás, aunque sea temporalmente.

Es buen nadador, llega rápidamente a la orilla y se tambalea hacia nosotros con una gran sonrisa en el rostro.

El desconocido es delgado, lleva los pantalones cortos colgando de las caderas y sujetos con un cinturón tan viejo y deshilachado que, a primera vista, parece un trozo de cordel. Lleva el pelo rapado al cero y la piel rosada asoma donde le ha dado el sol. Pero tiene una sonrisa fácil mientras nos observa en la playa con las manos en las caderas. No es tan alto como Jake, pero es un poco más alto que Nico. Aun así, creo que yo podría derribarlo con un buen empujón.

—¡El paraíso! —exclama abriendo los brazos en cruz y, cuando nos quedamos mirándolo, los deja caer, da un paso hacia delante y extiende una mano—. Soy Robbie. —Es estadounidense, con un acento sureño que no logro ubicar—. Espero que os parezca bien que haya aparecido.

Jake es el primero en estrecharle la mano con esa sonrisa encandiladora que ya le he visto antes, aunque esta vez no le llega a los ojos. Me pregunto si su amabilidad ha sido siempre fingida y yo no me había dado cuenta hasta ahora.

—Jake Kelly. Cuantos más, mejor, colega —contesta. Los ojos de Robbie se agrandan y la sonrisa se le ensancha todavía más.

—Ah, un australiano, guay —canturrea y luego se fija en el resto—. Y chicas guapas. Vaya, esto es incluso mejor de lo que me esperaba.

Genial, es un maldito engreído.

—Soy Lux —me presento—. Este es mi novio, Nico, y estas son Brittany y Amma.

—Y esta es Eliza, mi encantadora dama —termina Jake rodeándole con brazo la cintura y atrayéndola hacia él—. Y bien, Robbie, ¿qué te trae a Meroe?

—No sé —contesta y se agacha para rascarse una picadura de insecto que tiene en la espinilla—. Supongo que quería ver algo fuera de los caminos establecidos, ¿sabes? —De nuevo esa sonrisa mostrando un montón de dientes—. Un amigo estuvo por aquí hace unos años con un velero, dijo que era impresionante de cojones y pensé en comprobarlo yo mismo. —Se encoge de hombros felizmente—. Y tengo que admitir que parece que tenía razón. Este sitio es una maravilla.

Asintiendo hacia Nico, añade:

—Me mola tu bandana, amigo.

Hay algo en este tipo que inmediatamente me produce rechazo. Algo que me pone más que nerviosa. Me recuerda a los chicos que venían a veces al Cove, los que pedían cerveza Pabst Blue Ribbon y cuyas miradas se deslizaban por nuestras piernas desnudas como babas.

—He venido navegando desde Papeete —continúa—. Supongo que al final iré a Hawái, pero ya sabéis cómo va.

Ahora tiene la atención de Nico y de Jake.

—¿De Tahití? —pregunta Nico dando un paso hacia adelante—. Mierda, colega, es mucha distancia que navegar siendo uno solo.

Robbie vuelve a extender los brazos.

—¿Para qué es la vida si no es para vivirla?

Me fijo en Eliza, veo que la comisura de su boca se eleva tan solo lo mínimo. Al igual que yo, no siente todas las… vibraciones de este tipo. Me acerco a Brittany.

—Me encantan los chicos que parecen un perfil inspiracional de Insta —susurro.

Ella resopla y veo que Amma lanza una afilada mirada en nuestra dirección.

—¡Y bien! —Robbie da una palmada de repente—. ¿Tenéis algo para comer? Porque no voy a mentir, me muero de hambre.

Es como una repetición de nuestra primera noche en Meroe. Hay buena comida (Eliza y Brittany han cocinado juntas en la pequeña cocina del Cielo Índigo) y buen vino, demasiado de ambas cosas, pero ahora hay una persona nueva entre nosotros, sin camisa y esquelético y que huele a agua salada, a grasa de motor y a haber pasado demasiado tiempo al sol.

No me gusta.

Me parece injusto, como odiar a un cachorro al que le han dado una patada, pero mientras veo a Robbie meterse en la boca la comida de Jake y Eliza y vaciar una botella entera de *sauvignon blanc,* deseo volver unas horas atrás, cuando solo éramos seis.

—Este sitio tiene una historia bien turbia, ¿no? —comenta Robbie. Sigue sosteniendo la botella de vino por el cuello, con los nudillos rojos y raspados. La luz del fuego proyecta extrañas sombras bajo sus pómulos y sus ojos—. De marineros comiéndose unos a otros y esas mierdas.

—Unos marineros naufragaron aquí —digo metiendo la mano en la nevera para sacar una nueva botella de vino.

Es un poco vergonzoso lo rápido que me he acostumbrado a tratar las provisiones de Jake y Eliza como si fueran las nuestras. Por supuesto, nosotros aportamos un tarro de mantequilla de cacahuete y alguna cerveza de vez en cuando, pero todo lo bueno es suyo. Tengo la fugaz idea de que deberíamos ofrecernos a pagar lo que hemos comido antes de recordar que, de los cuatro de la Susannah, claramente yo soy la que menos podría tener esa cantidad de dinero.

Fuera del círculo de luz que proyecta la hoguera, la noche es oscura, excepto por las estrellas y el ocasional destello blanco del oleaje al romper. Mantengo la mirada fija en Robbie mientras clavo el sacacorchos.

—No tengo muy claro lo de que se comieran unos a otros.

Robbie se ríe con un sonido gargajoso y espeso.

—Ah, si hubo naufragio, hubo canibalismo. La gente hace lo que sea por sobrevivir, ¿sabes? —Mira hacia el fuego sonriendo—. ¿Tú no lo harías?

—Esto es asqueroso —anuncia Amma levantándose, pero Robbie no parece ofendido.

—Sí, sí que lo es —confirma él, pero luego se encoge de hombros—. Aunque es algo que pasó.

—No podemos saber… —interviene Brittany, pero, para mi sorpresa, Nico la interrumpe.

—En realidad, sí. El chico tiene razón. Cuando el HMS Meroe naufragó aquí, había treinta y dos supervivientes. Solo ocho salieron de esta isla. Hubo un juicio y todo. Lo del canibalismo no salió en los periódicos, pero, sin duda, no habrían sobrevivido sin comerse a los que murieron. —Sonríe y desgarra una gamba con los dientes—. Carne humana. Al parecer, sabe igual que la barbacoa.

Se me revuelve el estómago y miro el plato de comida todavía medio lleno que tengo delante. Es pescado sabroso hecho a la parrilla, no se parece en nada a lo que dice Nico, pero sé que no puedo soportar meterle más comida a mi estómago esta noche.

—Pero tal vez solo fueran… No lo sé, más fuertes o algo. Más duros.

Eso hace que Robbie se eche a reír de nuevo, pero esta vez, suena más amenazante.

—Sí que eran más duros —coincide—. Los lugares como este le hacen eso a la gente. Revela quién eres en realidad cuando te quitas toda mierda. —Vuelve a dedicarme esa sonrisa con los dientes amarillentos y ligeramente retorcidos—. Por eso sobrevivieron.

DIECISÉIS

A la mañana siguiente, me despierto muy temprano. La luz del camarote es de un suave color lila mientras me desprendo suavemente de Nico y me pongo el traje de baño todavía húmedo que tengo colgado en una de las puertas de los armarios de la cocina.

Al mirar a mi alrededor, me doy cuenta de que el camarote principal está hecho un desastre, y me pregunto si debería volver por la tarde para ordenar un poco. Últimamente, pasamos mucho tiempo en la isla y la Susannah, que se suponía que iba a ser nuestra base, empieza a parecer más una zona de descanso. El lugar donde dormimos, nos vestimos y, ocasionalmente, adquirimos comida, pero nada más.

Cuando salgo a la cubierta, el amanecer tiñe el cielo y el agua de hermosos tonos de rosa y naranja, y sonrío mientras salto por la borda. El agua se desliza sobre mí, cálida y salada.

Nado hasta la orilla en unos pocos minutos e inmediatamente, me encamino al pequeño cobertizo que instaló Jake el otro día. Allí hay algunos libros, cortesía de mi colección, unas pocas toallas y normalmente, barritas proteicas, otra de las pocas contribuciones de la Susannah a las raciones comunes.

Pero cuando subo por la ligera cuesta hacia la línea de los árboles, veo que ya se me ha adelantado alguien.

—¡Buenos días! —me saluda Robbie. Ha tomado una de las mantas *batik* de Eliza, se rodea las rodillas huesudas con los brazos, tiene una de las barritas de proteínas en la mano y está esparciendo migas. También hay una botella de cerveza medio vacía a su lado.

—Voy a decirte una cosa, no hay nada mejor que desayunar cerveza y poder ver a una mujer hermosa saliendo del agua.

Lo dice con facilidad y con un tono amistoso, pero sigue sin gustarme. No me hace ni pizca de gracia cómo sus ojos se mueven sobre mí con admiración. Pero es su primer día completo aquí, y tal vez sea uno de esos tipos que no se dan ni cuenta de que están siendo asquerosos. Me obligo a sonreír mientras contesto:

—Nunca he tomado cerveza para desayunar.

—Joder, es lo mejor del mundo —asegura ofreciéndome un sorbo de su botellín—. Tomar cerveza a primera hora de la mañana marca el tono. El maldito *tono* de tu *día* entero.

Niego con la cabeza hacia su ofrecimiento.

—No, gracias.

—Tú te lo pierdes —responde alegremente tomando otro trago y dándole un mordisco a la barrita de proteínas. Me fijo en que hay otros dos envoltorios a su lado y, una vez más, lucho contra mi irritación.

Aun así, no puedo evitar sonar borde cuando le pregunto:

—¿Cuánto tiempo tienes planeado quedarte?

Se encoge de hombros.

—No sé. Me dejaré llevar por el viento, ¿sabes? —Con la boca llena, hace un gesto con lo que le queda de barrita hacia la selva—. O tal vez encuentre un lugar donde acampar. Para quedarme para siempre viviendo el sueño.

Esta vez, cuando me muestra los dientes, tiene un trozo de arándano ahí clavado y noto que se me revuelve un poco el estómago.

—¿Cómo? ¿Vivir aquí? —pregunto pasando por delante de él para tomar una botella de agua. Está caliente y sabe a productos químicos, pero, aun así, ayuda.

Robbie asiente.

—Hay gente que lo ha hecho. Leí una historia sobre un tipo que estuvo establecido aquí durante la Segunda Guerra Mundial. La guerra terminó, pero a él no le apetecía volver. El amigo mío que estuvo aquí hace un par de años dijo que encontró la choza del tipo en la selva. Evidentemente, el tipo hacía mucho que ya no estaba. El cabronazo tendría ya unos noventa ahora. Pero lo hizo, joder, ¡lo hizo! —Otra carcajada y Robbie se apoya en los codos—. Puede que yo también lo haga.

Pienso en pasar nuestra última semana aquí con Robbie y tengo que esforzarme para no hacer una mueca.

—Y no fue el único —continúa Robbie mirándome—. No fue el único que lo mandó todo a la mierda y estableció aquí un campamento permanente. El tipo que sé que vino aquí, Chipper, dijo que estaba seguro de que había alguien más viviendo en la isla. Oía un montón de ruidos y encontraba trampas en los árboles y esas mierdas.

—Nadie puede sobrevivir aquí tanto tiempo —le digo, incluso cuando recuerdo la calavera de la pista de aterrizaje, la prueba de que había vivido y muerto gente en Meroe—. No sin reponer suministros.

Robbie se encoge de hombros.

—Chica, es fácil. Navegas hasta Hawái y recargas. Después vuelves aquí y sigues viviendo el sueño.

Extiende los brazos como lo hizo anoche, abarcando toda la isla, y miro más allá de él hacia la línea de los árboles, a la oscuridad de la selva.

Durante la última semana, ha sido como tener todo este sitio para nuestros, como nuestro propio paraíso privado.

Pero Robbie tiene razón. Si tienes un barco, puedes quedarte aquí indefinidamente.

La idea de que Robbie pueda no ser la única persona con la que hemos estado compartiendo la isla me provoca un escalofrío, y me siento agradecida cuando alguien me llama:

—¡Lux!

Es Jake acercándose a la playa. Mirando hacia la orilla, veo su bote hinchable en la arena.

Lleva unos pantalones rojos desteñidos y zapatos de barco y, cuando se acerca, veo que su mirada se desliza hacia Robbie.

—Hola —saluda amistosamente, aunque la sonrisa no le llega a los ojos.

—¡Hola, amigo! —contesta Robbie y luego se levanta quitándose la arena de los pantalones—. No estoy ligando con tu chica, te lo prometo —asegura y lo miro bruscamente intentando averiguar si nos está tomando el pelo.

—No soy su chica —contradigo.

—Mi chica sigue en el barco —dice Jake a la vez.

Robbie nos mira al uno y al otro y luego se echa a reír negando con la cabeza.

—Cierto, cierto, está con el otro chico, el de… —Hace un gesto con el bíceps, supongo que indicando el tatuaje de Nico—. Y tu chica es rubia. Ya me estoy acordando.

Jake me guiña el ojo y me sonrojo ligeramente. Solo la sugerencia de ser su chica me hace sentir… ¿avergonzada? ¿Cohibida? Es como tener un sueño erótico con un amigo o un compañero de trabajo. Puede que antes no te gustara, pero de repente aparece en tu mente como una opción.

—Al menos ha pensado que tengo un gusto excelente —suelta Jake, lo cual me hace reír. Luego mueve la cabeza—. Vamos, Lux —me dice—. Quiero enseñarte algo.

Jake me lleva más allá de la playa, más allá del bote, y doblamos una esquina para entrar en una pequeña cala, donde la playa se eleva hacia un pequeño acantilado. Solo hay alrededor de un metro y medio de altura, pero nos deslizamos y nos resbalamos y, cuando Jake se inclina para agarrarme la mano, se lo permito, notando su palma caliente contra la mía.

La imagen de él y Eliza en el estanque vuelve a aparecer en mi mente y me arde todo el cuerpo, lo cual me hace tropezar mientras coronamos la pequeña cresta.

—¿Estás bien? —pregunta mirándome, y yo asiento con una sonrisa.

—Genial, sí.

Hay otra de las mantas de Eliza expandida allí, colocada contra la línea de árboles para quedar en la sombra, y otra nevera, además de una pila de libros.

—A Eliza y a mí nos pareció que nuestro lugar original estaba un poco lleno, así que decidimos irnos un poco más lejos —explica extendiendo la mano—. ¿Te gusta?

—Está muy bien —respondo mirando a mi alrededor—. Pero ¿dónde está Eliza?

—Se ha ido a pasear —contesta metiéndose las manos en los bolsillos—. Creo que se ha hartado un poco de mí, para ser sinceros.

Lo dice a la ligera, pero aun así frunzo el ceño.

—¿Estáis bien?

Jake le quita importancia.

—Sí, bien. Es solo que llevamos demasiado tiempo encerrados juntos.

Entorno los ojos, miro hacia la playa y, cuando giro hacia la izquierda, veo a Eliza a lo lejos en la orilla, con su cabello rubio ondeando al viento.

—Me contó que os conocéis desde que erais adolescentes.

—Ajá —confirma él—. El primer amor. Casi me hace perder la cabeza cuando volví a encontrarme con ella de nuevo hace unos meses. Estaba en un pub en Canberra y allí estaba ella. Moviéndose entre la multitud con una pinta en la mano, como una especie de diosa. —Sacude la cabeza y sonríe con el recuerdo—. Lo más gracioso es que no la reconocí enseguida. Solo pensé: «Qué mujer más guapa, probablemente debería acercarme a hablar con ella». Y entonces...

—Entonces, Eliza —concluyo y él se ríe.

—Buen resumen de mi vida entera. Entonces, Eliza. En fin, lo retomamos justo donde lo habíamos dejado, como si no hubiera pasado el tiempo.

Lo miro y veo que él también está observando a Eliza.

—Y entonces... ¿decidisteis viajar juntos por el mundo?

—Algo así, sí —admite antes de volver a mirarme—. ¿Y tú y nuestro intrépido señor Johannsen?

Le hablo brevemente de cuando conocí a Nico en el Cove y de los meses en Maui y él asiente cuando termino.

—Entonces, ¿somos un par de cabrones con suerte? Por conocer a gente que nos ha llevado a estas gloriosas aventuras.

Algo en su comentario me sorprende. No sé por qué, pero había asumido que todo esto había sido idea de Jake. Me sonríe y me da un codazo.

—Mi Eliza es muy persuasiva. Cuando dice «deberíamos navegar a una maldita isla desierta» bueno, acabo navegando a una maldita isla desierta.

Puedo visualizarlo. Eliza tiene ese tipo de energía, es la clase de persona a la que quieres complacer por cualquier motivo. Tal vez sea porque te presenta una versión de ti mismo en la que te quieres convertir desesperadamente.

Algo que brilla bajo la luz del sol me llama la atención y veo que, más allá de los árboles, hay una línea de botellas de cerveza y vino vacías.

Arqueo una ceja hacia Jake y señalo:

—¿Te has puesto en plan chico de fraternidad coleccionando botellas vacías?

Él se ríe.

—No exactamente.

Junto a la pila de libros hay una caja negra de plástico grueso o de metal. Se acerca a ella y la abre.

En el interior hay una pistola.

Se me seca la boca.

Nunca había visto una tan de cerca. Nico tiene una pistola de bengalas, por supuesto, en una caja naranja y blanca en el camarote, pero esta es de verdad. Un objeto elegante y letal de metal oscuro. Cuando Jake me ve la cara, vuelve a reírse.

—Confía en mí, pétalo, no querrías estar en medio de la nada sin tener una de estas cosas. Aunque no la uso para nada más interesante que para disparar a botellas.

Me la tiende.

—¿Quieres probar?

No me gustan las pistolas, nunca he visto la necesidad de tener una, pero miro hacia la oscuridad de los árboles recordando lo que ha dicho Robbie sobre que puede haber alguien viviendo aquí.

—¿Supongo? —acepto. Lo siguiente que sé es que la tengo en la mano, cálida y pesada, y que Jake está a mi lado mostrándome a qué altura debo levantar los brazos, cómo ampliar mi postura.

—Tiene mucho retroceso si no estás preparada —me advierte—, asegúrate de estar lo más firme posible. Los ojos en el objetivo, los codos sueltos. Eso es.

Está justo en mi espalda, noto su cálida piel contra la mía y, de repente, soy muy consciente de que él no lleva camiseta y de que yo solo llevo un bañador. Pero no hay nada raro en su postura y mantiene una distancia respetuosa mientras me ayuda a colocar los brazos.

—Apunta —indica. Elijo una de las botellas más grandes, una de un azul brillante que recuerdo que hace unos días estaba llena de *riesling*. Echo atrás el percutor y noto el corazón latiéndome en los oídos—. Ahora imagínate que es alguien a quien odias y dispara —dice.

Me río, pero incluso mientras lo dice, veo de repente el rostro de Robbie delante de mí, tratándome como a una niña y con el maldito arándano en los dientes.

Aprieto el gatillo.

ANTES

Después de todo, no vuelven a casa después de lo de Roma. En lugar de eso, se trasladan a Londres, donde el clima es más fresco y las noches, más escandalosas, y Brittany se pregunta por qué pensó en algún momento terminar el viaje antes de tiempo.

Chloe había preguntado si les parecía bien que fuera ella también y Brittany esperaba que lo hiciera. Amma había accedido, aunque Brittany había visto que su mirada se había endurecido y que se le había tensado la mandíbula cuando había respondido llanamente:

—Es una idea fantástica.

Empiezan su primera noche en Londres en un pub, por supuesto. Tiene un nombre estúpido (algo muy cliché y obvio tipo El ciervo coronado) y las paredes son oscuras, cubiertas de cuadros de hombres con abrigos elegantes matando a animales perfectamente inocentes. Mientras Amma está en la barra pidiendo más bebidas, Chloe mete la mano en la chaqueta de un chico, saca un fajo de billetes y se lo da a Brittany.

Durante un instante, Brittany se queda atónita.

No se puede ir robando carteras sin más, como los huérfanos de Charles Dickens. Sin embargo, Chloe se limita a guiñarle el ojo y, sin poder contenerse, Brittany se mete el dinero en el bolso.

Esa noche se queda despierta en el albergue, esperando a que lleguen sirenas y hombres con linternas para sacudirle el bolso hasta que se caiga el dinero. Lo confesará todo, les dirá que ha sido una estúpida y que ha cometido un terrible error.

Pero no llega a suceder. La mañana siguiente, invita a Chloe y a Amma a un desayuno inglés completo con esas libras robadas y nadie le dice nada, nadie la mira dos veces y se siente… bien. Inofensiva.

Es extraño tener un secreto con Chloe en lugar de con Amma, pero ella no lo entendería. Amma había perdido a su novio, lo cual Brittany sabía que dolía, pero no era lo mismo que perder a toda tu familia.

Nunca le había contado a Amma la historia completa. Que un tipo con el ridículo nombre de Sterling Northcutt había bebido demasiado en las vacaciones de primavera, se había puesto al volante de un enorme Suburban que había alquilado, había cruzado la línea doble y se había chocado con el modesto Prius que había comprado el padre de Brittany el año anterior.

Alguien le había arrebatado a Brittany su familia con sus estúpidas e imprudentes decisiones. Alguien muy parecido a ese imbécil de la Universidad de Carolina del Sur que se había sentado en aquel bar de Trastevera. La idea de que Chloe pudiera haberle hecho daño, aunque fuera un poco, la había llenado con una feroz sensación de satisfacción.

Que les den a esos chicos. A todos. Con demasiado dinero, muy pocas responsabilidades y nada de conciencia, había pensado.

El mundo ya les daba suficiente a esos tipos, ¿qué había de malo en recuperar algo?

Además, si podía seguir haciendo eso, tal vez no tendría que volver nunca a casa. No tendría que aprender a vivir en el después.

Tras solo unos días en Reino Unido, Chloe tiene un nuevo plan.

—¿Australia?

Brittany está sentada con Chloe en su habitación del albergue. Amma se ha ido para usar el internet de la cafetería que hay junto a la estación de trenes afirmando que tenía que enviar unos correos, pero Brittany sabe que eso podría hacerlo con el móvil y se pregunta si su amiga solo necesita un respiro.

A veces, Brittany siente que necesita un descanso de Amma. Cuanto más se alarga el viaje, más recuerda que Amma no es una gran amiga de la universidad como han intentado fingir. Amma es solo una persona a la que también le ha pasado algo horrible y ahora están pegadas la una a la otra, aunque no tienen nada más en común.

Brittany tampoco tiene mucho en común con Chloe, para ser sinceras, pero Chloe es más fácil, es más divertido estar con ella.

Chloe no es un recordatorio constante de lo que sucedió.

Y ahora quiere que Brittany se vaya con ella a Australia.

Chloe alarga el brazo y le da un empujón en la rodilla.

—¿No quieres verlo?

Sí que quiere. Le ha encantado Europa, pero Australia será una verdadera aventura. Un lugar al que nunca había soñado ir.

—Sigues teniendo mucho dinero, ¿verdad?

No han hablado anteriormente del dinero de Brittany. Ni de cuánto tiene ni de cuánto se ha gastado. Brittany sabe que, con el tiempo, tendrá que hablarle de ello a Chloe. De sus padres, del accidente. Del acuerdo con el seguro y con la familia de Sterling Northcutt.

Pero, por ahora, se limita a asentir.

—Sí.

—¡Pues ahí lo tienes! —exclama Chloe sonriente—. Y si el dinero se convierte en un problema, podemos quedarnos con mis amigos o buscar albergues baratos. Te prometo que se puede hacer. —Se mete la mano en el bolso y saca un fajo de billetes—. Y, por supuesto, siempre está el circuito de chicos.

Brittany se acerca y toma la mano de Chloe, la mano que sostiene todos esos billetes. Crujen ligeramente bajo sus dedos y siente que el corazón se le anima ante la idea de que esto pueda continuar, de que la idea de «hogar» vaya alejándose más y más en la distancia.

—Vamos.

AHORA

DIECISIETE

Robbie lleva aquí cuatro días.

Sigo esperando despertarme una mañana y descubrir que su barco se ha ido, que se ha marchado a su siguiente aventura. Pero no, todos los días está ahí su embarcación de nombre ridículo: Último Baile con Mary Jane.

Y cada día, él sigue aquí.

El segundo día, el día que Jake me llevó a disparar, Robbie se sentó en una zona de arena y se pasó horas despedazando un trozo de madera arrastrada por las corrientes con una navaja que no parecía muy afilada. Por la tarde, se metió en la selva con una bolsa de lona negra desgastada colgada del hombro.

El tercer día, anunció que se iba a pescar y se quedó en los bajíos con un sedal atado a una salchicha de Viena.

—Cabrón estúpido —masculla Jake desde su sitio en la playa y Nico se inclina junto a él para ver qué está haciendo Robbie—. ¡Colega! —lo llama Jake—. ¡No te comas nada de lo que pesques!

—¿Por qué no debería hacerlo? —pregunta Nico y Jake lo mira.

—La mayoría son muy pero muy tóxicos. Estarás muerto en un par de horas si te los comes. —Esboza una rápida sonrisa mostrando sus dientes—. Otro de los caprichos de Meroe. Me sorprende que no lo supieras.

Algo atraviesa el rostro de Nico, pero desaparece antes de que pueda identificar qué es.

Pero no importa, porque Robbie no pesca nada.

El cuarto día, la playa está vacía cuando nos acercamos nadando y suelto un audible suspiro de alivio mientras montamos el campamento en nuestro cobertizo original.

—Debes ser pésima jugando a cartas —bromea Jake mientras me coloco sobre una manta. Hoy lleva un bañador de rayas azules y blancas más corto y ajustado que los bañadores anchos que suele llevar Nico. El vello dorado de sus piernas se le riza bajo la luz del sol.

Me sonrojo.

—¿A qué te refieres?

—Se te refleja en la cara todo lo que piensas. Por ejemplo, sé que estás tremendamente agradecida por que nuestro nuevo amigo todavía no haya aparecido hoy.

—«Todavía» es la palabra clave —interviene Brittany tumbándose a mi lado y poniéndose las gafas de sol—. Apuesto a que no se marcha antes que nosotros.

—Bueno, la primera noche le preparamos todo un festín, ¿qué esperabais? —comenta Amma, sentada al otro lado de Brittany. Al sacar el libro de bolsillo que estaba leyendo Jake cuando llegamos, me fijo en que es un *thriller* de espías, en cuya cubierta unas siluetas corren sobre un fondo azul oscuro.

—También montamos un festín para vosotros —replica Eliza con un tono ligeramente borde. No puedo culparla, Amma siempre ha sido grosera con ella, por muy amable que Eliza sea con ella.

—Sí, pero evidentemente, no éramos un grupo de gorrones —contesta Amma.

—Qué duro eso —dice Jake suavemente mirando hacia el mar.

Todos nos sentamos en silencio ligeramente incómodos hasta que Eliza dice:

—Lux, querida, ¿serías tan amable de volver al Cielo Índigo? Puesto que nuestro amigo no ha salido hoy, creo que abriré el vino bueno. Sabes dónde está, ¿no?

Asiento, me levanto y me sacudo la arena de las piernas. El bote del Cielo Índigo está en la playa y lo llevo fácilmente al agua apuntando hacia el catamarán. Saludo a Nico cuando pasamos.

Como siempre, me llama la atención lo limpio que está todo en el Cielo Índigo, lo elegante y ordenada que está la cubierta. Cuanto más tiempo nos quedamos aquí, más desaliñada parece la Susannah, con la cubierta llena de toallas mojadas, pares de zapatos esparcidos y cabos de repuesto.

Abro la puerta del camarote principal.

Y me quedo paralizada.

Robbie está ahí, de espaldas a mí con el tatuaje de lagarto que tiene en el hombro mirándome con desprecio. Tiene las manos en las caderas mientras observa algo junto al fregadero y el camarote está inundado con su olor. Sudor, sal, ropa enmohecida…

—¿Qué estás haciendo?

Se da la vuelta con una expresión totalmente cerrada durante una fracción de segundo antes de disolverla de nuevo en esa sonrisa bobalicona.

—¡Lux! —exclama—. Estaba comprobando unas cositas, ya sabes. Viendo cómo vive el resto. —Pasa una mano por los armarios de teca silbando entre dientes—. Tengo que decir que el resto vive bastante bien.

—No deberías estar aquí —le digo con la voz entrecortada y odiando parecer una profesora regañando a un niño por estar fuera de clase.

Su sonrisa no desaparece, pero su mirada se endurece cuando replica:

—¿Y se supone que *tú* sí que deberías estar aquí? Estoy bastante seguro de que este no es tu barco.

—Cierto, pero me ha enviado aquí Eliza a que lleve una cosa para ella.

—Jake y Eliiiiza —canturrea Robbie apoyando la cadera en el mostrador—. Sois buenos amigos, ¿eh? ¿Amigos íntimos?

Me pican los pies por la necesidad de correr, la piel me hormiguea por el sudor frío, pero me mantengo firme con los brazos cruzados sobre el pecho y la barbilla levantada.

—Solo digo que no deberías subir al barco de otra persona sin permiso.

—Si crees que el hecho de que yo fisgonee un poco es el peor delito que está teniendo lugar aquí, tienes que reflexionar un poco, pequeña.

—No me llames así —espeto, enfadada y asustada. Si gritara, probablemente los demás me escucharían, pero ¿con qué velocidad podrían venir hasta aquí?

—Solo intento que seamos amigos —dice encogiéndose de hombres—. O, mierda, tal vez ya sepas cómo puede gente *así* tener un barco como *este*.

—Ma parece que tienes que marcharte —declaro con firmeza.

Su sonrisa se convierte en algo más duro, más cruel.

—Sabes que la isla de Meroe está maldita, ¿verdad? Tú y tus amigos pensáis que os lo estáis pasando bien creando contenido para Instagram o para lo que sea, pero no es el tipo de sitio en el que hacer esas mierdas.

—Eres tú el que quiere quedarse aquí —le recuerdo pensando en la primera noche, en el amigo suyo que se había quedado en la isla Dios sabe cuánto tiempo.

—Porque yo entiendo que tipo de sitio es este. Pero ¿tú y tus amigos? Este lugar acabará con vosotros. —Junta los dientes con un fuerte chasquido sobresaltándome de tal manera que casi tropiezo con los escalones que tengo detrás.

Eso lo hace reír y el claro placer que siente al asustarme me hace mirar hacia el cuchillo que hay en la mesa a mi lado.

Es para las ostras, no es particularmente mortífero, pero lo tomo de todos modos echándome hacia adelante hasta que la punta pasa junto al ojo de Robbie.

La risa muere en su garganta mientras levanta ambas manos.

—Vale, pequeña, ya.

—Te he dicho que no me llames así.

Acerco el cuchillo respirando rápidamente. Estamos en medio de la nada. Aquí no hay reglas, no hay policía a la que llamar ni controles de pasaporte. Si matara ahora a este tipo, arrojara su cuerpo al océano y hundiera su barco... ¿quién lo sabría?

Darme cuenta de eso hace que me maree. Me he pasado meses en Maui soñando con la libertad del mar abierto, pero nunca había considerado su lado más oscuro. Aquí no tenemos límites. Lo que significa que podemos hacer cualquier cosa.

Yo podría hacer cualquier cosa.

—Oye, no quería asustarte —dice ahora Robbie retrocediendo.

Veo sus ojos oscuros moviéndose con nerviosismo entre el cuchillo y mi expresión.

Me tiene miedo.

Bajo el cuchillo, asintiendo.

—Bien.

Cuando retrocedo, niega con la cabeza.

—¿Quién iba a saber que tenías esto en tu interior? Dime, ¿a cuál de estos cabrones te comerías primero?

Señala con la cabeza hacia la playa, hacia Jake, Eliza, Nico, Amma y Brittany, y de repente se me revuelve el estómago. Deseo estar en cualquier lugar que no sea este.

—Que te den —mascullo débilmente y él vuelve a reír.

—No te avergüences, pequeña, no te avergüences. Solo digo que, si se trata de vencer a Meroe, apostaría siempre por ti.

Tras decir eso, pasa por mi lado, sube las escaleras y oigo el chapoteo cuando se zambulle por la borda.

Sigo temblando, por lo que casi se me cae la botella de vino que saco de la nevera. Cuando por fin salgo de nuevo a cubierta, veo a Jake y a Eliza en la orilla mirando hacia el barco. Habrán visto a Robbie en la cubierta. Levanto una mano para hacerles saber que todo va bien antes de volver a bajar al bote.

Robbie sigue aquí, flotando en el agua y mirando hacia el cielo y, cuando paso por delante de él, me sonríe de nuevo como si no hubiera pasado nada.

Aparto la mirada y me centro en la playa.

Jake, Eliza y Nico me esperan cerca de la orilla.

—¿Por qué estaba ese cabrón en nuestro barco? —pregunta Jake. Se ha subido las gafas de sol; sus ojos son tan azules como el cielo que tenemos sobre nosotros, pero muestra una expresión furiosa que nunca había visto antes. Niego con la cabeza.

—Estaba fisgoneando.

—Hijo de puta —murmura Jake mirando a Eliza. Ahora que estoy de nuevo en la playa, ahora que estoy a salvo, recuerdo de repente las palabras de Robbie: «cómo puede gente *así* tener un barco como *este*».

Era una tontería, un tipo asqueroso intentando confundirme.

Jake se da la vuelta y vuelve a zancadas a nuestro cobertizo. Rebusca algo durante un segundo y luego se levanta volviendo hacia nosotros. La luz del sol se refleja en el metal.

La pistola.

—Mierda, amigo —exclama Nico. Todavía me está sosteniendo el codo con la mano—. ¿No te parece demasiado intenso?

—Solo voy a hablar con él —responde Jake, pero tiene la boca apretada en forma de línea.

—Jake, por el amor de Dios —advierte Eliza, y él la mira bruscamente.

—¿Qué? ¿Quieres que siga husmeando por ahí, Eliza? Piénsatelo bien antes de responder.

—No —espeta—, pero también me parece que toda esta mierda de macho alfa es innecesaria y, francamente, vergonzosa.

Jake frunce el ceño.

—Lamento mucho avergonzarte, cariño. ¿Cómo lo vas a superar?

—¿Podéis dejaros de tonterías los dos? —interviene Amma con los brazos a los lados y pasando la mirada de nosotros a la orilla—. Viene hacia aquí.

Robbie está nadando hacia la orilla, el agua recorre su cuerpo delgado y sus pantalones cortos oscuros y Brittany se acerca a mí.

—¿Te ha dicho algo en el barco? —inquiere.

No sé porque no le cuento, ni a ella ni a nadie, toda la mierda que me ha soltado. Tal vez no quiero que esta situación ya de por sí tensa se intensifique todavía más. Y tampoco es que me haya hecho daño. Me he mantenido firme e, incluso ahora, recuerdo cómo me he sentido apuntándolo con el cuchillo. Viendo esa chispa de miedo en sus ojos.

Tampoco quiero contarles esa parte.

Niego con la cabeza.

—Nada importante.

Robbie está ya delante de nosotros con las manos en las caderas y la misma sonrisa de siempre en la cara.

—¿Estáis celebrando una fiesta sin mí? —pregunta, y Jake da un paso hacia adelante.

—¿Qué estabas haciendo en mi barco? —inquiere. La sonrisa de Robbie no vacila. Solo se encoge de hombros.

—Comprobando una cosa. Pensaba que teníamos una relación tipo «mi casa es tu casa» y todo eso. —Nos señala a todos y luego al cobertizo.

—Bueno, pues no lo es —contesta Jake—. Y si vuelvo a verte en mi barco…

—¿Qué vas a hacer? ¿Vas a ponerte en plan *Cocodrilo Dundee*? —Hace el amago de dar una serie de puñetazos en dirección a Jake, sobresaltándonos a todos—. Venga, colega.

Jake no se inmuta. Levanta la pistola con calma colocando el cañón a pocos centímetros de la frente de Robbie.

—¡Jake! —grita Eliza. Brittany me agarra el brazo y me aparta un poco de la escena.

Robbie sigue sonriendo, pero ahora tiene cierta dureza en la mirada.

—Tranquilo, amigo —le dice—. Esto no es *El señor de las moscas* y estoy bastante seguro de que yo no soy Piggy.

—Te has pasado de la raya, amigo —agrega Jake en tono ligero pero con el brazo firme mientras sigue apuntando a Robbie con la pistola. Me parece increíble que solo hayan pasado un par de días desde que sostuve el arma, desde que estuve disparando botellas de vino vacías y riendo.

Ahora no me apetece reír.

Amma está pálida y Nico todavía tiene una mano levantada como si pensara saltar y detener esto en cualquier momento, pero Robbie y Jake siguen con la mirada fija el uno en el otro. Robbie abre y cierra las manos a los lados con los dedos flexionados.

—Ah, ¿sí? —pregunta y luego niega con la cabeza y se pasa una mano por la cabeza rapada—. Bueno, en ese caso, supongo que me marcharé.

—Buena idea.

Jake baja el arma y creo que todos respiramos aliviados.

Robbie se da la vuelta como si fuera a marcharse. Ya puedo imaginármelo nadando de vuelta, su cuerpo delgaducho subiendo por la escalera de su barco y marchándose, dejándonos tal y como estábamos.

Pero entonces, se da la vuelta de nuevo repentinamente, tan rápido que se mueve antes de que podamos reaccionar, empuja a Jake con fuerza suficiente para hacerlo retroceder un par de pasos y se mete en la selva.

Se oye un fuerte chasquido, tan fuerte y tan cerca que me hace gritar y llevarme las manos a los oídos, aunque oigo a Eliza gritar:

—¡Ay, madre, joder!

Jake le ha disparado, ha disparado a Robbie, lo ha matado y nos hemos quedado aquí todos mirándolo. Mi cerebro entra en un bucle, pero no hay gritos y todavía oigo a Robbie moviéndose entre los árboles, aunque los sonidos son cada vez más débiles.

Entonces se hace el silencio y nos quedamos todos mirando hacia el lugar por el que ha desaparecido Robbie, por donde se lo ha tragado la selva.

DIECIOCHO

—¿Dónde mierdas está?

Susurro las palabras en la oscuridad del camarote con Nico acurrucado a mi lado. Toda la tarde y parte de la noche nos hemos quedado los seis esperando en la playa asumiendo que Robbie volvería. Al fin y al cabo, su barco seguía ahí, cerca del nuestro, y llevo horas despierta, escuchando.

De momento, nada.

Sé que Jake sigue en la playa. Está haciendo guardia. La idea debería ser reconfortante, pero no lo es, ni siquiera aquí en la Susannah. Me siento nerviosa y a punto de saltar. Todavía recuerdo la dureza de los ojos de Robbie, el chasquido de sus dientes acercándose a mí.

—Supongo que podría estar escondido en la selva —comento, aunque Nico no ha contestado—. Habló de eso, ¿recuerdas? De vivir aquí y toda esa mierda.

—Déjalo, Lux. ¿A quién le importa? —contesta Nico con un suspiro rodando sobre su espalda. Yo me muevo para verlo con más claridad.

—¡A mí me importa! —siseo—. Podría salir de entre los árboles en cualquier momento y tomarnos totalmente desprevenidos. ¿Quién sabe qué mierdas haría?

—Mira, es un condenado bicho raro, eso no te lo discuto —contesta Nico—. Pero es inofensivo, Lux. Se metió en la selva tan solo con esos pantalones cortos de mierda. Jake es el que tiene una maldita pistola. El tipo probablemente esté esperando a que nos marchemos para poder volver a su barco sin que le disparen.

—¿Entonces no te preocupa que se pusiera super rarito conmigo y que ahora esté escondido en algún lugar de esta isla?

—Siempre he sabido que Nico es bastante pasota, no es el tipo de persona que se preocupe demasiado por nada. Pero le he contado lo que me dijo Robbie en el Cielo Índigo, le he dicho lo mucho que me asusté.

Levanta una mano y se frota la cara.

—Creo que estás sobreestimando lo peligroso que es ese chico, eso es todo. —Deja caer la mano y se vuelve para mirarme—. Es decir, Amma estaba diciendo antes que cree que ella podría vencerlo en una pelea y pesa como cuarenta kilos.

Los he visto a los dos hablando antes en la proa de la Susannah, Amma riéndose de algo que había dicho Nico y él sonriéndole, y me ha parecido raro que se mostraran tan despreocupados después de lo que había pasado. Ahora sé sobre qué estaban bromeando y el pensamiento me hace morderme la lengua para no soltar un comentario rencoroso.

Nico me acaricia el brazo.

—Sé que te ha dado miedo, nena —admite—. Y lo siento. Pero, de verdad, no quiero que te quedes despierta toda la noche pensando que es el hombre del saco.

—Eso no es lo que estoy haciendo —insisto apartándole la mano—. Y ahora mismo no me hace ni pizca de gracia tu actitud de «soy tan pasota que no me preocupa nada». No con este tema.

No estoy segura de haberme enfadado con Nico alguna vez. Al menos, no de verdad. Pero ahora estamos aquí y no tengo ni idea de cómo reaccionará.

Suspira y se da la vuelta para mirarme a la cara apoyando la cabeza en la mano.

—Lux —dice apartándome el pelo de la cara con la mano libre—. ¿Podemos no montar un numerito?

Antes de que pueda contestar, se inclina, me roza los labios con los suyos y, aunque todavía estoy enfadada y preocupada, es fácil responder, abrir la boca y dejar que me bese de verdad mientras su mano sube por mi costado, caliente contra mi piel.

—No podemos —susurro cuando sus manos se desplazan hacia la cintura del pantalón corto que llevo para dormir—. Brittany y Amma...

Nico gime suavemente y deja caer su frente sobre la mía.

—Podemos estar en silencio —susurra sonriendo y yo niego con la cabeza.

—Sería demasiado raro.

—Y a mí me parece raro no haberte tocado en tantos días —murmura y me recorre la mejilla con la nariz.

Una parte de mí se da cuenta de que es una especie de intento para distraerme, pero, como está funcionando, no me importa.

—No es exactamente como habíamos planeado que sería nuestro primer gran viaje, ¿verdad? —pregunto mientras le acaricio suavemente la clavícula con las uñas.

—Habrá otros viajes —contesta—. Privados. Solo tú y yo. Tahití. —Me da un beso en la punta de la nariz—. Fiyi. —Otro beso—. A donde quieras ir.

—Eso me ha recordado a una canción de los Beach Boys —susurro haciéndolo reír.

Aunque todavía hay cierta preocupación en mi mente, un ronroneo constante sobre Robbie y su paradero, en este momento, puedo olvidarme de todo.

Solo un ratito.

—Bueno —susurro apoyándole la mano en la nuca—, solo si me prometes que será totalmente silencioso.

—No es de mí de quien hay que preocuparse —contesta separándome los muslos con su pierna y acercándome a él.

Nico me vuelve a besar y me arqueo contra él, perdiéndome en la sensación de su piel contra la mía, en el sabor de su boca, en los rasguños de su barba.

Acabo de ponerle la mano en el pecho cuando se oye un sonido.

Se abre la puerta del camarote y miro por encima del hombro de Nico. Veo una silueta.

Amma.

—Lo siento —susurra en la oscuridad, y saca la mano para estabilizarse mientras se dirige al camarote principal—. Necesitaba un poco de agua.

Dudo que pueda ver mucho en la oscuridad del camarote, pero aun así me aparto de Nico con un suspiro de irritación que apenas puedo reprimir.

—No te preocupes —responde él tan alegre como siempre. Amma se dirige a la pequeña nevera que hay debajo del fregadero.

Una vez tiene su botella y vuelve de puntillas al camarote, Nico se vuelve hacia mí de nuevo, pero le pongo una mano en el pecho y niego con la cabeza.

—Te lo había dicho —susurro—. Es demasiado raro.

Se deja caer sobre su espalda y murmura:

—Mierda.

Le tomo la mano y entrelazo los dedos con los suyos.

—Mañana —le prometo—. Encontraremos algo de tiempo.

Pero el día siguiente cuesta encontrar algo de privacidad. Jake y Eliza ya están en la playa cuando llegamos allí, tal vez porque todavía están pensando en Robbie, y Brittany y Amma se quedan cerca.

—¿Alguna señal? —le pregunta Nico a Jake, quien niega con la cabeza.

—Nada. Probablemente esté acampando en la selva en modo Robinson Crusoe.

Miro hacia los árboles, más allá de su hombro, frunciendo el ceño.

—Entonces, ¿vamos a dejar de preocuparnos por él? —pregunto, y Jake sigue mi mirada levantando ligeramente la barbilla.

—Yo no he dicho eso. Pero, además de enviar una especie de partida de caza tras él, no estoy seguro de qué más se puede hacer.

Sonríe mientras lo dice, pero recuerdo la calma con la que apuntó a la cabeza de Robbie con la pistola ayer, el ruido del tiro cuando Robbie se metió entre los árboles.

¿Y si Jake le había dado? Sin matarlo, pero hiriéndolo. ¿Y si hubiéramos oído el grito de Robbie? ¿Si hubiéramos visto su sangre sobre la arena? ¿Qué coño habríamos hecho entonces?

Rodeándome con los brazos, me doy la vuelta, pero noto cierto picor entre los omoplatos, como si hubiera alguien observándome, y sé que me sentiré así hasta que Robbie aparezca o se marche. O hasta que *nosotros* nos marchemos.

En ese momento, me doy cuenta de que será en unos días.

Como muchas otras cosas en Meroe, el tiempo empieza a parecer algo… resbaladizo. Flexible de un modo que no lo era en casa.

Brittany se ha unido a nosotros con su bañador púrpura brillante contra el agua azul tras ella.

—Una partida de caza —repite negando con la cabeza, pero sonriendo—. Dios, ¿te imaginas? Todos por la selva explorando para matar a Robbie. Sería muy *Perdidos*.

Jake se ríe e incluso Nico sonríe ligeramente, pero la imagen me resulta demasiado clara, demasiado fácil de ver. Prácticamente puedo notar el sudor detrás de las rodillas, entre los pechos, en la parte baja de la espalda. También siento la adrenalina que sentí ayer al apuntarlo con el puto cuchillo de las ostras.

Estoy a punto de decir: «Deberíamos. Deberíamos ir a buscarlo antes de que vuelva».

No me gusta que mi mente haya seguido esa dirección. Para avisar a los demás, señalo hacia el agua.

—Voy a nadar.

Casi temo que Brittany quiera unirse a mí, pero, en lugar de eso, se adentra más en la playa con Eliza. Observo cómo se deja caer en la lona junto a ella, le pasa un brazo por el cuello con aire juguetón y la acerca a ella. Eliza se ríe cuando se le resbalan las gafas de sol.

Me he dado cuenta de que Brittany es así, muy de mostrar su afecto, pero no me había dado cuenta de que ella y Eliza se hubieran unido tanto.

Miro a Amma para ver si ella se ha fijado, pero está hablando con Nico, ambos con las cabezas muy juntas. Me doy la vuelta y casi echo a correr hacia el agua.

Está caliente, como siempre, lo que es muy agradable, aunque me parece que me vendría bien el choque vigorizante del agua fría. Algo que me despeje la cabeza.

Nado en círculos sin rumbo durante un rato antes de salir y dirigirme a la pila de toallas que tenemos cerca de la línea de los árboles.

Acabo de tomar una cuando oigo:

—¿Estamos bien?

Me detengo y me giro para ver a Amma con una mano apoyada en el tronco de una palmera y con las gafas de sol en la cabeza apartándole el pelo de la cara. No es tan guapa como Brittany, pero es claramente llamativa y ahora tiene la piel bronceada y una constelación de pecas sobre el puente de la nariz.

—¿Cómo?

Ella se encoge de hombros y se cruza de brazos.

—No lo sé. Noto una vibración extraña. Como si te hubiera hecho enfadar de algún modo. —Levantando una mano, añade—: Y me di cuenta al volver a la cama anoche de que tal vez había interrumpido algo entre Nico y tú, lo que es raro que te cagas.

—Ah, no pasa nada —respondo quitándole importancia, aunque me sonrojo un poco al recordarlo—. Forma parte de la vida en el barco.

—De verdad —contesta ella sonriendo—. Sé que te alegrarás de tenerlo para ti solo cuando todo esto se acabe. —No digo nada y, de nuevo, Amma vuelve a romper el silencio—. Lo siento. Espero que no te moleste que haya pasado tiempo con Nico. Brittany está en plan *golden retriever* con Eliza y Jake y es... es agradable tener a alguien nuevo con quien hablar. Se le da muy bien escuchar.

Pienso en la noche en la que nos conocimos, en el modo que tiene de centrarse en ti y solo en ti. Aun así, hay algo raro en todo esto. La sonrisa de Amma es demasiado resplandeciente y su postura, demasiado rígida.

—En realidad, me recuerda mucho al chico del que te hablé. Al novio con el que iba a viajar.

El viento sopla entre las palmeras sobre nosotras, las hojas suspiran y se balancean proyectando su sombra en el rostro de Amma.

—Tu ex, sí —recuerdo.

Amma traga saliva con dificultad y aparta la mirada durante un segundo antes de volverse de nuevo hacia mí y decir:

—Hay algo que debería contarte. Brittany y yo no fuimos del todo sinceras sobre cómo nos conocimos —confiesa sin mirarme a los ojos—. Sobre que fuera en la universidad.

No estoy segura de cómo responder a eso. ¿Por qué iban a mentir sobre algo tan insignificante?

—Nos conocimos en un grupo de asesoramiento —continúa, y entonces me mira—. Asesoramiento sobre el duelo. Toda la familia de Brittany murió en un accidente de tráfico por un conductor borracho. Su madre, su padre y su hermano pequeño. Los tres. —Se le tensa la voz y le tiembla la barbilla un instante antes de aclararse la garganta y continuar—. Y yo perdí a mi novio.

—Ah —murmuro. De repente, las lágrimas de aquel primer día que me habló sobre él cobran más sentido.

—Le contamos a la gente la historia de la universidad porque... bueno, porque no queremos ser ese tipo de chicas, ¿sabes? Las tristes y trágicas. Las que necesitan asesoramiento sobre el duelo.

Eso puedo comprenderlo a la perfección. Me he pasado los últimos años intentando no ser ese tipo de chica.

—De todos modos —prosigue sacudiendo la mano—, he pensado que deberías saberlo. He supuesto que lo entenderías.

—Lo entiendo —contesto. De repente, todos esos pensamientos sobre Amma, el nudo que se formaba en el estómago al verla con Nico, me llenan de vergüenza. Doy un paso hacia adelante y le coloco una mano en el brazo—. Y lo lamento muchísimo.

—Gracias. Ha sido... horrible, pero ahora estamos aquí. Y Brittany está feliz. Lo de viajar así fue idea suya, su modo de usar el dinero del seguro y del acuerdo para hacer algo que cree que su familia habría apreciado. A ellos les gustaban las experiencias, salir, vivir la vida.

—Y también es lo que quería hacer tu novio, ¿verdad? —agrego—. Así que tú también estás haciendo algo bueno.

Asiente, pero con un movimiento brusco.

—Exacto. Bueno, creo ya he compartido lo suficiente por hoy. Puedo dedicar el resto de la mañana a emborracharme.

—Eso siempre es buena idea.

Se da la vuelta, pero entonces se detiene y señala algo entre los árboles.

—Un momento, ¿qué mierdas es eso?

Me lleva un segundo comprender qué está mirando, pero entonces distingo una forma colgando de las ramas, algo que no es solo una liana enroscada.

Solo me adentro un par de pasos, pero es como el primer día que fuimos a explorar. De repente todo parece más silencioso y el aire se vuelve más espeso, aunque todavía puedo ver a Amma justo detrás de mí, y el mar y el cielo tras ella.

Hay una cuerda colgando de un árbol. Es una cuerda fina y desgastada. Me raspa la mano cuando la toco y sigo el bucle que forma hasta llegar a un nudo.

Tiro del trozo de cuerda que cuelga y el lazo que cuelga de la rama se tensa.

Es una especie de trampa, probablemente para atrapar pájaros, tal vez incluso algún lagarto.

El amigo de Robbie.

Robbie dijo que su amigo estaba seguro de que todavía había alguien viviendo en la isla, subsistiendo de la selva y de los suministros que adquiría cuando navegaba. ¿Es esta trampa lo único que quedaba de aquel chico, fuera quien fuera?

¿O es algo nuevo?, me pregunto escrutando la oscuridad de la selva más allá.

DIECINUEVE

El día siguiente, vamos todos al estanque al que me llevó Eliza.

Nadie menciona a Robbie ni la trampa que encontré yo ayer, pero sé que todos estamos pensando en ello. Sienta bien hacer algo diferente, distraerse con un cambio de escenario.

Ahora estoy sentada con Brittany al borde del estanque observando nadar a Nico y a Amma. Jake y Eliza comparten espacio en una zona arenosa, con Eliza apoyada entre las piernas del chico.

—¿Cómo crees que sería vivir aquí? —pregunta Brittany—. Quiero decir, sí, es todo muy paradisíaco, pero ¿no se volvería aburrido al cabo de un tiempo? ¿Solitario? Además, ¿cuántas puestas de sol puedes contemplar?

Eso es lo que había empezado a sentir yo en Maui, pero no estaba segura de si aquí llegaría a sentir lo mismo. En Maui tenía responsabilidades y trabajo, la vida real se entrometía cada día. Pero ¿aquí?

Aquí simplemente eras... libre.

—Yo me aburriría, claramente —continúa Brittany—. Sé que suena muy tópico, pero es como... este es un lugar al que vienes a olvidar, ¿sabes? O a desparecer. —Vuelve a negar con la cabeza y su cabello oscuro se agita sobre sus hombros—. No estoy segura de querer esas cosas; al menos, no para siempre.

—Yo tampoco —respondo, aunque no estoy segura de si lo digo de verdad.

Brittany vuelve a mirarme, pero antes de que pueda decir algo más, se oye un grito en el estanque.

Amma está colgando boca abajo sobre el hombro de Nico, su pálida piel destaca sobre el bronceado del él y su parte inferior del bikini se baja ligeramente cuando Nico vuelve a hundirla bajo el agua arrastrándola con él. Noto los ojos de Brittany sobre mí mientras los observamos hacer payasadas.

—¿Dónde está Jake? —pregunto cuando Eliza se acerca para sentarse con nosotros.

Señala hacia la selva.

—Se le ha olvidado su estúpido libro y, al parecer, no podía disfrutar de la tarde sin él. ¿De qué estabais hablando vosotras?

—De si podríamos vivir aquí, en esta isla —responde Brittany subiéndose las gafas de sol por la nariz con un dedo—. Hemos decidido que, definitivamente, no podríamos.

—Yo igual —añade Eliza acomodándose en la arena—. Me encantan las puestas de sol y las playas, pero hay mucho mundo que ver. Y, sinceramente, empiezo a echar de menos las ciudades. —Toma aire profundamente—. Nada de gases de escape. ¿Cómo se supone que puede vivir una mujer solo de aire fresco?

Nico y Amma empiezan a salir del estanque y veo por el rabillo del ojo como él le echa una toalla sobre los hombros.

—¿Dónde iréis después de esto? —le pregunto, y Eliza se encoge de hombros.

—Todavía no estamos seguros. Jake quiere ir a Fiyi, tal vez a Bora Bora, pero espero poder convencerlo de que Bangkok será un cambio agradable después de todas estas playas de arena blanca.

Siento una punzada de envidia. Yo simplemente volveré a Maui hasta que Nico decida qué hacer a continuación.

Eliza me mira y me da un codazo.

—¿Quieres venir?

Suelto una carcajada sobresaltada, aunque la idea hace que me atraviese una oleada de emoción.

—¿A Bangkok?

Ella asiente y su cabello rubio se suelta de su descuidado moño.

—¿Por qué no? Nos gustas, eres divertida. Y, claramente, quieres viajar.

—Pues sí —admito y luego recuerdo todo lo que debería decir sobre que Nico y yo tenemos nuestros propios planes, pero no me sale. Ni una palabra.

—¡Pues vente! —exclama y levanto la mirada para ver a mi novio observándonos mientras se frota el pelo aclarado por el sol con una toalla. ¿Ha oído la invitación de Eliza?

Y, lo más importante, ¿ha oído que no la he rechazado?

Está a punto de atardecer cuando llegamos de nuevo a la playa y, cuando miro hacia la laguna, me lleva un segundo darme cuenta de que falta algo.

Ahora solo hay dos embarcaciones ancladas.

El Último Baile con Mary Jane ha desaparecido.

El alivio me atraviesa cuando señalo hacia la laguna.

—Supongo que se ha retirado mientras no estábamos.

Nico entorna los ojos hacia la laguna y se los protege del sol con una mano.

—Supongo que sí.

—Joder, menos mal —murmura Jake con una sonrisa—. Yo diría que eso es motivo de celebración. Vamos. Abramos una botella y brindemos por habernos librado de ese cabronazo.

—Me parece bien —contesta Nico rodeándome la cintura con el brazo.

Hace calor, los dos estamos sudados y yo sigo pensando en él y Amma en el estanque, en sus brazos rodeándola a *ella*. Me aparto de él.

Él no dice nada, pero noto su mirada sobre mí cuando subo al bote y Brittany y Amma me siguen.

El sol se hunde lentamente por el horizonte y todos estamos empapados cuando subimos a bordo de la Susannah.

Soy la primera en bajar al camarote y ya estoy pensando en tomar una botella de agua fría de nuestra pequeña nevera.

Pero cuando llego al último escalón, algo cruje bajo mi pie.

Hay un plástico gris debajo de mi zapato. Me lleva un momento procesar que es nuestra radio o, mejor dicho, lo que queda de la radio. Plástico aplastado, metal doblado y cables sueltos.

—¿Qué demonios...? —suelto.

—¿Lux?

Nico está bajando las escaleras detrás de mí y ve enseguida la destrucción.

—¿Tenemos una de repuesto? —pregunto mientras él pasa junto a mí para evaluar el desastre.

—No —responde escuetamente—. Esto era todo.

Se queda callado durante unos instantes y luego le da un rápido puñetazo al mostrador.

—¡Imbécil! —ruge. Yo salto instintivamente hacia atrás y mi talón pisa otra pieza de plástico.

—Ha tenido que ser Robbie, ¿verdad? ¡Te dije que sí que teníamos que preocuparnos por él! —Noto que el pánico me sube por el pecho y empieza a darme vueltas la cabeza.

—¿Te parece que es momento de jugar al «te lo dije»?

Lo miro fijamente.

—Eso no es lo que estoy haciendo. Estoy intentando recordarte que a veces tengo razón en ciertas mierdas y que a lo mejor tendrías que haberme escuchado en lugar de comportarte como si yo fuera una loca.

—Bueno, claramente tú no estabas loca, pero él sí, ¿vale? ¿Ya estás contenta?

—¡No! —Ahora estoy gritando, pero no puedo evitarlo—. No estoy *contenta*. —Robbie ha estado aquí, en nuestro barco, entre nuestras cosas. Ha estado observando y esperando una oportunidad para cobrarse algún tipo de venganza mezquina.

—¡Nico!

Oímos a Jake gritando y subimos a cubierta a toda prisa. Brittany y Amma nos miran a nosotros y a Jake en la cubierta del Cielo Índigo con las manos ahuecadas alrededor de la boca.

Al igual que Nico, tiene el ceño fruncido y los hombros tensos, y comprendo sin tener que preguntarlo que Robbie también ha estado revolviendo sus cosas.

—¿Cómo de grave es? —grito.

—Un maldito desastre —responde Jake y luego nos hace señas con un brazo—. Venid, vamos a hablar.

Los cuatro nos apiñamos de nuevo en el bote. Nico se mueve con rudeza y brusquedad y llegamos rápidamente a la cubierta del Cielo Índigo. El ambiente feliz y distendido de la tarde se ha desvanecido por completo y todos estamos tensos, con los brazos cruzados mirando a nuestro alrededor. Todavía podría estar en cualquier parte. Oculto al otro lado de la isla. Esperándonos en la selva.

Y ahora no tenemos modo de conseguir ayuda. Ningún tipo de contacto con el mundo exterior. Nosotros no tenemos radio y el Cielo Índigo tampoco.

Estamos completamente incomunicados.

—Tenemos que marcharnos —declaro y, de repente, cinco cabezas se giran en mi dirección.

Es una mierda tener que acabar el viaje bajo estas circunstancias, pero a mí me parece evidente que no podemos quedarnos, no cuando Robbie todavía podría estar acechando y es claramente peligroso y destructivo.

—Lux, cálmate —me dice Nico poniéndome una mano en el hombro.

Retrocedo.

—¿Que me calme? ¿En serio?

Él frunce el ceño.

—Solo digo que ahora mismo entrar en pánico no va a sernos de ayuda.

—No está entrando en pánico —interviene Eliza pasándome un brazo por los hombros—. Está siendo sensata. Por el amor de dios, no tenemos ni una maldita radio y claramente este tipo es más inestable de lo que pensábamos si está dispuesto a hacer algo así.

—Lo entiendo —dice Nico—. Pero Lux siempre hace lo mismo. Siempre se comporta como si estuviera cayéndose el cielo.

Esas palabras me sientan como un puñetazo en el estómago.

—¿De qué estás hablando?

—Además —continúa pasándose una mano por el pelo—, no es seguro estar en mar abierto sin radio. Si nos metemos en problemas, estamos acabados.

—Ahora estamos *acabados* —le recuerdo, pero él niega con la cabeza.

—Deja que piense algo, ¿vale? A lo mejor puedo arreglarlas o…

No puedo contener la carcajada de incredulidad que suelto.

—¿Con cocos o con qué? A mí también me gusta *La isla de Gilligan*, Nico, pero esto es real.

—Lux tiene razón, colega.

Jake tiene los brazos cruzados y una expresión inescrutable detrás de sus gafas de sol polarizadas.

—Las radios están destrozadas. No se pueden arreglar. Pero tengo un teléfono por satélite. No es lo más útil del mundo, pero si puedo encenderlo y hacerlo funcionar, puedo intentar contactar con algún barco que esté por la zona. Ver si alguien se dirige hacia aquí y si tienen una o dos radios de repuesto.

—Se encoge de hombros—. No es mucho, pero creo que ahora mismo es nuestra mejor opción.

—Claro, porque tú siempre sabes qué es lo mejor —replica Nico. Tiene una expresión siniestra en el rostro, una que no le he visto nunca, casi una mueca.

Jake le responde con una sonrisa confiada.

—En este caso, creo que lo sé.

Antes de que puedan entrar en materia, Amma se adelanta y le pone una mano en el brazo a Nico.

—Deberíamos registrar la isla, a ver si lo encontramos, porque tal vez ni siquiera esté aquí. Podría haberlo hecho como un último «que os den» y haberse largado. —Se vuelve hacia Jake con toda la calma del mundo—. Tienes una pistola, ¿no?

Él asiente con los pies plantados sólidamente en cubierta.

—No es mala idea. Solo hay otro sitio en el que ancorar en la isla, en el lado este. Vamos a ver si su barco está allí. Si está, vale, nos haremos cargo. Y si no, podemos asumir que Amma está en lo cierto y que lo ha hecho antes de marcharse solo para fastidiarnos una última vez. —Mira a Nico—. ¿Te apuntas?

Nico asiente sin mirarme y luego Amma añade:

—Yo también quiero ir.

Espero que alguien le diga que es una idea estúpida, pero nadie lo hace, y antes de que pueda darme cuenta, están los tres en el Zodíaco de camino al otro lado de la isla.

—¿Estás bien? —pregunta Eliza estrechándome. Yo niego con la cabeza. Estoy acojonada y cabreada.

«Siempre se comporta como si estuviera cayéndose el cielo».

Como si hubiera sido un lastre que lo hubiera retenido todo el tiempo, un estorbo total, en lugar de ser todo lo contrario. Yo soy la que consiguió que le arreglaran la Susannah. Yo soy la que estuvo limpiando habitaciones de hotel para poder pagar el alquiler, aunque él podría haber resuelto ambos problemas con una única llamada si hubiera sido lo bastante hombre para tragarse su orgullo.

—Venga —dice Eliza—. Vamos a tomar algo.

Lo hacemos, nos sentamos en la silenciosa y oscura cubierta esperando hasta que, por fin, unas dos horas después, oímos el suave zumbido del motor del Zodíaco.

Veo que se acerca primero a la Susannah y Amma y Nico suben a bordo. A continuación, Jake se dirige hacia nosotras.

—¡Nada! —exclama casi inmediatamente—. No hay ni rastro del barco ni de ese maldito imbécil. Creo que la teoría de Amma era correcta. Ha sido un último «que os den» antes de marcharse por donde vino.

Debería ser un alivio, pero aún me siento ansiosa. Observo la orilla como si Robbie pudiera salir de la selva en cualquier momento.

—¿Queréis que os lleve a vuestro barco? —pregunta Jake. Miro por encima del hombro a Brittany, quien, de algún modo, ha conseguido quedarse dormida y ahora se está despertando lentamente, levándose del capullo que había formado con toallas.

—Estoy lista —declara recogiendo sus zapatos, pero yo niego con la cabeza.

—¿Os importa que me quede aquí esta noche?

Si eso sorprende a Jake, no lo demuestra.

—Por mí, bien.

—¿Estás segura? —pregunta Brittany colocándose a mi lado. Tiene los ojos hinchados de dormir, el pelo deshecho y huele débilmente al vino tinto que se ha tomado antes—. Puedo quedarme contigo si quieres.

Podría estar bien, pero eso dejaría a Amma y a Nico solos en el barco. Definitivamente, no es algo que quiera. Niego con la cabeza.

—No, vete. Yo iré por la mañana. Solo…

Me quedo sin palabras y ella se acerca para abrazarme.

—Necesitas un respiro, lo entiendo.

La veo bajar por la borda y subir al Zodíaco, y me quedo sentada en la cubierta hasta mucho después de que Jake haya vuelto. Hay otro camarote abajo, pero decido quedarme aquí, tumbada en la cubierta, observando las estrellas sobre mí.

No pensaba que fuera a dormirme, pero, de algún modo, lo consigo. Me despierto justo cuando el sol empieza a elevarse tiñendo el cielo de un suave violeta rosáceo.

Lentamente, desciendo por la borda y nado hasta la Susannah.

La puerta del camarote está abierta, probablemente para que entre más aire, y bajo lentamente los escalones pensando en acurrucarme en la cama con Nico después de todo, esperando tal vez poder dejar esto atrás.

Pero Nico no está en la mesa.

Veo el cabello oscuro de Brittany por debajo de la manta y siento que todo mi cuerpo se queda muy quieto.

Mis pisadas apenas se oyen cuando me acerco al camarote, la sangre me retumba en los oídos y me tiemblan las manos cuando empujo la puerta.

Nico está tumbado boca arriba con los pies hacia la puerta y su piel desnuda y bronceada contrasta con la sábana blanca que tiene debajo.

Amma está envuelta sobre él con su piel reluciente de sudor y un brazalete de cuentas azul en el tobillo.

Es lo único que lleva puesto.

Hola, colega.

Espero que te llegue, el Internet aquí es una mierda, pero ¿qué se le va a hacer? Estoy de nuevo en Teahupo'o, aunque no sé durante cuánto tiempo. Malditos surfistas, no puedo aguantar mucho más a estos imbéciles. Riggs está en Uturoa ahora mismo, así que puede que intente reunirme con él allí. Dice que allí no hay tanta gente y no están turístico, pero, Robs, después de Meroe... Todo me parece una locura de gente y turismo. Solo iba a quedarme unos tres días porque creía que, más allá de eso, acabaría hablando con una pelota de vóleibol, pero estuve allí como ¿una semana? ¿Ocho días? Jaja, mierda, acabo de mirar qué día es hoy y, joder, estuve allí dieciocho días. Es una locura. ¡TIEMPO DE ISLA!

De todos modos, tienes que ir. Suplica, toma prestado, roba, lo que sea, hermano, porque eso es otro nivel. El día tres o por ahí, me dije: «A la mierda el ramen» y empecé a pescar y a cazar. Atrapé un lagarto enorme y lo asé al fuego al estilo cavernícola. (Sabía de pena, pero da igual).

Lo único es que, si vas, mantén la mente despejada, porque es un lugar que te vuelve loco. Parece que sería una maravilla colocarse en una isla desierta, pero, confía en mí, Robs, NO MOLA NADA. Lo hice una noche y acabé en una mierda tipo *Apocalypse Now* atravesando la selva con un maldito CUCHILLO pensando que había alguien más por ahí. No dejaba de oír ruidos extraños, y no de selva, sino de persona. No sé si me entiendes.

Pisadas y toda esa mierda, respiraciones. Te digo que fue DE LOCOS. Acabé encontrando una choza, probablemente de la Segunda Guerra Mundial, y recordé que un colega mío me habló de un tipo que estuvo viviendo en Meroe. Supongo que esa era su casa y era FLIPANTE. Realmente pensé en quedarme por aquí, pero me imaginé que solo sería cuestión de tiempo hasta que aparecieran unos idiotas jugando a Gilligan.

Aun así, Meroe es una pasada. RARA de la cabeza a los pies, así que mantén la cabeza despejada, pero ve. Hazme caso.

Dime cómo estás, dónde mierdas estás. (No se lo diré a Riggs, sé que pasó algo entre vosotros). (Mierda, hermano, ¿soy el único con el que no tienes ningún problema?).

Nos vemos.

C

Mensaje enviado el 3 de diciembre de 2019, de Christopher «Chipper» Davidson.

VEINTE

No sé por qué voy a la pista de aterrizaje.

Tal vez sea porque no quiero hablar con nadie y sé que no se les ocurrirá buscarme allí.

Nico y Amma. Amma y Nico. No dejo de ver sus cuerpos enroscados alrededor del otro, no dejo de recordar todas las veces que los había visto hablando y riendo y cómo me había dicho a mí misma que estaba siendo estúpida.

«Buena suerte», había dicho Susannah.

Resulta que sí que era necesaria esa advertencia.

Me caen lágrimas por la cara que se mezclan con el sudor, pero sigo avanzando entre el follaje.

Avanzo unos metros más antes de darme cuenta de que nada me resulta familiar. O, más bien, que todo me resulta demasiado familiar: la selva es tan uniforme que a veces es fácil confundirse.

Me detengo, respiro profundamente y miro a mi alrededor.

Es como el otro día, hace calor y humedad, todo es muy verde y hay un olor espeso, pero ahora tengo la sensación de que todo está más cerca, como si el aire y la vegetación me estuvieran presionando. Me giro hacia la otra dirección, pero, cuando lo hago, las hojas me parecen todavía más gruesas y el suelo bajo mis pies, más traicionero.

No entro en pánico, no todavía, pero definitivamente, el corazón me late más rápido mientras sigo avanzando, esperando encontrar el camino correcto en cualquier momento.

Pero la selva solo se vuelve más densa; el calor, más opresivo, y oigo mis propias respiraciones bruscas entrando y saliendo de mis pulmones mientras intento moverme todo lo rápido que puedo.

Oigo pájaros cantando sobre mí y, cuando levanto la mirada, veo pedazos de cielo azul.

Entonces, de repente, la selva se despeja y suelto un suspiro de alivio pensado que, después de todo, he encontrado el camino a la pista de aterrizaje.

Pero no. Es solo otro claro, otro lugar en el que la vegetación ha sido cortada claramente por manos humanas. Y, delante de mí, hay una construcción.

Es pequeña, de apenas dos metros de ancho, y está hecha de metal, oxidado en algunas partes. En lugar de puerta, hay simplemente una abertura enmarcada por lianas. El interior está completamente oscuro.

Debió pertenecer a la marina cuando estuvieron aquí, probablemente fuera una especie de cobertizo de almacenamiento, pero pienso inmediatamente en la trampa entre los árboles y en el amigo de Robbie que juraba que había alguien viviendo en la isla. La repentina oleada de miedo tiene un sabor ácido en mi boca y un sudor frío empieza a brotarme bajo los brazos y detrás de las rodillas.

—¿Hola? —llamo tentativamente, tan estúpida como aterrorizada.

Por supuesto, no hay respuesta, así que me acerco un poco más para meter la cabeza en el cobertizo.

Está casi demasiado oscuro para ver nada (la espesa cubierta de selva impide que pase la mayor parte de la luz), pero allí, en la esquina, puedo ver… algo.

Un bulto, una mancha más oscura entre las sombras. Es demasiado pequeño para ser una persona. ¿Tal vez una bolsa? ¿O simplemente un montón de escombros?

Estoy a punto de adentrarme cuando noto movimiento cerca del pie y, cuando miro hacia abajo, algo verde se desliza.

Al retroceder estoy a punto de pisarle la cola a la serpiente y no puedo evitar gritar, pero desaparece por el lateral de la cabaña.

No se oye nada más aparte de mi propio pulso acelerado en los oídos. Tengo que salir de aquí.

Cuando vuelvo a la playa a trompicones, está vacía y veo que no está ninguno de los botes. Puede que hayan ido todos a buscarme, pero no me importa. Ahora mismo no.

Me tiemblan las piernas mientras subo a la Susannah con un nudo en el estómago, esperando que Nico y Amma no estén a bordo. Todavía no estoy preparada para enfrentarme a ninguno de ellos.

Gracias a Dios, la cubierta está vacía y, cuando bajo, veo que allí tampoco hay nadie. Nico y Amma se habrán ido juntos a alguna parte y esa idea es tanto un alivio como otra puñalada en el pecho cuando entro en el camarote.

Hace calor y hay humedad y no me atrevo a acercarme a la cama. Me da la sensación de que todavía puedo oler el sexo y la crema solar de Amma y me temo ver algunos pelos largos y oscuros en la almohada que antes era mía. En lugar de eso, me coloco en el borde de la litera con los dedos enroscados en el colchón.

Me digo a mí misma que no pasa nada. Que serán solo unos días y luego volveremos a Hawái.

Pero ¿qué haré después de eso?

Por primera vez, me pongo a considerar si Nico y yo podríamos superar esto. Odio lo mucho que me llena de alivio esa posibilidad, pero no puedo evitarlo. Me parece mucho más fácil de ese modo. Como si estas dos semanas no hubieran sido más que un breve y extraño parpadeo, un sueño, y como si ignorándolas todo pudiera volver a ser como antes.

Pero este viaje también me ha revelado que, tal y como están las cosas, Nico tomaría todas las decisiones, viviría exactamente como él querría y yo me dejaría llevar por sus corrientes.

Contemplo la pequeña estancia. La cortina que hice para nuestro ojo de buey está ligeramente arrugada por la esquina y las alegres flores amarillas tiñen la luz que se filtra a través de la tela. Me doy cuenta de lo patéticos que parecen ahora mis intentos de crear una vida con Nico. La Susannah siempre ha sido de Nico. Siempre será suya.

Yo solo era una acompañante en el viaje.

Y ya estoy harta.

Había vuelto al barco con la idea de recoger algunas de mis cosas y acampar en la playa las últimas noches. Pero, sin el bote, no hay modo de poder hacerlo así que, en lugar de eso, subo de nuevo a la cubierta.

Nico está ahí.

Tiene las manos en los bolsillos y la cabeza gacha. Por su postura, puedo decir que sabe que lo han descubierto y no tengo tiempo para preguntarme cómo lo ha averiguado.

—Lux… —empieza, pero yo lo interrumpo.

—No. No lo hagas.

—¿No crees que al menos deberíamos hablarlo? —pregunta, y noto el picor de las lágrimas en los ojos.

—¿Hay algo que hablar? ¿De verdad?

Nico me mira fijamente. Su piel se ha oscurecido todavía más desde que estamos aquí. Está tan bronceado que reluce y me duele lo guapo que está. Incluso ahora. Sobre todo, ahora.

—Así que vas a romper conmigo en una isla desierta. Esto es lo que está pasando.

—Te has tirado a otra —replico en voz baja. No sé dónde están los demás en este momento, pero el ambiente acogedor que me había parecido tan divertido los primeros días es ahora asfixiante. Me siento como si no hubiera modo de mantener una conversación privada y no pudiera evitar que alguien escuchara todo lo que decimos.

—Y lo siento mucho —dice Nico. Y realmente lo parece, lo que es más complicado. Entonces agrega—: Pero no has estado de muy buen humor últimamente, Lux. Siento que cada vez que quiero hablar contigo estás con Eliza y Brittany. Y luego te cabreaste tanto por lo de ese tipo…

—¡Me daba miedo, Nico! ¡Porque parecía que no te importaba protegerme! Porque tendríamos que haber vuelto a casa entonces, pero no lo hicimos, y ahora nuestras radios están destrozadas y tú te has acostado con otra y estamos aquí, atrapados. No puedes culparme por enfadarme por eso.

Niega con la cabeza y el pelo le cae sobre la frente mientras mira hacia otro lado.

—Sé que no ha estado bien… —empieza y yo me río en voz alta.

—¿Que no ha estado bien? Sí, es un modo de expresarlo…

Me fulmina con la mirada y saca la mandíbula.

—A esto es a lo que me refiero. Has sido una cabrona desde que llegamos aquí. Así que, sí, soy un imbécil por acostarme con otra, pero, para ser sincero, Lux, no creía que te importara. Quiero decir, ibas a irte con Jake y Eliza, ¿verdad?

Lo miro fijamente.

—¿Qué?

Tiene los brazos cruzados sobre el pecho.

—Escuché a Eliza invitándote a marcharte con ellos. Y la cosa es, Lux, que no te oí rechazarlo. Te lo estabas pensando, ¿verdad? —Me quedo en silencio—. Así que, sí, no puedes culparme por sentir que yo nunca te había gustado de verdad.

¡Que tal vez lo único que querías era el barco y hacer por fin algo con tu miserable vida!

—Eso no es justo —digo. Ni siquiera intentamos hablar en voz baja, nuestras voces resuenan en el aire libre—. Fuiste un idiota conmigo después de lo Robbie —continúo—. Estaba enfadada. Y sí, fue agradable que Eliza me hiciera esa oferta. Pero solo porque no me oyeras decir que no, no significa que dijera que sí. Y, definitivamente, eso no es una excusa para ir y tirarte a otra chica que conoces desde hace una semana en *nuestro* barco.

—*Mi* barco, Lux —me corrige—. Es *mi* maldito barco.

Ahí está.

Nunca ha habido un «nosotros» en el verdadero sentido de la palabra, no para Nico. Pero sospechar algo en los rincones más oscuros de tu mente y oírlo decir en voz alta son dos cosas diferentes.

—Tu maldito barco —repito asintiendo—. Me marcho ahora mismo, no te preocupes.

—Lux —insiste, pero he dejado de escuchar. Dejo la triste bolsa con mis pertenencias en la cubierta y salto por la borda, nadando hacia el Cielo Índigo.

Veo a Brittany sobre una manta de rayas en la playa tumbada bajo el sol. Lleva las gafas puestas y tiene un libro abierto. Apuesto a que también lleva puestos los auriculares, así que ni siquiera me molesto en hacerle señas o intentar llamarla. En lugar de eso, me subo al Cielo Índigo.

Eliza me había dicho que era bienvenida a navegar con ellos cuando quisiera y me pregunto si esa opción sigue estando en pie. Al fin y al cabo, puede que no tenga que volver a Hawái con Nico.

Robbie había dicho que la isla estaba maldita y, por primera vez, empiezo a creer que hay algo de verdad. Los marineros muertos en el siglo XIX, la pista de aterrizaje cubierta de vegetación, la calavera, la construcción abandonada que he encontrado esta mañana... para ser un lugar lleno de belleza natural, también parece tener una historia horrible.

Me apetece otra bebida, pero la nevera de la cubierta está vacía, así que abro la puerta del camarote y me asomo.

—¿Eliza? —la llamo, aunque sé que no está aquí. Aun así, me parece extraño andar a hurtadillas por el barco yo sola.

A diferencia de nuestro camarote en la Susannah, el interior del Cielo Índigo es brillante y abierto, con muebles blancos, detalles cromados y suelos de teca brillante. Me permito imaginar cómo sería navegar a Bangkok con un barco como este.

Abro la nevera de acero inoxidable y saco un paquete de doce cervezas pensando que, de paso, podía rellenar la nevera de la cubierta para Eliza. Pero me sudan las manos y una de las botellas se me resbala de los dedos, cae al suelo y estalla en un montón de cristales rotos y espuma.

—Mierda —murmuro apartándome del charco que se extiende mientras el olor a levadura y lúpulo llena el camarote.

Busco una toalla o cualquier cosa para limpiar el desastre, pero el rollo minimalista que tienen implica que no tienen nada a mano excepto más metal y cristal y eso no me sirve de nada ahora mismo.

Abro el armario de debajo del fregadero y allí, junto a una botella de limpiacristales Windex, encuentro una ordenada pila de toallas blancas.

También hay una bolsa negra abultada con la cremallera parcialmente abierta.

«Me pregunto qué tendrán en ese barco», oigo que dice Robbie y recuerdo su sonrisa torcida y su dura mirada.

La bolsa de Robbie. La que había arrojado a la orilla aquel día. Era negra, como esta. De lona y con la cremallera rota.

Me siento como la mujer de Barba Azul cuando la saco a la luz.

En cuanto la tengo en el regazo, suelto un suspiro de alivio. No es la misma bolsa. Esta es demasiado nueva, tiene el logotipo de Tumi y, cuando pruebo la cremallera, se abre perfectamente.

Por Dios, este lugar me está volviendo paranoica.

Estoy cerrando la mochila de nuevo cuando me noto que sobresale un trozo de plástico de forma extraña.

Lo que sea que hay en la mochila pesa, y tengo que usar ambas manos para sacarlo.

Es dinero.

Mucho dinero. Montones de billetes atados y envueltos en plástico. Dólares estadounidenses, euros, libras esterlinas con la colorida cara de la reina sonriéndome amablemente.

Me late con fuerza el corazón mientras vuelvo a meter el dinero en la mochila, pero entonces me doy cuenta de que hay más paquetes envueltos en plástico en el interior. Hay otro de dinero, pero hay dos más gruesos y pesados y me doy cuenta con incredulidad de que son ladrillos de hachís.

Así que no es solo dinero, también drogas.

Nico les había preguntado a Jake y a Eliza a qué se dedicaban, cómo se ganaban la vida, y Jake había sido lo bastante vago para que yo asumieron que era otro niño rico con una gran herencia y que no tenía que ganarse el dinero, que este simplemente existía para él. Y, tras enterarme de que habían crecido juntos, había supuesto que era igual para Eliza.

Pero, claramente, hay algo más.

¿Por eso están aquí, en esta isla desierta? ¿Están huyendo de la ley?

De repente, me doy cuenta de lo poco que sé de Jake y Eliza, y de Brittany y Amma ya que estamos. Mierda, tal vez incluso de Nico. Estas personas son básicamente desconocidos para mí y estoy sola con ellos en medio del océano Pacífico. Me siento como si tuviera la cabeza llena de algodón y se me hubiera secado la boca y en lo único en lo que puedo pensar es en dejar esta mierda exactamente donde la he encontrado, guardándola rápidamente en la mochila como si la lona me quemara.

Entonces oigo pasos en las escaleras que llevan a la cocina.

Me doy la vuelta y veo a Eliza mirándome.

Sonriéndome.

—Bueno —dice cruzando los brazos, guapa, bronceada y extremadamente calmada—. Ahora conoces nuestro secretito.

VEINTIUNO

—No vas a montar un numerito por esto, ¿verdad? —pregunta Eliza tras una larga pausa, y yo asiento casi automáticamente.

Me doy cuenta de que a Eliza se le da bien esto: formular una pregunta como una afirmación para que tu única opción sea estar de acuerdo con ella.

De un paso hacia adelante, se inclina y me quita la mochila.

—No es para tanto —continúa—. Solo un poco de hachís. No nos metemos con las cosas más tochas, ¿sabes? Solo con lo divertido.

Me muestra esa sonrisa brillante y asiento robóticamente.

—Claro, el hachís no es gran cosa, en realidad. —Me sorprendo a mí misma al decirlo y me pregunto si habrá más escondido en otras partes del barco y dónde.

Eliza puede leerme la mente con claridad.

—Lo sé, sé que parece mucho y sí, estaríamos total y absolutamente acabados si nos descubrieran con esto, pero ya sabes cómo es... gran riesgo, gran recompensa.

—Totalmente —contesto asintiendo aún más maniáticamente. Eliza se ríe y se acerca a abrazarme.

—Ay, Lux —murmura—. No se lo digas a los demás, pero eres mi favorita.

Es una estupidez y una tontería, pero parece que se me ruboriza todo el cuerpo con placer. ¿Cómo consigue hacer que sientas que su aprobación es tan importante y esencial?

Entonces, me mira directamente.

—Pero pasa algo, ¿verdad, amor?

Antes de poder impedirlo, me sale solo.

—Descubrí a Nico y a Amma. En la cama.

Sus cejas se juntan y aparece un trío de arrugas en su nariz.

—Ay, Lux —susurra—. Ay, mierda. —Me caen las lágrimas por las mejillas y dejo que me vuelva a abrazar—. Vaya par de cabrones —espeta. Eso me hace reír un poco, y me limpio las mejillas.

—Unos cabrones, sí —confirmo—. Lo juro por Dios, es este sitio. Estar apartados de la civilización, de todo y de todos. Creo que vuelve loca a la gente.

Eliza asiente.

—¿Qué vas a hacer ahora? ¿Te enfrentaste a ellos?

Niego con la cabeza.

—No. En ese momento fui una cobarde total y básicamente hui.

—Lo entiendo —responde Eliza—. Pero tal vez te sentirías mejor si todo saliera a la luz.

Pienso en enfrentarme a Amma, pero esa situación no me atrae nada.

—Ahora mismo solo quiero olvidarlo —le digo y me da un apretón en los hombros.

—Me parece bien. Quédate aquí con nosotros un poco. Tenemos mucho espacio.

Sé que no es una solución permanente, pero por ahora, me vale.

—Me encantaría.

Por mucho que me encantaría esconderme en el Cielo Índigo durante el resto del viaje, sé que no puedo y, además, yo no soy la que ha hecho algo malo. No es justo que yo tenga que renunciar a la isla solo porque Amma y Nico hayan decidido ser unos imbéciles. Aun así, mientras nado hacia la playa por la tarde, noto un nudo en el estómago. Puedo ver a Brittany sentada en una toalla, observándome mientras me acerco, y Jake está más arriba en la playa, debajo de la lona, con un libro. Gracias a Dios, Nico y Amma no están en ningún lugar a la vista.

En cuanto llego a la arena, Brittany se acerca a mí con los dedos entrelazados y los labios fruncidos en una mueca exagerada.

—Lux —dice y luego suspira—. Mierda.

Me escurro el agua del pelo asintiendo y emito lo que intenta ser una risita.

—Sí. Mierda, en efecto. Supongo que ya lo sabes.

—Me lo ha dicho Amma.

Da un paso hacia mí y me pone la mano en el brazo. Las dos olemos a agua salada y a toallas mojadas con un aroma más intenso y terroso por debajo. Todos hemos dejado de bañarnos tanto ya que entramos y salimos del mar tantas veces que nos sentimos limpios, aunque en realidad no lo estemos. ¿Cómo ha sucedido tan rápido?

—Lo siento —farfulla y luego las palabras le salen a borbotones—: Si hubiera sabido lo que iba a suceder habría intentado detenerlo, lo prometo. Es decir, Amma no me ha parecido remotamente interesada en ningún chico durante nuestros viajes, así que *nunca* se me habría ocurrido que…

—Brittany. —Cubro su mano con la mía y ella entrelaza los dedos con los míos mientras me mira—. No es culpa tuya —le digo—. Son solo… cosas que pasan. Juntas a gente guapa y añades estrés y mucho alcohol…

—Eso no es excusa —dice Brittany, y me sorprende la ferocidad con la que lo dice—. Es de ser muy cabrona hacerle eso a una amiga.

Es agradable que me defienda así, pero niego con la cabeza.

—Vamos, Britt. Sabes que Amma y yo no somos amigas. No realmente.

Me caía bien, sí, pero no soy estúpida. Este tipo de viajes no forman vínculos para toda la vida. Yo solo era la novia del tipo al que habían contratado Amma y Brittany, y apuesto a que en un año se les habrá olvidado mi nombre.

Pero entonces Brittany me estrecha la mano.

—Pero nosotras sí que somos amigas, ¿verdad?

De nuevo, la seriedad de su rostro y de sus palabras me sorprende, así que le sonrío a pesar de la confusión que siento.

—Sí, por supuesto, claro que lo somos —contesto.

—Bien —dice y me da un rápido abrazo—. Es oficial, soy del Equipo Lux, pueden irse los dos a la mierda.

Me río a pesar del nudo que tengo en la garganta.

—Vale, bueno, solo me conoces de hace un par de semanas y hace mucho más tiempo que conoces a Amma, así que quizás no deberías darle la espalda del todo. Aunque lo aprecio.

Cuando se aparta, Brittany niega con la cabeza.

—Es demasiado tarde. Ya le he dicho que, cuando volvamos a Hawái, se acaba todo.

—¿Por haberse acostado con mi novio?

Mira por encima de mi hombro y cuando me doy la vuelta veo a Amma en la cubierta de la Susannah, observándonos.

—Por muchas cosas —responde Brittany, y me pregunto qué significará eso.

Antes de que pueda preguntárselo, Jake se acerca a nosotras con las manos en los bolsillos y las pantorrillas llenas de arena. Tiene un aspecto casual y relajado y de repente recuerdo que lo de Nico y Amma no ha sido el único sobresalto que me he llevado hoy.

El dinero, las drogas. Nada de eso cuadra con el hombre que veo ante mí con un bañador de color salmón y las gafas polarizadas de aviador reflejando el azul verdoso y la arena blanca.

—¿Va todo bien? —pregunta y yo asiento mirando a Brittany. Estoy segura de que Eliza le contará lo que ha pasado, pero yo no puedo mantener esta conversación con nadie más por el día de hoy.

¿Cómo es posible estar tan lejos de cualquier cosa que se parezca a la civilización y aun así sentirse tan vigilada y observada?

—Bueno, hay buenas y malas noticias —continúa Jake inclinando la cabeza para mirarnos por encima de las gafas—. He conseguido hablar con un teléfono satelital esta mañana. Hay un yate de camino hacia aquí desde Honolulu que puede traernos radios de repuesto la semana que viene.

—¿La semana que viene?

Se suponía que íbamos a marcharnos de Meroe en pocos días, según lo planeado. Pero ahora Jake está diciendo que se alargará todavía más.

—Deberíamos quedarnos unos diez días, sí —confirma Jake mirando de nuevo hacia el agua—. Pero tampoco es muy grave, ¿no? Quizás tengamos que ajustar un poco las raciones y pasar a tres botellas de vino por noche en lugar de cinco. —Sus dientes relucen de lo blancos que son—. Y tampoco es que Eliza y yo tuviéramos una agenda establecida de cuándo marcharnos, en realidad. Es como si Dios quisiera decirnos que sigamos pasándolo bien un poco más.

Diez días más.

Diez días más en esta isla con el hombre al que amaba y la mujer con la que me ha puesto los cuernos.

Diez días más con Eliza y Jake y sus secretos.

—A mí me vale —responde Brittany. Yo también asiento, aunque miro la arena, el mar y la selva detrás de nosotros preguntándome cómo un lugar tan abierto y libre puede parecer una trampa.

ANTES

Eliza nunca ha creído en el destino. ¿Una fuerza mística que te lleva donde se supone que debes estar para que todo encaje con perfecta simetría? Imposible. Además, en su opinión, ese tipo de pensamiento te quita poder a ti, así que, a la mierda.

Pero, aun así, cuando pasa la mirada por un pub abarrotado y ve a Jake Kelly con una pinta en la mano y rodeado, como siempre, por un grupo de acólitos, no puede evitar preguntarse si el universo está por fin haciéndole un favor (de una maldita vez).

El Señor sabe que le debe algo.

Después de su madre, después de Jake y todo eso, Eliza había pasado unos años a la deriva. Un año de uni, luego un chico nuevo que tenía los ojos azules y el encanto de Jake, pero no su dinero ni esa sensación de estar bañado en oro que poseía Jake incluso con diecisiete años.

Aquel chico, Tom, le había durado casi dos años, y luego había vuelto a mudarse, se había establecido en Londres con unas chicas que había conocido por internet y había empezado a trabajar en un banco.

Cuando eso se había vuelto demasiado aburrido, había conseguido un empleo como camarera en un crucero. Normalmente trabajaba en la ruta española de Southampton a Mallorca y todo eso, rodeada de turistas quemados por el sol que pagaban demasiado por *tequila sunrises* y a quienes mostraba siempre su sonrisa más brillante y falsa.

No era una mala vida. A Eliza le gustaba viajar y las propinas eran buenas. Simplemente, no era lo que se había imaginado para sí misma de pequeña.

Por supuesto, visitaba lugares maravillosos, pero lo hacía como trabajadora cuando en realidad ella quería ser la persona atendida, la que pedía las bebidas y no la que las preparaba.

Pero, con el tiempo, consiguió bastante dinero con ese trabajo como para poder viajar por su cuenta durante un tiempo, por lo que se bajó del crucero en las Islas Canarias y no volvió a subir.

Recorrió la mayor parte del sur de Europa y pasó un tiempo en Estambul vagando entre distintos grupos de personas y distintos amigos. Y con gente así, con gente que se conoce por el camino, no hay pasado ni futuro real. Solo un glorioso presente en el que Eliza pueda estar con quien quiera. No tiene que decirle a la gente que su madre está en la cárcel, no tiene que confesar los años malgastados en hombres perdidos y oportunidades desperdiciadas.

Puede reinventarse cada vez que acaba en un lugar nuevo y esa libertad es embriagadora.

Pero no tan embriagadora como este momento mientras atraviesa el pub hacia Jake Kelly.

Él no la reconoce al principio. Por el modo en el que sus ojos se mueven sobre ella, puede ver que está interesado, pero de un modo distraído, simplemente, un hombre viendo a una mujer atractiva y haciendo los cálculos que sea que hagan los hombres cuando deciden si entrarle o no.

Y entonces…

Abre los ojos y la expresión de su rostro llena a Eliza de una repentina sensación de triunfo.

—¡La madre que me parió! —suspira Jake mientras ella se acerca, le sonríe, le coloca una mano en el hombro y se pone de puntillas para darle un beso en la mejilla.

—Hola, Jake.

El chico deja la cerveza en la barra detrás de él tan rápido que derrama un poco. De pronto tiene las manos en la cintura de Eliza y una sonrisa sincera mientras la mira. Su delgadez adolescente se ha convertido en algo más sólido, su pecho es más ancho y su rostro, más afilado. En realidad, no es justo que siga siendo tan guapo y que Eliza todavía se ruborice cuando él la mira y se sienta como si volviera a tener dieciséis años y anhelara ver su brillo reflejado.

—¿Cómo diablos he pasado más de diez años de mi vida sin ver esta cara? —pregunta sonriendo, y así, sin más, ella está acabada. Perdida de nuevo en esa sonrisa fácil y esos ojos azules. Jake ni siquiera tiene que preguntarle si quiere acompañarlo a casa.

Ella simplemente va.

Su casa es un barco.

Cuando la lleva allí, al principio le hace gracia. Parece que no puede escapar de los barcos, pero le parece bien. Le encanta el agua, incluso tomó clases de navegación durante su periodo en el crucero. Además, el Cielo Índigo no es cualquier barco.

Es precioso, elegante y lujoso, y puede ver que Jake se siente orgulloso cuando se lo enseña.

—¿Dónde vas a llevarlo? —le pregunta y él desliza sus brazos por la cintura de Eliza desde detrás. Cuando le da un beso junto a la oreja, le provoca escalofríos.

—A donde me dé la real gana —contesta, y luego señala con la cabeza un mapa abierto en la mesa de la cocina—. Estaba pensando en este sitio. La Isla de Meroe. Se supone que es toda una experiencia. Un antepasado mío naufragó allí en el siglo XIX. Al pobre se lo comieron, si no me falla la memoria.

—¿Los tiburones? —pregunta Eliza, y Jake le da un suave mordisquito en la clavícula.

—Sus compañeros —contesta. Ella se da la vuelta y le rodea el cuello con los brazos.

—¿Y por qué quieres ir ahí?

De nuevo esa sonrisa. Esos hoyuelos.

—Por diversión, querida. Y hablando de diversión…

Eliza deja que la conduzca al camarote, que la tumbe en la enorme cama y que le quite el vestido. Durante años la había atormentado el modo en el que seguía pensando en aquellas tardes en la cama de Jake de adolescente. De todos los hombres con los que se había acostado desde entonces, ninguno la había marcado tanto como él.

Lo había atribuido al primer amor y a las hormonas adolescentes, pero esta noche, aquí en el Cielo Índigo, sabe que estaba equivocada. Es solo… Jake. El fuego que había habido entre ellos años atrás se aviva inmediatamente y, aunque sabe que tiene amigos que la están esperando, se queda dormida en sus brazos pensando que quizá nunca más se vaya.

Encuentra las drogas su segunda noche en el barco.

En realidad, Eliza no está fisgoneando. Está buscando una maldita copa de vino, ya que las de la noche anterior siguen sucias en el fregadero porque, Dios nos libre, ¿cómo iba Jake Kelly a lavar una copa? Y, por supuesto, ella no piensa hacerlo por él.

Abre un armario y ve montones de algo envueltos en plástico y, por un momento, su cerebro no entiende lo que son esos ladrillos macizos cubiertos con film transparente.

Cuando se da cuenta de lo que está viendo, algo extraño sucede en su interior. Nota la piel fría mientras la rabia (una rabia más fuerte de la que ha sentido nunca) le arde en el estómago.

Todavía está agachada frente al armario cuando Jake sale de la cocina solo con sus calzoncillos, un batín y un cigarrillo colgando de la boca.

—Ah —murmura al verla y se encoje de hombros—. El negocio familiar continúa a buen ritmo.

Lo dice alegremente, con esa misma sonrisa y, al final, eso es lo que lo condena.

Para Jake no es más que una cosilla que hace. Un modo de ganar dinero, un dinero extra porque, por mucho que bromee, este no es su *verdadero* negocio familiar. Lo suyo es el negocio inmobiliario. Esto es simplemente una actividad secundaria que le permite comprar barcos de lujo y no ponerse nunca un traje a menos que quiera hacerlo.

Esto... es lo que destruyó la vida de su madre y, en muchos sentidos, también la suya propia. Pero para Jake solo es un poco de diversión.

Y siempre lo será.

No aprendieron ninguna lección de la sentencia de encarcelamiento de su madre. No tuvieron remordimientos. Los hombres Kelly simplemente siguieron su camino.

Ni siquiera ha preguntado por ella.

Eliza se da cuenta en ese momento. La última vez que había visto a Jake, su madre acababa de ser condenada a prisión, pero él no le ha preguntado por ella ni una sola vez en los últimos dos días. Dónde está, cómo está.

Es como si no hubiera existido nunca.

Levantándose con las piernas temblorosas, Eliza se vuelve hacia él y se esfuerza por mostrar un rostro inexpresivo.

—Es bueno saberlo —declara y la voz no le vacila lo más mínimo.

Él se acerca, le da un beso en la mejilla y Eliza le sonríe. Pero por dentro, su mente da vueltas y más vueltas y empieza a dibujarse algo demasiado nebuloso para ser considerado un plan.

Eliza no pasa la noche siguiente en el Cielo Índigo, ni tampoco la de después. Vuelve a reunirse con los amigos con los que había estado saliendo, pasa tiempo con ellos en varios museos, tiendas, pubs y restaurantes y, mientras tanto, piensa en Jake, en el barco, en sus planes y en las mochilas escondidas bajo el fregadero. Cuando le suena el móvil el tercer día, el plan ya no está tan desdibujado.

Mira la pantalla y sonríe al ver el número que aparece en ella.

No responde.

Tampoco contesta la segunda ni la tercera llamada de Jake. Lo deja esperando cinco días antes de decidirse finalmente a responder.

—¿Estás intentando torturarme? —pregunta en cuanto ella contesta. Eliza sonríe, se excusa con sus amigos y se retira a la parte trasera del pub en el que están bebiendo.

—Un poco —admite, y oye a Jake riéndose al otro lado, se lo imagina sentado en la cubierta de ese magnífico catamarán, bronceado, dorado y guapísimo.

—Bueno, pues funciona —contesta él—. No puedo dejar de pensar en ti. Ni siquiera he lavado las sábanas. Así de patético me he vuelto.

—Ay, Jake. No estás acostumbrado a ser el que abandonan por la mañana, ¿verdad?

—Tienes toda la razón del mundo, no lo estoy —responde antes de hacer una pausa—. ¿Puedo verte está noche?

Eliza mira por encima del hombro hacia el pub.

—Esta noche estoy ocupada.

Él gime.

—Claro que lo estás. ¿Mañana?

—No puedo pensar con tanta antelación —le dice y se apoya contra la pared recordando todas las tardes que había pasado esperando a que la llamara, en todos los planes cancelados solo por si a él le apetecía verla ese día—. Sinceramente, ni siquiera estoy segura de si me voy a quedar en Australia mucho más. Tal vez sea el momento de trasladarme, de vivir nuevas aventuras.

Inmediatamente, empieza a preocuparse. ¿Ha ido demasiado lejos? ¿Es demasiado obvio?

Contiene la respiración.

Pero entonces, Jake le dice:

—Pues tienes suerte de que a este chico le gusten las buenas aventuras. ¿Recuerdas aquella isla de la que te hablé? ¿Meroe? Me parece el momento perfecto para ir hacia allí. Tú, yo, arena, oleaje. ¿Qué me dices?

—Jake —ronronea Eliza, aunque el corazón empieza a latirle más fuerte y nota la sangre efervescente como el champán—. ¿Me estás pidiendo que me vaya a navegar contigo?

—No —replica él—. Te lo estoy *suplicando*.

Y Eliza se ríe.

Zarpan dos días después.

¡Y, por supuesto, el gran acontecimiento de este año fue nuestro viaje a Hawái! Hizo un tiempo maravilloso durante toda la estancia, ¡tuvimos mucha suerte! Espero que estéis preparados para ver mil fotos de delfines la próxima vez que nos veamos porque Dave y yo sacamos un montón, jajaja.

Sin embargo, tuvimos un pequeño sustito durante el viaje. Navegamos a esa Isla de Meroe. Dave quería ver una antigua pista de aterrizaje de la Segunda Guerra Mundial que hay allí y a mí me pareció interesante ver una isla desierta de verdad.

Pero cuando llegamos, ya había un barco anclado. Sé que Dave estaba preparado para convertirse en Robinson Crusoe, así que se sintió un poco decepcionado. Los llamamos tanto por radio como a la antigua usanza gritando por la borda, pero no hubo respuesta. Primero nos pareció un poco raro, pero luego supusimos que estarían explorando la isla.

Efectivamente, unos minutos después vi a alguien en la playa, pero desapareció entre los árboles antes de que pudiera verlo bien.

Todos sabéis que no soy supersticiosa, pero algo en ese barco silencioso y en esa persona adentrándose en la selva… me dio mala espina. Era una isla preciosa, pero le dije a Dave que hay muchas islas bonitas más que no me hacen sentir como si estuviera a punto de vivir una experiencia extrasensorial. ¡Y lo curioso es que Dave estuvo de acuerdo conmigo! Dijo que el lugar le provocaba escalofríos, así que seguimos navegando. ¡No me arrepiento de haberlo hecho!

—Tarjeta navideña de la familia Mullins, diciembre de 2016

AHORA

VEINTIDÓS

Es nuestro decimoquinto día en la isla.

Si todo hubiera ido según lo planeado, nos habríamos marchado ayer, pero, en lugar de eso, seguimos todos aquí.

Esperando.

Yo sigo en el Cielo Índigo, al igual que Brittany. Nico y Amma siguen en la Susannah y es como si los seis nos hubiéramos dividido en nuestros propios universos separados sin interactuar apenas. Si nuestro grupo está en la playa, Nico y Amma se quedan en el barco. Y si nosotros estamos a bordo del Cielo Índigo, ellos están en la playa.

No sé si siguen pasando cosas entre Nico y Amma, pero sí sé que Nico ni siquiera ha intentado luchar por mí. Lo único que quiero ahora mismo es dejar la isla atrás: escapar del calor y la humedad que parecen haber cobrado vida propia para presionarme. Quiero escapar de la claustrofobia, de esta extraña tensión y del miedo constante y estremecedor.

Empiezo a soñar con lugares más fríos. El fresco del aire acondicionado de un cine. Un gélido paseo por la playa en diciembre. El dolor de dientes al beber un cóctel helado demasiado rápido. No dejo de sudar ni cuando me sumerjo en el agua azul y clara de la orilla. El agua está a la misma temperatura que un baño caliente.

Respiro profundamente por la nariz y percibo esa mezcla familiar de agua salada y vegetación pudriéndose lentamente. A pesar del protector solar de factor cincuenta que me aplico religiosamente cada pocas horas, el sol me abrasa los hombros y el resplandor del agua me provoca dolor de cabeza.

—Me da la impresión de que tienes pensamientos demasiado profundos para una mañana como esta.

Jake se acerca a mí con dos cervezas colgando de la mano.

Todavía tengo algo de resaca de la noche anterior (la bebida no ha disminuido desde que el grupo se separó), pero acepto el botellín que me ofrece. El primer sorbo me golpea la lengua con su sabor ácido y vigoroso y se me revuelve un poco el estómago.

—Estaba pensando que el paraíso no es exactamente lo que esperaba.

Puedo ver mi reflejo en las gafas de sol de Jake. Tengo los hombros salpicados de pecas y pelándose, el pelo lleno de enredos salados y retirado de la cara con una de las bandanas de Nico. A pesar de haber vivido exactamente en las mismas condiciones, de algún modo, Amma no tiene este aspecto salvaje.

Jake me sonríe y se lleva la cerveza a la boca.

—Hay pocas cosas que son lo que parecen —me dice mostrándome su sonrisa—. Excepto yo.

—Ah, ¿así que lo de ricachón irresponsable no es solo fachada?

Echa la cabeza atrás y se ríe, y yo intento que mis ojos no se detengan en la suave extensión de su cuello, en el modo en el que el pelo se le riza alrededor de las orejas.

Técnicamente, Nico está más bueno, pero Jake es... magnético. Es el mismo tipo de niño guapo y rico, pero lo lleva de un modo diferente. En parte es por el hecho de que es mayor que Nico, pero hay algo más... Nico ha intentado con todas sus fuerzas negar quién es. De dónde viene. Jake es dueño de su identidad; esa confianza y fanfarronería son atractivas, no desalentadoras como yo esperaba.

—Venga —me dice señalando la playa—. Vamos a explorar un poco.

Sé que es mala idea quedarme a solas con él cuando me siento así.

Lo sigo de todos modos.

Caminamos durante un rato siguiendo la curva de la orilla. No hablamos mucho, pero soy muy consciente de lo cerca que estamos, de cómo el dorso de su mano roza la mía de vez en cuando.

Me acabo la cerveza rápidamente y se me sube a la cabeza más de lo normal. Cuando nos detenemos para sentarnos en la arena, la laguna y lo que considero «nuestra playa» parece estar muy lejos. Como si hubiéramos encontrado nuestra propia isla lejos de todos los demás.

Aquí los árboles no son tan densos y la parte arenosa de la playa es más estrecha, una pequeña medialuna de arena alrededor de las aguas azules de la laguna. Hay algo liberador en el hecho de mirar y no ver nada más que mar abierto sin rastro de la Susannah o el Cielo Índigo en el horizonte. Por ahora, puedo fingir que somos las únicas dos personas que hay aquí.

Apoyándose en los codos, Jake señala hacia el mar con la cabeza.

—¿Sabes?, antes me asustaban las aguas abiertas así.

—Pues me parece que escogiste una afición extraña —comento, y su sonrisa hace que se le profundice el hoyuelo de la mejilla. Me pregunto si ha practicado esa sonrisa, si la ha estudiado en el espejo y sabe el efecto que tiene sobre las mujeres.

—*Touché* —reconoce y luego vuelve la atención hacia el agua—. Pero me educaron como Kelly y todos los hombres Kelly navegan.

Pienso de nuevo en Nico, quien aprendió a navegar en una escuela privada en Oregón, y me pregunto cómo dos chicos pueden ser tan similares y al mismo tiempo tan diferentes.

—¿Qué más hacen los hombres Kelly? —pregunto. Él echa la cabeza hacia detrás.

—Van a escuelas pedantes, tanto en su casa como en el extranjero. Yo fui a un par en Australia y luego mi querido padre me mandó a Inglaterra, aparentemente para enderezarme, pero no funcionó.

—Ah, así que eras el chico malo del cole privado, lo capto —contesto y él me vuelve a mirar con una sonrisa.

—Nunca he sido tan malo, no de verdad.

—Qué lástima. —Me sonrojo y me siento casi mareada por mi propia imprudencia. Sé lo que estoy haciendo, lo que *los dos* estamos haciendo. Sea lo que sea, es peligroso y estúpido, pero sigo delante de todos modos.

—Así que, dime —continúa volviéndose hacia mí—. ¿Qué hacen las mujeres McAllister?

—¿Fastidiarlo todo? —digo a la ligera, pero me está observando fijamente, me siento demasiado tensa y desvío la mirada al mar. Decido contarle la verdad—: Confiamos en los hombres equivocados —respondo—. Mi padre… supongo que no era exactamente un mal tipo. Solo uno descuidado. —Jake no contesta, pero noto que sigue escuchando.

»Se marchó cuando yo tenía once años, pero intentó seguir haciendo de padre. Al menos durante un tiempo. Aunque luego tuvo otros hijos, así que supongo que ya no le hacía falta ser *mi* padre. —Suspiro.

»No es que no se preocupara por mí, o incluso que no *quisiera* preocuparse. Solo que… no podía. No era capaz de hacerlo.

Pienso en Nico, en su sonrisa encantadora y en sus hábiles manos con esos grandes sueños que eran suyos, siempre suyos. «Puedes venir, claro».

Pero eso era todo. Una oferta vacía y una promesa que lo era aún más.

Jake coloca su mano sobre la mía.

—¿Es grosero por mi parte decir que tu padre me parece un auténtico cabrón?

Eso me arranca una carcajada y niego con la cabeza, mirándolo. Se acerca y sé lo que está a punto de pasar.

Me pregunto si hemos estado encaminados a esto desde el día que nos conocimos.

Noto su mano arenosa en la cara y, cuando me pasa el pulgar por los labios, noto el sabor del agua salada. El corazón me late con fuerza, se me revuelve el estómago y sé que esto es una estupidez, sé que es un error, sé que solo empeorará las cosas.

Pero no me importa.

No ahora con el sol sobre nuestros cuerpos y nosotros como Adán y Eva, solos y juntos en este pequeño pedazo de paraíso, en un Edén solitario.

—Deberías decirme que parara —murmura Jake mirando fijamente mis labios.

—Debería —coincido, y él levanta los ojos hasta los míos. Son casi tan azules como el mar que hay a nuestro lado, como el cielo que tenemos arriba.

—¿Vas a hacerlo?

Respondo inclinándome hacia él y cerrando el espacio que nos separa.

Sus labios están secos, pero son suaves y, cuando me enreda la mano en el pelo, siento que me atraviesa un rayo de lujuria, tan fuerte que abro la boca todavía más. Su lengua empuja la mía mientras sus dedos se tensan y presiono con la mano la piel húmeda y caliente de su pecho desnudo.

En este momento, no me parece un error. Lo concibo como otra aventura, una que es únicamente mía. Por primera vez en meses, estoy haciendo lo que *yo* quiero, no lo que quiere Nico.

Además, parece que lo que quiere Nico es a Amma, así que, que le den.

Me lo merezco.

Con Jake es diferente.

Mi mente no me permite decir «mejor» porque incluso ahora, incluso después de todo lo que ha pasado, me siento desleal, en cierto modo. Odio que Nico siga ocupando el suficiente espacio en mi corazón como para sentirme mal por esto.

Pero Nico es el único chico con el que he estado en mucho tiempo, así que no puedo evitar compararlos.

El tacto de Jake es más firme, más confiado. Me habla todo el rato, me pregunta qué quiero, si me gusta esto, si puede hacer lo otro. Y le digo que sí tantas veces que empieza a convertirse en un cántico, «sí, sí, sí», hasta que estoy temblando, agarrándole con los dedos el pelo húmedo por el sudor de su nuca, y no existen ni Nico ni Eliza, nada excepto nosotros dos en esta playa de arena con el Pacífico detrás de nosotros y palmeras sobre nuestras cabezas.

Después, nos tumbamos el uno al lado del otro mirando la luz que se filtra entre las hojas.

—Me siento como en un videoclip.

El ríe y me rodea con el brazo.

—No tengo ni idea de si eso es un cumplido o no.

—Ah, sí que lo es —contesto—. O tenía la intención de que lo fuera.

Una parte de mí se pregunta si debería contarle lo de Nico y Amma, pero, si lo hago, puede que piense que esto ha sido todo por venganza.

Tampoco hay que malinterpretar, una parte sí que lo ha sido. Pero no todo. No ha sido para lograr un empate: como Nico se ha tirado a Amma, yo me he tirado a Jake.

Pero ahora se ha acabado y estoy volviendo en mí, recordando dónde estoy, dónde estamos, y algo parecido al arrepentimiento empieza a apoderarse de mí.

No tanto por traicionar a Nico, pero, mierda, me gusta Eliza.

¿Y ahora qué?

Me vuelvo hacia Jake con la intención de preguntárselo, pero debe intuirlo porque se limita a tocarme la punta de la nariz y murmurar:

—Nuestro secreto.

—Claro —respondo aliviada y, al mismo tiempo, inexplicablemente, decepcionada—. Nuestro secreto.

Solo uno más que añadir a la pila.

Nos vestimos, nos sacudimos la arena el uno al otro y Jake se inclina para acariciarme la sien y darme un beso en el cuello. Eso me hace sonreír, aunque el remordimiento se va apoderando cada vez más de mí. Es como la noche posterior al funeral de mi madre; la adrenalina se desvanece y deja atrás una especie de sensación turbia, la sensación de que, si me acercara al borde de un acantilado, en lugar de apartarme, saltaría.

Es la isla, me digo a mí misma. *Aquí nada es real. Nada importa.*

—Intentemos volver por aquí —sugiere Jake alejándose de la playa y llevándome hacia la línea de los árboles. Retrocedo mirando la selva con escepticismo.

—¿Tienes un machete escondido en el bañador? —pregunto y él me guiña el ojo por encima del hombro.

—Podría contestarte varias ocurrencias. Pero no, en esta parte la vegetación no es tan espesa.

—¿Cómo lo sabes? —pregunto, pero él ya se ha adentrado y yo lo sigo, aliviada de apartarme un poco del resplandor del sol.

Jake tiene razón, el follaje no es tan espeso en esta parte, el suelo es más fácil de atravesar y caminamos en silencio rodeados de un aire denso mientras la luz se filtra a través de las hojas.

Cada paso que doy me acerca un poco más a tener que ver a Eliza, por lo que no tengo prisa, precisamente.

Jake tampoco parece tenerla y, cuando vemos una liana de flores rosas brillantes, arranca una y me la pone detrás de la oreja, lo que hace que me sonroje.

Cuando desliza la mano sobre la mía, la tomo y dejo que me lleve cada vez más adentro de la selva.

Al cabo de un minuto, oigo el agua correr y mi sentido de la orientación, completamente confundido por la similitud de todo, se pregunta si de algún modo hemos llegado a lo que he empezado a considerar nuestro estanque.

Pero, cuando los árboles se separan, veo que hemos llegado a un claro diferente, uno más oscuro y apartado que nuestro pequeño oasis. También hay una cascada, pero el agua cae lentamente a un estanque mucho más pequeño. Un aroma dulzón e intenso flota en el aire.

También hay algo pálido al borde del estanque y mi cerebro se esfuerza al principio por encontrarle sentido a la forma y pienso casi aturdida: *Un pie. ¿Por qué parece un pie?*

Hasta que no oigo a Jake murmurar «maldito cabrón», no me doy cuenta de que lo que estoy mirando es el cuerpo de Robbie.

VEINTITRÉS

Nunca había visto un cadáver. No así.

Estaba con mamá cuando murió, pero eso fue algo estéril y sereno, rodeado por el pitido de los monitores y el olor antiséptico del hospital.

Esto no se parece en nada a eso.

Me quedo atrás cubriéndome la boca con la mano mientras Jake se acerca.

—¿Qué le ha pasado? —consigo decir mientras él suspira y se revuelve el pelo.

—No estoy seguro. Está boca abajo en el agua. No veo nada... obvio. Aunque aquí hay un millón de maneras de morir.

Se agacha, se pone la camiseta en la nariz y le da un empujoncito a algo que hay en el suelo.

Es la mochila de lona negra de Robbie. Cuando Jake la recoge y empieza a revolverla, grito:

—¡No! —Él levanta la mirada, confundido—. Es que no me parece que esté bien revolver entre sus cosas —me explico.

—Está muerto, Lux. ¿Qué más da? —responde, y hace un ruido, una especie de gruñido, mientras saca algo de la bolsa.

Es un cuchillo, un filo terrible del tipo que saldría en una película de miedo. Es curvo con un borde dentado y el mango está hecho de algo que parece hueso. Cuando cae al suelo a pocos metros de mí, tengo que contener el impulso de darle una patada.

Pero entonces saca algo más.

—¿Es su pasaporte? —pregunto al reconocer el color azul marino.

—No —responde hojeándolo y levantándose—. El tuyo.

Parpadeo y siento frío, a pesar del calor que hace.

—¿Qué?

—El tuyo —repite Jake abriéndolo y poniéndomelo en la palma de la mano—. Debió llevárselo cuando rompió las radios.

No se me había ocurrido comprobar mis pertenencias cuando había descubierto las radios rotas, me parecía evidente que Robbie había subido al barco con un único objetivo y por nada más. Ahora me doy cuenta de que no había abierto el bolso que había metido bajo un armario de la Susannah desde que habíamos llegado aquí. Lo único que había ahí era mi móvil, mi pasaporte y algo de efectivo, nada que fuera a necesitar durante las próximas dos semanas. Ni siquiera lo había abierto cuando me lo había llevado al Cielo Índigo, simplemente lo había metido debajo del colchón para mantenerlo a salvo.

—¿Por qué? —pregunto ahora envolviéndome con los brazos—. ¿Por qué se llevaría solo el mío?

Jake se encoge de hombros.

—Dijiste que tuviste un momento raro con él. Tal vez quería castigarte. Te habría creado muchos problemas a la hora de volver a Hawái, eso tenlo claro. O tal vez. Tal vez…

Vuelvo a mirar el cuchillo pensando en Robbie aquí en la selva con él.

El cuchillo y mi foto.

Esperando.

¿Conspirando?

Probablemente Jake tenga razón, probablemente solo lo hiciera para fastidiarme, para complicarme un poco la vida tras nuestro enfrentamiento en el barco, pero pienso en todas las veces que me he sentido como si alguien me estuviera vigilando desde la selva y me estremezco.

Al escudriñar el claro, es obvio que Robbie ha estado viviendo aquí. Hay una camisa colgada de una rama, los restos de una hoguera y, cuando me acerco, veo huesos pequeños esparcidos por el suelo.

—El pez —comprendo. Jake se acerca y da una patada a las cenizas y los huesos.

—Joder, vaya idiota —suspira—. Mira que se lo dijimos. Vaya si se lo dijimos.

Ahora lo veo claro. Robbie simplemente estaba intentando atrapar algunos peces y al final lo había conseguido, solo que no habían sido los adecuados. Es fácil imaginárselo enfermo, intoxicado, arrastrándose hasta ese estanque para agua salobre a la desesperada, tan débil que había caído boca abajo en el agua y había sido incapaz de levantar la cabeza.

Un accidente. Una mierda de accidente estúpido.

Pero un recordatorio de lo rápido que este lugar puede volverse contra una persona.

De cómo devora.

—Tenemos que decírselo a alguien —digo y Jake asiente.

—Vale, les diremos a los demás que lo hemos encontrado.

—No solo a los demás —contesto frunciendo el ceño—. Tenemos que decírselo… no sé, ¿a la guardia costera o algo así? Puede que haya gente buscándolo.

—Lux, te prometo que no hay nadie buscando a este hijo de perra. No es problema nuestro.

Sus palabras son tan frías que estoy a punto de dar un paso atrás.

—No podemos dejarlo aquí sin más.

Jake suspira y se rasca la nuca mirando a su alrededor.

—Bueno, yo no voy a llevarlo de vuelta a la playa. ¿Vas a hacerlo tú?

—No seas imbécil —espeto y él levanta ambas manos acercándose a mí.

—Oye —dice suavemente—, lo siento, pero... —Me toma por los hombros y me mira directamente a los ojos—. Lux, ese tipo era un rarito y probablemente peligroso. Tenías razón al preocuparte por si no se había ido realmente. Pero no es culpa nuestra que se envenenara a sí mismo, y mentiría si te dijera que no estamos mejor así. Seguro que lo comprendes.

Una parte de mí quiere retroceder ante las palabras de Jake, pero lo cierto es... que tiene razón.

En cierto modo, ¿no era esto lo que quería? La mañana después de la desaparición de Robbie, cuando Jake había bromeado sobre montar una «partida de caza», ¿no había habido en esa idea algo que me había atraído y me había hecho sentir más segura?

Asiento y dejo que Jake me atraiga a él y me abrace.

—Se lo diremos a los demás —repite—. Y, cuando llegue aquí el barco con las radios, se lo diremos también a ellos. Realmente no podemos hacer nada más hasta entonces. No *deberíamos* hacer nada más.

Tiene razón y lo sé.

—¿Y cuándo llegará el barco? —pregunto—. Faltan pocos días, ¿no? ¿Una semana?

Jake sigue oliendo a sal, a mar y a mí y descansa la barbilla en mi cabeza.

—No más de una semana. Tal vez un par de días más, dependiendo de cómo les vaya durante el trayecto, pero pronto.

Pronto.

Pronto habría más gente aquí. Pronto podríamos marcharnos. Pronto, la isla de Meroe sería solo un recuerdo, una historia extraña de unos veinteañeros alocados que podría contar en bares y alrededor de una hoguera.

Aunque nunca contaría esta parte. No hablaría de mí y de Jake y de esta tarde robada, ni tampoco de Robbie tendido en el suelo de la selva ni de cómo mis ojos se fijaron en su cuerpo una y otra vez cuando nos marchamos, observándolo hasta que la selva se cerró de nuevo a su alrededor.

VEINTICUATRO

Brittany y Eliza están en la playa cuando volvemos y, al ver a Eliza, se me revuelve el estómago con la culpa. Tras encontrar el cadáver de Robbie, casi olvido la culpa que había sentido por lo de Jake y ahora, mientras ella me sonríe alegremente y me saluda con la mano, todo vuelve a resurgir.

Nunca he sido el tipo de chica que va tras el novio de otra. Nunca he engañado a nadie en toda mi vida. Y me *gusta* Eliza. Mucho.

—¡Aquí estáis vosotros dos! —exclama—. Brittany y yo estábamos a punto de ir a buscaros.

Madre mía, ¿y si lo hubieran hecho? ¿Y si nos hubieran encontrado cuando estábamos…?

La idea hace que se me seque la boca y de repente se me aflojan las rodillas. He sido una estúpida y egoísta. Una imprudente.

—¿Dónde están Nico y Amma? —pregunta Jake, y Brittany se sienta con la espalda llena de arena.

—¿Qué pasa?

—Necesitamos una reunión grupal —contesta. Eliza se levanta mientras se le desvanece la sonrisa.

—Jake, ¿qué ha pasado?

—Robbie. —Es lo único que dice y entonces, gracias a Dios, aparecen Nico y Amma antes de tener que ir a buscarlos.

—¿Pasa algo? —pregunta Nico mirándome a mí.

Llevamos días sin hablar y, sinceramente, pensaba que lo echaría más de menos, aunque me haya hecho daño. Pero cuanto más tiempo pasamos sin hablar, más cuenta me doy de que Nico y yo nunca habíamos hablado mucho en primer lugar. No de las cosas esenciales, no de aquello que importaba de verdad. Todo era muy vago, sueños teñidos de rosa sin detalles concretos que nos permitían proyectar todo lo que queríamos en el otro sin necesidad de enfrentarnos a lo que realmente éramos como pareja. Resulta que no éramos el uno para el otro. Nunca lo habíamos sido.

Amma está justo detrás de él con la cara oculta detrás de sus enormes gafas de sol y se muerde el labio mientras cruza los brazos con fuerza sobre el torso. No puedo verle los ojos, pero sé que está mirándome a mí.

—Robbie está muerto —declaro y las palabras caen de mi boca como piedras.

Jake me mira con las cejas arqueadas.

—La señorita McAllister no se anda con rodeos —comenta.

—¿Qué? —pregunta Brittany al mismo tiempo.

Eliza emite un jadeo.

Nico se frota la nuca como hace siempre que está nervioso.

—Por Dios, ¿en serio?

—Estaba acampado en la selva —continúo, todavía visualizando su cuerpo allí, la suela de aquel único zapato—. Como pensaba. Parece que atrapó unos cuantos peces en la laguna. De esos de colores.

—De los venenosos —agrega Jake—. Así que, sí. Se acabó Robbie.

—Mierda —suelta Nico en una exhalación—. ¿Qué hacemos al respecto?

—El barco con las radios llegará en una semana, más o menos —responde Jake encogiéndose de hombros—. Se lo diremos a ellos. No he encontrado ningún documento de identificación entre sus cosas y quién sabe dónde habrá fondeado su barco. Dejaremos que se preocupe por eso otra persona.

—Bueno —dice Eliza con las manos en las caderas—. Ojalá pudiera decir que lo lamento, pero el chico era un cabrón de mucho cuidado.

Parece que esté imitando a Jake mientras lo dice, sus inflexiones normalmente nítidas se deslizan hacia las vocales más amplias de su acento australiano durante un segundo.

—¿Cómo lo habéis encontrado?

Definitivamente, Amma ahora me está mirando, por lo que me obligo a devolverle la mirada.

—Estábamos echando un vistazo por la selva —declaro intentando no sonrojarme ni deslizar la mirada culpablemente a Eliza.

—Un hombre no puede aguantar tanto sol y arena sin tener que ir en busca de aventuras —confirma Jake asintiendo despreocupado y con ligereza, sin dar a entender nada.

—Por Dios, pobrecita —murmura Eliza mientras se acerca para rodearme los brazos con las manos—. Habrá sido algo horrible de ver.

No merezco su compasión ahora mismo, pero la acepto de todos modos.

—Lo ha sido, sí. Pero, como has dicho, no era un buen tipo y, como ha dicho Jake, hemos… hemos hecho todo lo que podíamos hacer en realidad.

—¿Sabes qué necesitamos? —pregunta Eliza, envolviéndome con sus brazos por la espalda—. Necesitamos una fiesta.

—¿Porque ha muerto un chico? —Cuando Amma habla por primera vez, su voz es fría como el hielo. Eliza niega con la cabeza y su pelo me roza los hombros.

—No es nada mórbido, querida. Es solo que… mira, creo que todos estaremos de acuerdo en que han sido unos días de mierda. Hemos estado en nuestros mundos separados, hay una gran tensión en el aire y todavía nos queda alrededor de una semana de esperar aquí. No podemos seguir así. Sugiero que nos soltemos un poco. —Se inclina hacia adelante y me da un beso juguetón en la mejilla—. ¿Lux? ¿Te hace una fiesta?

Me parece macabro e inapropiado, pero tampoco es que haya una opción mejor. Además, la idea de recrear los primeros días en Meroe me parece muy atractiva. Los días anteriores a la llegada de Robbie, antes de que todo se fuera a la mierda.

Un reinicio.

—No sé si una hoguera y unas cuantas botellas de vino pueden ayudar tanto —comenta Amma sin dejar de mirarme.

—Ay, querida —replica Eliza guiñándome el ojo—. Tenemos algo mucho mejor que el vino.

Aquella noche hacemos una gran hoguera. Es tan grande que, al colocarme de pie junto a ella y observar las llamas subir hacia el cielo, siento un poco de miedo.

Me imagino que una brasa, una chispa, llega hasta las hojas de arriba, el fuego empieza a saltar de rama en rama y toda la isla de Meroe arde al instante.

La imagen es tan clara que casi puedo verla, y en ese momento me doy cuenta de que estoy bastante perjudicada.

Normalmente, me mantengo alejada de las drogas, pero tras un día en el que mis nervios parecen haber sido raspados con alambre de espino, el olvido me ha parecido buena opción. El aroma espeso y dulzón del hachís nos invade a todos, me pesan las extremidades mientras me dejo caer en la arena junto a Brittany.

O junto a quien creo que es Brittany.

Pero es Amma, con sus ojos oscuros brillando con el resplandor del fuego.

—Tú —le digo mirándola fijamente. De repente, sus ojos parecen aún más brillantes, como si fuera a echarse a llorar.

—Lo siento —murmura—. Lo de Nico. Yo... ya te dije que me recordaba a Sterling. Estaba contándoselo todo y solo pasó y...

—¿Sterling? —me burlo—. ¿Tu novio muerto se llamaba Sterling?

No sé por qué me parece tan gracioso de repente, pero así es. Amma y Sterling, como en un sueño blanco, anglosajón y protestante. Caigo en la arena sin poder dejar de reír.

—Claramente tienes un fetiche con los niños ricos —le digo en broma cuando recupero el aliento. Suelta una risita tímida y se tumba a mi lado.

—Esto es raro —comenta y eleva la voz para gritar—: ¡Esto es muy raro!

Eso me hace reír todavía más y levanto la mirada hacia las estrellas que se arremolinan a nuestro alrededor.

—¡Aquí todo es raro! —exclamo yo, y luego me echo a reír con demasiada fuerza, como si en cualquier momento fuera a pasar a las lágrimas.

No quiero llorar, así que me levanto y tiro de Amma para levantarla a ella también. Tenemos las manos sudorosas cuando las juntamos y giramos en un círculo lento.

¿Acaso no puedo perdonarla? ¿No le he hecho yo lo mismo a Eliza que Amma me ha hecho a mí? ¿Y qué más da si estamos en este sitio en el que nada es real?

Al otro lado del fuego, Nico está sentado solo y Jake está con Eliza. Vuelve a ser como nuestra primera noche, excepto que yo estaba con Nico y Jake solo era el chico mono con la novia guapa. ¿Cómo ha podido irse todo a la mierda tan rápido?

Amma se aparta de mí, riéndose y cayendo al suelo y, de repente, Eliza también está ahí. ¿Cómo se ha movido tan rápido? ¿No estaba sentada con Jake? Pero no, ahora Brittany está de pie entre las sombras, mientras que Nico toma otra calada del porro que sostiene Jake.

El tiempo se ralentiza y se acelera y yo estoy feliz y triste a la vez. Tomo el porro que me ofrece Eliza, aspirando más de ese humo espeso y dulce que me entra en los pulmones mientras el hachís y la hierba se mezclan, volviéndolo todo borroso.

Me alejo a trompicones del fuego, me pesan los párpados y me invade la languidez. Ahora todo me pesa y me tumbo sintiendo la arena fría contra la piel caliente.

He fumado demasiado, pienso distantemente. De repente, me siento cansada y rara, el brazo me pesa demasiado para levantarlo, mis talones se hunden en la arena.

El cielo sigue girando.

Miro a mi derecha e incluso eso me parece demasiado esfuerzo, como si mi cabeza hubiera sido reemplazada por una piedra pesada pegada a mi cuello.

Nico está ahí al borde de la selva con su contorno dibujado por la luz del fuego. Ya no estoy enfadada con él y quiero decírselo, pero no puedo abrir la boca, no puedo hacer nada que no sea quedarme tumbada mientras Nico se divide en dos personas, en dos sombras.

Dos Nicos.

Eso facilitaría las cosas. Amma puede quedarse con uno y yo con el otro. La idea me hace reír, o lo haría si no sintiera tanto sueño de repente.

Los dos Nicos se ciernen al borde de mi visión, pero ahora veo que uno es más pequeño, más delgado.

No son dos Nicos. Son Nico y Brittany.

Parpadeo. No, no es Brittany. Debe ser Amma porque ahora se están besando y sus dos sombras se funden en una.

Con la luz del fuego, el pelo de Amma se ve más oscuro y veo que Nico sube las manos como si fuera a empujarla.

Pero solo se quedan ahí un instante, al momento después la abraza y siguen besándose. Cierro los ojos, no quiero verlo.

Cuando los abro de nuevo, Nico y Amma ya no están.

ANTES

Amma quita la etiqueta de una botella de cerveza en un bar en Canberra y se pregunta cómo ha dejado que esta mierda llegara tan lejos.

Chloe y Brittany siguen sentadas a otra mesa, en un reservado cerca del fondo con un grupo de chicos con camisetas de rayas y pantalones caquis deshilachados. Amma sabe que le espera otra noche de verlas coquetear, acicalarse y reírse y que, por la mañana, tendrán un montón de efectivo en los bolsos e insistirán que lo sacaron del cajero automático. O a alguien se le habrá caído un reloj o alguna otra mierda estúpida, y ellas compartirán una mirada cómplice porque son muy inteligentes y Amma es confiada e ingenua.

Debería irse a casa.

Había estado a punto de hacerlo en Londres. Cuando Brittany había sugerido seguir a Chloe a Australia, había pensado que parecía una locura estúpida. Podría haberlo dicho, haberle puesto un fin a todo eso.

Pero Brittany y ella se habían embarcado juntas en esta aventura y no le parecía correcto dejarla sola con Chloe.

En realidad, era casi admirable el modo en el que conseguía pegarse a la gente, lograr que confiaran en ella. Y, como Amma no dejaba de recordarse, tampoco era que esos tipos no pudieran permitirse las pérdidas. Entendía de dónde venía Chloe.

Pero ella no quería formar parte de eso.

Aun así, tampoco podía abandonar a Brittany. Amma le debía más de lo que Brittany era consciente.

Todavía puede verse a sí misma riendo, con el embudo en alto mientras caía la cerveza por el tubo, mientras la brisa cálida y salada de Florida le retiraba el pelo de la cara y la piel le hormigueaba agradablemente después del sol de todo el día.

Demasiadas cervezas entrando en demasiadas gargantas y luego la nevera vacía y Amma lloriqueando y rodeando el cuello de su novio con los brazos.

—Cariño, no irás a dejar que una chica se quede sin cerveza durante sus vacaciones de primavera, ¿verdad?

Borracho, joder, iba muy borracho. A sus ojos marrones les costaba enfocarse en la cara de Amma y ella lo sabía, sabía lo mal que estaba, y le había pedido que fuera a por más cerveza de todos modos.

Y él lo hizo.

Y la familia de tres (*cuatro, familia de cuatro, la otra estaba sentada en su habitación en un apartamento alquilado en la playa haciendo pucheros sin saber que estaban a punto de arrebatárselo todo en un abrir y cerrar de ojos*) no lo vio hasta que fue demasiado tarde.

Así que ahora está aquí, en este bar de mierda, en esta ciudad aburrida, plana y verde y llena de edificios gubernamentales y barrios tediosos. Esa no era la aventura que había tenido en mente.

Tampoco era la aventura que Brittany había planeado, pero ella parece estar pasándoselo de maravilla, con el rostro ruborizado por la emoción que todos esos tipos con trajes elegantes piensan que es por ellos.

Brittany y Chloe ya están levantándose y despidiéndose de los chicos y la primera le hace señas a Amma para decirle que se marchan.

Todavía no se ha terminado la cerveza, pero la deja en la mesa de todos modos.

Ahora irán a otro bar, a otro pub, hasta que Chloe decida que se ha acabado la noche. Siempre es igual.

Pero en cuanto salen, una mano agarra el brazo de Chloe y tira de ella.

Amma se congela, la emoción de sus venas muere rápidamente cuando un estudiante de derecho con traje elegante y gafas caras fulmina a Chloe con la mirada.

—Mi reloj —dice con la voz firme, y Amma ve que Brittany abre los ojos de par en par.

Chloe se queda mirando al tipo y suelta una carcajada incrédula mientras suelta el brazo.

—No tengo tu condenado reloj, amigo —le dice, pero él mete la mano en el bolso que lleva colgando del hombro y, aunque ella chilla, indignada, él chico saca un Rolex dorado y aprieta la boca en una línea dura.

Chloe vacila solo un instante. Amma lo ve, ve cómo se le resbala la máscara y, al instante después, recupera la armadura que lleva por la vida.

—Mi bolso estaba en el suelo, imbécil. Probablemente se te haya caído.

—Claro —replica él y Amma contiene el aliento preguntándose qué va a pasar a continuación.

Tiene el corazón acelerado. Se ha acostumbrado a eso… a que se salgan con la suya. Esos pequeños hurtos parecían inofensivos.

Ahora que hay tanta gente mirándolas y frunciendo el ceño y que Steven, el camarero, habla por teléfono detrás de la barra, ya no parecen tan inocuos.

Pero entonces Chloe le sonríe al chico y se acerca.

—Oye —ronronea—. Te propongo una cosa, te invito a una copa para compensar que mi bolso estuviera debajo de tu reloj cuando se te ha caído.

No debería funcionar. El tipo parecía muy cabreado un minuto antes, pero, para asombro de Amma, su expresión severa da paso lentamente a una sonrisa reticente.

—Qué atrevida —murmura y Chloe se encoge de hombros.

Entonces asiente.

—Vale, bien. Es lo menos que puedes hacer por haberme llamado imbécil.

El chico vuelve a entrar al bar. Antes de seguirlo, Chloe le dirige un pequeño asentimiento a Brittany.

—Os alcanzo después, ¿vale? —le dice.

Chloe no vuelve al albergue hasta bien pasada la medianoche.

Amma está esperándola sentada en la cama, añorando su casa con un dolor visceral que no ha sentido en mucho tiempo.

—Podrían habernos arrestado —sisea manteniendo la voz baja—. Y a Brittany y a mí podrían habernos expulsado del país o podrían habernos quitado los pasaportes, o…

—Vale, pero no ha pasado nada de eso, ¿verdad? —la interrumpe Chloe. Se muestra hosca en la penumbra y se acerca a una ventana para abrirla con un paquete de cigarrillos en la mano.

—Esta vez no —responde Amma, intentando bajar la voz a pesar de que la invade la ira—. Y solo porque hemos tenido suerte.

—No, Amma —replica Chloe con su mechero parpadeando en la oscuridad—. ¿Sabes quién tiene suerte? Esos imbéciles del bar de esta noche. Esos otros *imbéciles* de Italia. Todos los malditos *imbéciles* que van alardeando por ahí con sus Rolex y sus coches de lujo y que se libran de cualquier desastre que dejan a su paso. Ellos tienen suerte. ¿Crees que ese Brady se habría pasado mucho tiempo echando de menos su reloj? No, habría ido a comprarse otro y habría olvidado que incluso había tenido uno antes. Esas mierdas son desechables para él.

Amma no dice nada, pero piensa en una fiesta en una piscina tres años atrás. Un reloj estropeado, olvidado en una muñeca, la risa del chico cuando ella se lo había señalado. «De todos modos, quería comprarme uno nuevo».

Chloe le da una calada al cigarrillo. La punta brilla muy roja antes de que ella exhale una nube de humo.

—*Nosotras* somos desechables para ese tipo de gente.

Por primera vez, Amma se da cuenta de que Chloe no hace esto solo para pasárselo bien. Está enfadada. Furiosa.

Y eso la preocupa todavía más que cuando había asumido que Chloe era simplemente imprudente, el tipo de persona que toma lo que quiere y manda el resto a la mierda. ¿No era por eso por lo que viajaba por todas partes e iba a donde la llevaba el viento?

Brittany se ha despertado y está inclinada sobre el borde de la cama observando cómo Chloe atraviesa la habitación para tomarle la mano a Amma.

—¿No nos merecemos algo?

El agarre de Chloe es frío y firme y clava las uñas en la piel Amma. No puede fingir que no está intrigada, que ella no se siente también así a veces. Es injusto lo mucho que Amma ha perdido, todo lo que le ha sido arrebatado, hace que quiera gritar por la injusticia al mundo. ¿Cómo puede un error (sí, un error gordo, pero no deja de ser eso, un accidente, un único momento de mal juicio en una vida llena de buenas elecciones) arruinarlo todo?

Pero eso no significa que puedan ir por ahí robando a desconocidos.

Amma le empuja la mano.

—Eso solo es una excusa —le dice—. A todo el mundo le pasan mierdas cada día. La vida es injusta. Pero eso no significa que podamos hacer lo que nos dé la puñetera gana.

—Bueno, pues tal vez debería —responde Chloe en voz baja. Amma observa cómo su mirada pasa a Brittany (quien las está observando a ambas con sus enormes ojos) y Amma sabe que ha perdido la discusión.

A la mañana siguiente, Amma sale a por café, pero cuando pasa por el bar por el que estuvieron la noche anterior, ve cinta policial por toda la puerta. Se ha reunido una pequeña multitud para intentar ver el interior.

Se le hiela todo el cuerpo y casi da un paso adelante para preguntarle a alguien qué ha pasado.

Pero no lo hace.

Sigue andando con el pulso acelerado y un nudo en el estómago hasta que vuelve al albergue. Una vez en el vestíbulo, saca el móvil y busca el nombre del bar.

Hay una noticia local y recorre el artículo con los ojos registrando las palabras clave.

«Brady Hendrix», «estudiante de derecho», «veintitrés», «sobredosis».

Triste, evidentemente. Incluso trágico.

No necesariamente un crimen. Un accidente, lo más probable.

Podría pasarle a cualquiera.

Pero a Amma le tiemblan las manos cuando vuelve a la habitación. No deja de ver la sonrisa de Chloe cuando siguió a Brady de vuelta al bar.

Brittany y Chloe no están ahí cuando vuelve Amma, pero el bolso de Chloe sigue abierto sobre la cama.

Mientras busca entre las pertenencias de Chloe, Amma se pregunta exactamente qué espera encontrar: ¿el reloj, una cartera, alguna señal de que Chloe le ha robado a Brady Hendrix, después de todo?

Aun así, eso no significaría que ella haya tenido que ver algo con su muerte, se dice Amma a sí misma, pero algo profundo y visceral le dice que, si ve el reloj, lo sabrá con certeza.

Pero no hay nada, ni Rolex, ni móvil, ni siquiera los rollos de billetes que Amma se había acostumbrado a verles a Chloe y a Brittany.

—¿Qué estás haciendo?

Chloe está en el marco de la puerta con un vaso de café de cartón en la mano y Brittany está justo detrás de ella. Amma saca la mano del bolso de Chloe.

—Nada —responde y luego agrega—: Buscar un tampón.

La boca de Chloe se curva en una sonrisa.

—Bueno, ahora por fin sabemos por qué has sido tan zorra últimamente —bromea y Amma ve cómo Brittany y ella comparten una mirada. Comprende por qué ha hablado en plural.

Puede sentir que el círculo se cierra. Amma se ha quedado fuera.

AHORA

VEINTICINCO

Me despierto en la playa a la mañana siguiente y, durante un segundo, pienso que debo estar muriéndome.

Apenas recuerdo nada de la noche anterior (es un borrón de humo y fuego) y aunque solo había fumado hachís una vez anteriormente en toda mi vida, no recuerdo que me hubiera hecho sentir tan perjudicada. Ahora mismo, vendería mi alma por una botella de agua. Me levanto lentamente quitándome la arena de la parte posterior de las piernas antes de girarme hacia la laguna.

El sol, que acaba de salir, colorea el cielo con tonos rosados, y el agua todavía parece cristalina.

Es tan bonito que me lleva un momento darme cuenta de que hay algo mal en lo que estoy viendo.

A mi izquierda, el Cielo Índigo flota felizmente en su lugar habitual.

Pero solo hay un barco en la laguna.

La Susannah ha desparecido.

Brittany está acurrucada en un nido de mantas detrás de mí; cuando la sacudo y abre los ojos, veo que los tiene hinchados y que sus labios están secos y escamados.

—¿Qué? —murmura. Yo señalo hacia el agua sin decir nada. Parpadea varias veces antes de darse cuenta de lo que ha hecho que me caiga el alma a los pies—. ¿Dónde está la Susannah? —Se sienta, completamente despierta—. ¿Y dónde está Amma?

En ese momento lo recuerdo. La fiesta de anoche. Nico había estado besando a Amma. Mi cerebro afectado por las drogas había pensado en un primer momento que era Brittany, pero teniendo en cuenta a quién se había estado tirando Nico, era definitivamente Amma.

Y ahora que el barco ha desaparecido, Brittany y yo estamos solas en la playa.

El otro día había pensado que la isla estaba empezando a parecerme claustrofóbica. Ahora, mirando la enorme extensión de agua, me siento increíblemente pequeña. Si Nico nos ha dejado tiradas...

No.

Él no haría eso. Nico puede ser muchas cosas, recientemente había descubierto lo horribles que eran algunas de ellas, pero no es ese tipo de cabrón. No me abandonaría y me dejaría sola con unos desconocidos para largarse con una chica nueva hacia una nueva aventura.

¿Verdad?

—Tenemos que decírselo a Jake y a Eliza —digo y me dirijo hacia la orilla.

Todavía llevo los pantalones cortos y la camiseta de anoche, pero no me importa. Me lanzo al mar y nado hasta su barco. Está a solo unos metros, y el agua está tan cálida y tranquila que llego rápidamente.

Tras subir a la cubierta, me aparto el pelo de los ojos y vuelvo a mirar hacia donde estaba normalmente la Susannah, todavía asombrada por su ausencia.

—¿Lux?

Me doy la vuelta.

Amma está en la cubierta, tendida en uno de los bancos de la proa. Está un poco desmejorada, con el pelo enredado y los ojos rojos, cuando parpadea hacia mí.

Me invade una oleada de alivio.

Nico no se ha llevado a Amma con él.

La puerta que separa el camarote de la cubierta se abre y salen Jake y Eliza, somnolientos y desarreglados, pero de algún modo, igual de guapos.

—¿Qué pasa aquí? —pregunta Eliza.

Señalo hacia la laguna.

—Nico se ha ido. O, al menos, el barco se ha ido.

A estas alturas, Brittany ya ha llegado también a la cubierta y se está escurriendo el pelo, así que estamos todos a babor del Cielo Índigo mirando las aguas abiertas.

—¿Qué? ¿Cómo? Yo no oí nada anoche —comenta Jake confundido—. Aunque supongo que ninguno de nosotros era muy consciente de lo que sucedía a nuestro alrededor. —Se vuelve hacia Amma—. ¿Cuándo fue la última vez que viste a Nico?

No estoy preparada para lo mucho que me duele eso, la rapidez con la que Amma se ha convertido en la que sabe dónde está Nico, porque, claramente, yo no tengo ni idea.

—Anoche en la playa. Había una luna muy bonita. Yo estaba muy colocada, ya sabes, así que me fui a nadar. Acabé confundida, me subí aquí y me eché a dormir. —Se encoge de hombros—. Sinceramente, lo tengo todo borroso.

Miro hacia atrás, hacia donde debería estar la Susannah, como si pudiera hacerla reaparecer de algún modo. Lo de anoche es todo un borrón y estábamos todos muy jodidos. ¿Por eso pudo marcharse Nico sin que nadie lo oyera?

Me quedo ahí agarrándome el pelo con las manos y con el estómago dándome vueltas. Jake da un paso hacia delante y me toma del brazo.

—Oye, oye —murmura con un tono tranquilizador—. No entres en pánico, ¿vale? Probablemente solo haya ido a dar una vuelta. Tal vez quería pasar un rato a solas en el agua para aclararse las ideas.

—Esto no es una maldita canción de Jimmy Buffett, es la realidad —espeto—. Y si le pasa algo ahí…

El pasotismo de Jake es irritante. Ayer su encanto despreocupado me había parecido refrescante y muy muy sexy. Hoy solo deseo que alguien se asuste conmigo un poco más.

Pero nadie va a hacerlo.

Brittany se tira de las puntas del pelo húmedo mientras Eliza tiene los brazos cruzados sobre el pecho, limitándose a observar cómo va todo.

Amma se pasa las manos por la cara antes de tomar una mochila que tiene a los pies. Saca el móvil, y siento un alivio inmediato e instintivo. Sí, lo llamaremos al móvil, llamaremos a *alguien*…

—Mierda —masculla.

Brittany la mira y pone los ojos en blanco.

—Sabes que aquí no hay cobertura.

Con un ruido de frustración, Amma tira su móvil sobre una pila de toallas que hay en la cubierta.

—Lo sé, pero pensaba… No lo sé, se me ha ocurrido intentarlo.

Se me cierra la garganta y el sudor me recorre la columna vertebral. Estar fuera de la red, totalmente desconectados, me había parecido liberador al principio, pero ahora lo percibo como una trampa, como si tuviéramos una mandíbula cerrándose a nuestro alrededor. No tenemos radios para contactar con el mundo exterior, no hay siquiera forma de comunicarnos con los demás si nos separamos…

Y aunque ese pensamiento me había llenado primero de algo parecido a la euforia, ahora solo hay pánico.

Amma se pasa las manos por el pelo mirando a su alrededor antes de saltar por la borda. Sus largos brazos se mueven en suaves brazadas de vuelta a la playa.

¿Qué mierdas?

—Lux, escucha —dice ahora Jake dando un paso hacia adelante, aunque con las manos quietas—. Si no ha vuelto en unas horas, nos preocuparemos. De momento, relajémonos y asumamos que se ha despertado hecho una mierda como todos los demás y ha pensado que le sentaría bien que le diera la brisa del océano.

Es totalmente racional, pero el ambiente de la isla ha sido incómodo desde que apareció Robbie, como si estuviera a punto de estallar una tormenta, y solo deseo que lo haga cuanto antes. Me gustaría tener una excusa para gritar y perder la cabeza.

En lugar de eso, asiento con la cabeza. Mantendré la calma un poco más. Esperaré.

Nado hacia la playa con la esperanza de alcanzar a Amma, pero ya ha desaparecido.

Me siento en la arena y dejo que se me deslice entre los dedos mientras contemplo el horizonte. Jake tiene razón. Probablemente, Nico haya ido solo a estirar las piernas, por así decirlo. Tal vez incluso a aclararse las ideas sobre Amma y sobre mí. La isla sí que me parece pequeña, apretada. Como si se estuviera cerrando sobre nosotros.

Incluso ahora, cuando miro hacia atrás por encima del hombro, juraría que la selva está más cerca que ayer. Vuelvo a centrarme en la laguna intentando ignorar la sensación de que algo (¿alguien?) me está mirando desde los árboles.

Está al otro lado de la isla, me digo a mí misma. *Volverá en cualquier momento.*

El agua azota la orilla. Cuando llegamos aquí me había parecido relajante, reconfortante. Ahora me pone de los nervios.

El día sigue su curso. Brittany viene a traerme algo de agua y de protector solar, se sienta un rato conmigo y al final vuelve al barco de Jake y Eliza.

Pronto, se pone el sol, bañando el cielo con ese mismo resplandor naranja y rosa brillante que me encandiló nuestra primera noche aquí. Verlo ahora hace que se me retuerza el estómago. La puesta de sol significa que está a punto de hacerse de noche, y si Nico no ha vuelto cuando haya oscurecido...

Sigo sin comprender que me haya dejado aquí. Pero, de nuevo, tampoco habría pensado nunca podría engañarme con otra justo delante de mis narices. La verdad es que no tengo ni idea de lo que sería capaz de hacer Nico. El Nico que conocí en San Diego, el que me prometió enseñarme el mundo, no haría esto.

Pero ¿Nicholas Johannsen III? ¿Quién mierdas lo sabe?

Mi mente vuelve a Susannah de pie en ese muelle con los ojos rojos. «Buena suerte». Junto con el miedo inmediato de pensar cómo diablos voy a salir de esta maldita isla, hay una ansiedad más profunda que no puedo quitarme de encima: que he estado dispuesta a poner toda mi fe en un hombre al que nunca he conocido en realidad. Nunca me he preocupado por conocerlo. Al igual que todo en mi vida, simplemente había dejado que Nico llegara. Era guapo, yo le gustaba, me había ofrecido una vía de escape. Y la había tomado, ignorando toda la mierda que no debería haber ignorado y ahora estoy aquí, en esta isla en medio de la nada, sin barco, sin ropa y sin modo alguno de contactar con el mundo exterior.

Sin Nico.

Yo buscaba una vía de escape y ahora estoy, literalmente, atrapada.

Sigo sentada en la playa cuando el sol se hunde por el horizonte. Fuerzo los ojos para captar ese destello verde que Nico siempre me había dicho que se podía ver si mirabas con atención. Pero no hay nada. Otra promesa vacía.

El cielo pasa del rosa anaranjado al lavanda y al púrpura intenso, hasta que, finalmente llega al azul marino y las estrellas brillan con tanta fuerza que parecen lentejuelas en un vestido de noche.

No me doy cuenta de que estoy llorando hasta que noto el sabor de la sal en los labios.

VEINTISÉIS

Nado de vuelta al barco sin preocuparme ya de lo que pueda estar acechando en el agua oscura.

Oigo a Jake y a Eliza hablando y riendo y el siseo y el tintineo de cervezas abriéndose.

Nico lleva todo el día desaparecido y estos cabrones se quedan aquí sentados como si todo estuviera bien, como cualquier otra noche en el paraíso.

Cuando subo a cubierta, Eliza me mira con los ojos muy abiertos.

—Por dios, Lux —dice—. ¿Estás bien?

Apartándome el pelo mojado de la cara, la fulmino con la mirada.

—¿Cómo mierdas crees que voy a estar? Nico no ha vuelto —declaro negando con la cabeza—. Y tampoco sé dónde mierdas está Amma. ¿Habéis estado… aquí sentados todo el maldito día?

Jake suspira, deja la cerveza y atraviesa la cubierta para abrazarme. Me aparto de él y estoy a punto de tropezar.

—¿Por qué nadie está preocupado? —grito—. ¿Por qué no os importa una mierda? Nico ha desaparecido. El barco ha desaparecido. Robbie murió en la isla y Amma está… ¿qué? ¿Pasando la noche en la selva?

De pie en la cubierta del Cielo Índigo, cuesta recordar la primera noche aquí, hace tan solo un par de semanas, cuando me había permitido creer que había encontrado algo parecido a un hogar con esta gente.

Lo que me había parecido acogedor, ahora me oprime. El agua oscura que nos rodea, que nos encierra.

Nico podría estar en esa agua.

Brittany sale del camarote con una expresión de preocupación caricaturesca en el rostro.

—¿Qué está pasando?

—Lux está molesta por lo de Nico.

Me siento como si hubiera entrado en una especie de dimensión paralela. ¿Por qué todos se comportan como si estuviera exagerando? Incluso Brittany, quien se limita a un gesto comprensivo cuando llega a la cubierta.

—Lux —empieza como si yo fuera una niña pequeña con una rabieta—. ¿Tan raro sería que hubiera vuelto a Maui?

La miro boquiabierta.

—Eh… ¿Sí? Es mi *novio*. No me dejaría en una isla desierta. Además, tú eres la que le pagó para que te trajera aquí y te llevara de nuevo a Maui.

Ella deja caer los brazos e inclina la cabeza hacia un lado.

—Sí, pero… ¿Nico es realmente el tipo de chico con el que se puede contar?

No creías que fuera a costarse con Amma, pero lo hizo.

No pensaste que te daría solo un salvavidas durante una tormenta, pero lo hizo.

No lo conocías en absoluto, ¿verdad?

Y él tampoco te conocía a ti.

—Lux —interviene Eliza acercándose. Una nube de su perfume me envuelve. Su expresión es amable y su voz, suave—. ¿Se te ha ocurrido que tal vez haya descubierto lo tuyo con Jake?

El corazón parece dejar de latirme en el pecho y la piel que me ardía tan solo un instante antes se me queda helada.

—¿Qu-qué?

Miro a Jake, cuya expresión es inescrutable. Luego a Brittany. No hay asombro, no hay sorpresa.

Ella también lo sabía.

Todos lo sabían.

Vuelvo a mirar a Jake, pero Eliza niega con la cabeza.

—Jake no me ha dicho anda. No soy idiota, ¿sabes? «Explorar la selva». Por favor. Cualquiera se habría dado cuenta. —Levanta las manos haciendo un gesto elegante entre Jake y yo—. Las vibras, o lo que sea. Y, sinceramente, Lux, no estoy enfadada. Son cosas que pasan. —Se encoge de hombros—. ¿Por qué debería cualquiera de nosotros huir de las experiencias? —Levanta la mano y me aparta el pelo de la cada—. Pero no todos son tan abiertos de mente, ¿verdad?

Un lastimero llanto de «quiero irme a casa» me sube por la garganta como si fuera una niña pequeña. ¿Cómo he podido pensar que esta gente, estas personas tan guapas, relucientes y falsas, eran amigas mías?

El barco se mece suavemente en el agua, con una multitud de estrellas en lo alto reluciendo contra toda la negrura, y estoy atrapada en una pesadilla de la que no puedo despertar.

Pero darme cuenta de que Nico podría saber lo que ha pasado con Jake lo cambia todo. Eliza sonríe de un modo que me hiela.

—¿De verdad cuesta tanto imaginar que Nico pueda haber decidido marcharse cuando se ha enterado de que le has puesto los cuernos?

—No lo ha hecho.

Todos nos damos la vuelta para ver a Amma subiendo por la escalera mientras le cae el agua a chorros. Está pálida, tiene el pelo enmarañado y un brillo salvaje y furioso en los ojos.

—Su barco está al otro lado de la isla —anuncia y mi mundo se tambalea de nuevo—. Aunque él no está allí —continúa, todavía temblando—. Y el bote sí que está.

—¿Entonces dónde está? —pregunto. El pánico hace que la voz me suene aguda y rasposa mientras sigo escaneando la playa salvajemente con los ojos como si fuera a salir de la selva saludándonos en cualquier momento.

—¿Qué le has hecho? —inquiere Amma con la voz firme y fría.

Me doy la vuelta asumiendo que la pregunta va para Jake. Pero Amma mira fijamente a Eliza.

—¿Qué le has hecho? —grita de nuevo y atraviesa la cubierta.

Estalla el caos. Amma está gritando y llorando, Eliza intenta defenderse de sus puñetazos, Jake trata de separarlas, mientras que Brittany se queda apartada, sollozando.

—¡Para, Amma, para! —exclama una y otra vez.

Consigo agarrar a Amma y presiono el pulgar en la delicada articulación de su muñeca.

—Amma, por Dios, *para* —lloro—. Eliza nunca le haría nada a Nico.

Amma suelta a Eliza y se gira para mirarme.

—Zorra estúpida —espeta—. ¿Te crees que esta gente son tus *amigos*? ¿Crees que tienes la más mínima idea de lo que está pasando aquí?

—Ah, porque tú eres la más indicada para hablar de amistad, ¿verdad? —grita Brittany con los ojos desorbitados y luego me mira a mí—. Sé que Amma te lo contó. Cómo nos conocimos. Lo de mi familia. —A Brittany se le tensa la voz, sus palabras se vuelven espesas y acuosas y yo asiento, confundida—. Lo de su pobre novio muerto, ¿verdad?

Amma deja de pelear. Se le hunden los hombros y parece tambalearse ligeramente.

—Lo sabías —dice con la voz repentinamente plana—. Sabía que lo sabías. O que lo descubrirías antes de que pudiera explicártelo, pero, Brittany…

—Bueno, Lux —continúa Brittany como si Amma no hubiera hablado—. Te voy a contar algo curioso. Su novio no está muerto. Solo está en la cárcel. ¿Quieres decirle tú por qué, Amma?

La noche parece dar vueltas a nuestro alrededor, el barco se balancea bajo nuestros pies, el cielo y el agua se oscurecen y Eliza sostiene el brazo de Brittany, y Amma se acerca a Brittany justo cuando Jake da un paso hacia adelante, siempre tan pacificador, con los brazos extendidos.

Amma debe pensar que va a por ella, porque se agita salvajemente y me golpea con fuerza con el codo en la cara.

El dolor estalla en mi nariz, mi visión se llena de estrellas y luego se oscurece. Noto un chorro de sangre bajándome por la cara.

No puedo estar segura de lo que ocurre a continuación.

Los gritos continúan y yo retrocedo, pero Amma sigue avanzando hacia mí, me estoy resbalando en gotas de mi propia sangre, Amma se acerca a mí, me aparto…

Choca conmigo. ¿Tropieza? ¿Estaba intentando abordarme? ¿La han empujado? Nunca lo sabré. Pero de repente estamos las dos cayendo, el agua se cierra sobre mi cabeza, tan caliente y salada como la sangre que sigue brotándome de la nariz.

Está oscuro y me duele. El agua salada hace que me escueza todo. Las manos de Amma siguen aferrándome, me empuja hacia abajo y mi cerebro grita anhelando aire, libertad.

De repente, se me pasa por la mente aquel día con el tiburón, la imagen de mi pie conectando con su mandíbula, salvándome, condenándola a ella.

No era solo una fantasía.

Era una premonición.

Las manos de Amma siguen sujetándome, impidiéndome salir a la superficie, y yo pataleo y empujo, se oye un sonido hueco y metálico.

Las manos de Amma se separan de mí.

Oigo chillidos desde arriba, alguien grita mi nombre, pero estoy dolorida y asustada, así que solo nado.

Vuelve a la orilla. Vuelve a la orilla, encuentra el barco de Nico, averigua qué ha pasado, va, va, va.

Me queman los músculos, me arden los pulmones y la orilla me parece imposible de alcanzar. Hasta que, de repente, estoy ahí, con las manos y las rodillas en la arena, jadeando, con arcadas.

Intento arrastrarme más lejos, pero mi cuerpo no da más de sí y me derrumbo con el mundo dando vueltas en la oscuridad.

Cuando vuelvo a abrir los ojos, el cielo tiene un suave color rosado, todavía azul marino en los bordes, y el sol aún no ha alcanzado el horizonte.

Es por la mañana. Nadie ha venido a por mí.

El Cielo Índigo ha desaparecido.

Estoy completamente sola.

Tengo sangre seca debajo de la nariz, alrededor de la boca y en la barbilla y me siento asqueada. Me limpio haciendo una mueca de dolor con el pánico latiendo ya como un tatuaje frenético en la sangre.

Estoy sola, me han abandonado, me han abandonado, estoy sola en esta isla y no hay agua, no hay comida, estoy sola.

Me levanto y me meto en el agua ahuecando las manos para salpicarme la cara. Me tiembla todo el cuerpo mientras intento respirar, *pensar*.

Por el rabillo del ojo veo algo pálido a mi lado junto a la orilla.

Una mano con la palma hacia arriba y los dedos encogidos.

Sigo la mano, un brazo esbelto hasta la manga de una camiseta negra.

Amma está en el agua mirando hacia el cielo con los ojos abiertos y en blanco.

Muerta.

ANTES

—Lo siento, querida, pero me ha parecido mejor decirte la verdad.

Brittany está sentada en un banco con Chloe en un parque. Todavía están en Canberra y, aunque en casa sería primavera, aquí es otoño. Las hojas están cambiando, el sol sigue siendo cálido, pero la brisa se ha vuelto más fresca. Mira fijamente el móvil que le ha entregado Chloe con los ojos fijos en la foto.

Es de hace dos años.

Sale Amma sonriendo ampliamente en el perfil de Facebook de alguien. Está algo más delgada que ahora y lleva el pelo más corto, apenas le roza los hombros.

Rodea con los brazos a un chico cuyo rostro le resulta familiar a Brittany, un rostro que ha visto en un juzgado, un rostro que sigue viendo en sus pesadillas.

Sterling Northcutt.

El hombre (no, el chico, el chico, ¿no lo había llamado así todo el rato el juez? El noble chico que no había hecho nunca nada malo hasta que una noche se había emborrachado, se ha bía puesto al volante y había acabado de un plumazo con la vida de Brittany) que había matado a su familia.

—No lo entiendo —dice Brittany. Todavía tiene el cuerpo entumecido, el corazón ralentizado a la mitad de su velocidad normal mientras mira a Amma, su mejor amiga (la única persona que entendía realmente lo sola que se sentía) con los brazos alrededor del hombre que le había arruinado la vida.

Amelia-Marie y Sterling, TORTOLITOOOOOS, dice el pie de foto y Brittany sigue mirando ese nombre, Amelia-Marie, preguntándose si puede haber un error, aun sabiendo que no lo hay.

Amma.

—Dijiste que os conocisteis en un grupo de duelo, ¿verdad? —pregunta Chloe. Britanny asiente, recordando esa sala con el olor del café quemado. Cómo Amma había elegido la silla vacía a su lado, cómo, cuando Brittany le había contado la historia de lo que le había pasado, Amma no había dicho nada, simplemente había asentido y le había tomado la mano. En aquel momento, Brittany había agradecido que no la presionara para pedirle más detalles, que no le hubiera hecho ninguna otra pregunta. Ahora se ha dado cuenta de que Amma ya sabía todo lo que ella tenía que contar.

Aquella primera sesión, Amma había acabado con el rostro surcado de lágrimas y al verla derrumbarse, Brittany había sentido una oleada de alivio. Había sido muy bonito que una desconocida compartiera su dolor. Había sido agradable ver que ya no estaba tan sola.

—Supongo que te investigaría o algo así —prosigue Chloe—. ¿Mintió sobre tener un novio muerto para acercarse a ti? Eso me parece muy turbio. Y no solo eso, está forrada.

Más fotos, más enlaces.

Amma en su lujosa escuela católica, fotos del perfil de su madre en las que sale Amma toda arreglada subida en un caballo (¡un caballo!) y otra de Amma más joven, de pie frente a la Torre Eiffel con sus padres y dos chicas mayores.

Curiosamente, esa es la que deja sin aliento a Brittany.

—Me dijo… me dijo que no había estado nunca en París.

Chloe le pasa un brazo por los hombros.

—Por Dios, vaya zorra mentirosa.

Brittany niega con la cabeza con los ojos anegados en lágrimas.

—Me mintió sobre todo eso. Sobre su familia, sobre su origen. Sobre dónde ha vivido y a dónde ha viajado. ¿Por qué?

—La gente es muy rara —suspira Chloe—. ¿Tal vez lo hiciera como una especie de expiación? En plan, «lamento que mi novio matara a tu familia, déjame compensártelo siendo tu amiga».

Esas palabras hacen que Brittany se estremezca y se le encoja el estómago. ¿Habría estado Amma en aquel juicio? ¿Habría visto a Brittany? Tendría que haberlo hecho. Todo esto debió empezar aquel horrible día.

—O tal vez solo sintiera curiosidad por ti —agrega Chloe—. En cualquier caso, es bastante retorcido. Y es una mentira bastante complicada a la que aferrarse.

Es más que retorcido. Es una traición que Brittany casi no puede comprender. De repente está enfadada, totalmente *furiosa*...

—¿Cómo lo has averiguado? —pregunta.

Chloe se limita a encogerse de hombros.

—Había algo en su aura que no me parecía estar bien, ¿sabes? Así que la busqué. Lo encontré todo en un par de minutos.

Por supuesto. Por supuesto, tenía ahí todas las respuestas, pero a Brittany nunca se le había ocurrido buscarla en Google, había creído a Amma cuando había dicho que no tenía redes sociales, que, después de lo que le había pasado a su novio, había intentado minimizar su presencia en internet todo lo que había podido. Y Brittany simplemente... había confiado en ella.

Mierda, había confiado en ella.

—Pero supongo que ahora la pregunta es, ¿qué vamos a hacer al respecto? —plantea Chloe.

Brittany no sabe qué responder a eso. ¿Enfrentarse a Amma? ¿Enseñarle lo que ha descubierto?

Puede imaginárselo. «Buenos días, Amelia-Marie», le diría con sarcasmo.

Pero eso no es suficiente. Eso le impactaría, tal vez la haría enfadar.

Pero no le haría daño.

Brittany niega con la cabeza.

—Tengo que pensármelo bien —contesta finalmente.

—Por supuesto —dice Chloe dejando caer el mechero en su mochila. Al hacerlo, Brittany capta un destello dorado, ve la correa de un reloj que le resulta familiar… Pero, sinceramente, ha visto tantos relojes, cadenas e incluso anillos últimamente que no puede estar segura.

Chloe no está ahí cuando se despierta a la mañana siguiente.

Durante mucho tiempo, Brittany se niega a creer que se ha ido definitivamente.

—Habrá ido solo a por café —le dice a Amma—. Volverá.

Pero el día se alarga, están las dos sentadas en sus literas jugando con el móvil y la cama de Chloe permanece vacía.

No hay ninguna nota, ningún mensaje. No deja nada tras ella, es como si simplemente se hubiera desvanecido.

Como si no hubiera existido nunca.

Brittany piensa que eso le habría gustado a Amma, sus pensamientos se vuelven más oscuros cuanto más tiempo pasa sin Chloe.

Chloe era su verdadera amiga en todo esto. La divertida, la que había hecho que siguieran viajando, la que había impedido que volvieran a casa, donde todo sería triste y sombrío.

Chloe era la que había llevado a Brittany realmente al *después*.

Chloe era la que había sido sincera con ella, a diferencia de Amma, quien le había mentido una y otra vez.

El tercer día tras la marcha de Chloe, Amma se sienta en su cama. Tiene sombras oscuras debajo de los ojos y el pelo enmarañado en la cara. Tiene el aspecto más duro que Brittany le haya visto nunca y eso la llena de una especie de alegría mezquina.

—Mira —empieza Amma suspirando—. Creo que probablemente se haya largado. Quiero decir, ella es de aquí, ¿no? Puede que haya vuelto a casa. A Sídney o a donde sea.

Brittany quiere discutir, decir que Chloe no las abandonaría sin despedirse, pero, en lugar de eso, asiente.

—Tal vez.

—Y tengo que ser sincera contigo. Yo también me siento preparada para volver a casa. —Amma le ofrece una pequeña sonrisa—. O, al menos, mi cuenta bancaria está preparada para que vuelva a casa.

Solo que eres rica, piensa Brittany. *Solo que, cuando tú vayas a casa, tendrás a alguien esperándote. Todavía tienes familia. Y Sterling puede estar en la cárcel, pero algún día saldrá.*

Esa es la parte que a Brittany le cuesta más de comprender. Todos esos meses compartiendo su dolor, apoyándose la una en la otra, *entendiéndose* entre ellas, ¿era todo una farsa? Amma tenía *gente* con la que volver. Amma tenía hermanas, una madre y un padre. Lo peor que le había pasado era que hubieran metido a su novio en la cárcel.

Y había permitido que Brittany creyera que eran iguales. Ahora su impaciencia cobra sentido. Su exasperación apenas disimulada cuando Brittany se pasaba noches enteras llorando.

Le duele tanto pensar en ello que, durante un segundo, Brittany siente que no puede respirar, que hay algo apuñalándola en el pecho.

Amma nunca había sido realmente su amiga.

Pero Chloe sí, y ahora se ha marchado.

—Bien —acepta finalmente, bajando de su litera y tirando de su mochila hacia ella—. Podemos ir a casa.

—Nos lo hemos pasado bien, ¿verdad? —ofrece Amma.

—De puta madre —responde Brittany ignorando la opresión de su garganta mientras busca ropa limpia en su mochila. Comprar el billete de vuelta a casa la iba a dejar sin blanca, pero todavía le queda el efectivo que le dio Chloe la otra noche y tal vez pueda cambiarlo por moneda estadounidense en el aeropuerto...

Roza algo con la mano y frunce el ceño al mirar en el interior de su mochila.

Es un móvil.

No el suyo. Ella todavía lo tiene cargándose al lado de la cama. Es un móvil nuevo, por lo que se pregunta si lo tomaría por accidente o si, de algún modo, se le caería en la mochila.

Lo enciende y ve un mensaje en la pantalla.

¡Sorpresa, guapa!

Chloe.

Todavía de espaldas a Amma, Brittany examina el móvil y lee la serie de mensajes que le ha enviado Chloe con algo alegre y oscuro formándose en su corazón.

Chloe no la ha abandonado con Amma.

¿Qué me dices, amor? Dice el último mensaje de Chloe. *¿Nos vemos en el Pacífico?* 😊

Sus aventuras no se han acabado, solo acaban de empezar.

Dejando el móvil de nuevo en su mochila, Brittany se vuelve hacia Amma con una sonrisa.

—¿Y si hacemos un rápido desvío antes de volver a casa?

AHORA

VEINTISIETE

Me alejo de la playa a trompicones, horrorizada. La pelea de anoche ahora me parece un borrón, como si le hubiera ocurrido a otra persona. Los gritos, la caída por la borda, el agua salada en mi boca... Podría ser todo un sueño si no fuera por el cuerpo de Amma, que lo hace jodidamente real.

No sé a dónde voy mientras subo desde la orilla. El camino hacia la selva que despejamos está a unos metros a mi izquierda, la vegetación aquí es casi impenetrable, pero me adentro en ella de todos modos, como si fuera una niña pequeña buscando un lugar en el que esconderme después de haber hecho algo malo.

No llevo zapatos y las lianas me cortan las plantas de los pies mientras intento abrirme paso. El sudor me empapa, a pesar de que me siguen castañeando los dientes.

Se me clava una espina en la mano, y el dolor es tan agudo y sorprendente que se me llenan enseguida los ojos de lágrimas. Pero ¿acaso no me merezco ese dolor? ¿No habría sentido dolor Amma al darse cuenta de que no podía respirar mientras los pulmones le gritaban anhelando aire?

La sangre mancha las lianas mientras me adentro en la selva.

Aquí está más oscuro, pero sigo alejándome más y más de Amma, de la posibilidad de que los demás descubran lo que he hecho. Me alejo de todo.

La luz se filtra de un modo inquietante entre los árboles, proyectando sombras largas y extrañas. Me sujeto la mano dolorida y me la envuelvo con la camiseta mientras miro a mi alrededor intentando orientarme.

Amma había dicho que la Susannah estaba al otro lado de la isla. Atravesar la selva son solo unos tres kilómetros, que puedo recorrer fácilmente. Si consigo llegar al barco, aunque Nico no esté allí, al menos tendré un maldito modo de salir pitando de aquí. Podría esperar a que llegara el barco con las radios, pero ¿cómo explicaría a quien venga que hay dos cadáveres en esta isla y que estoy yo sola?

El calor en el interior de la isla siempre es intenso, no llega la brisa del mar. Las lianas que serpentean por el suelo son fibrosas y ásperas, como intentar caminar sobre papel de lija, y no tardan mucho en empezar a sangrarme los pies. Me duele la mano, respiro profundamente por la nariz intentando concentrarme en cualquier cosa que no sea el dolor y el miedo.

Me siento como si llevara siglos caminando, pero, cuando miro por encima del hombro, todavía puedo ver el lugar por el que he entrado, las ramas rotas y dobladas. Puedo incluso distinguir un pedazo de arena blanca y cielo azul.

Llega al barco, llega al barco, sigue recordándome mi mente. Tengo que salir de esta condenada isla. Hay algo muy turbio en Meroe.

Sin embargo, las palabras de Amma de anoche sobre que el barco está al otro lado de la isla pero Nico no me sacuden la mente. *¿A dónde diablos ha ido Nico?*

Me detengo en seco. La selva me parece extrañamente silenciosa: los pájaros ya no cantan, el viento no susurra entre los árboles y percibo otro sonido, un zumbido grave.

En cuanto me doy cuenta del ruido, percibo otra cosa: un olor tras el aroma del agua salada y la esencia de la vegetación. Algo más oscuro, más dulzón, más asqueroso.

Descomposición. Putrefacción.

Amma está en la playa, su piel ya tiene un tono verdoso, tiene los rasgos distorsionados...

Pero no, está demasiado lejos. No es su cuerpo lo que estoy oliendo. Es otra cosa, algo más cercano.

Entonces lo veo.

Bajo un grupo de helechos, una suela.

Una chancla Teva.

Incluso bajo el calor opresivo, se me hiela el cuerpo cuando voy hacia Nico.

Yace boca abajo y eso lo agradezco.

Estoy demasiado conmocionada para llorar mientras contemplo su cuerpo y la espesa nube negra de moscas que flota sobre su cabeza. Su pelo está oscuro y pegajoso, apelmazado por la sangre, y no puedo mirar más de cerca para ver qué le ha pasado. Sigo helada, temblando tan violentamente que duele. La mente me va a mil intentando encontrarle sentido a lo que estoy viendo.

Se cayó. Se golpeó la cabeza y murió aquí. Como Robbie. Se cayó. Fue un accidente. Un horrible accidente.

Pero...

Hay un machete a cerca del cuerpo de Nico, sin duda arrojado ahí después de que hubiera hecho su trabajo.

Reconozco la cinta azul alrededor del marco, recuerdo haberlo visto en manos de Jake cuando había abierto un camino a través de la selva aquel día del que parecía que hubieran pasado años. Toda una vida.

Es el machete de Jake y ha matado a Nico.

También lo tenía en la playa la noche de la fiesta. Lo había visto usarlo para cortar ramas para la hoguera.

¿Qué pasó? ¿Discutieron? ¿Nico se enfrentó a Jake por mí? ¿O había sido por otra cosa?

Solo habría hecho falta un golpe y habría acabado todo. Nico no se lo habría esperado.

Al igual que muchas otras cosas en la vida de Nico, incluso su muerte lo había tomado por sorpresa.

Recojo el machete.

También hay moscas en la hoja, que sigue manchada con la sangre de Nico, por lo que me armo de valor para limpiarla en un árbol cercano lo mejor que puedo. Puede que haya matado a Nico, pero va a salvarme a mí.

VEINTIOCHO

Tengo que avanzar más rápido.

«Eres toda una superviviente, Lux», me había dicho Brittany tras la tormenta del barco. Espero con todas mis fuerzas que tenga razón.

Sé que soy más fuerte de lo que me permito creer. Sostuve ese cuchillo ante Robbie, y si hubiera sido una situación de elegir entre él o yo, sé que lo habría matado.

Pero no quise que fuera así en ese momento y ahora tampoco. Quiero volver a la Susannah y salir pitando de aquí.

Quiero olvidar que existe la isla de Meroe.

Mientras camino, el sudor me empapa, me pican los ojos y me arden los pequeños cortes y arañazos que tengo en los brazos, en las espinillas y en las manos. Pero mientras me muevo y avanzo, vuelvo a pensar en aquellos marineros abandonados a su suerte y condenados a pudrirse en lo que debería haber sido un Edén.

Pienso en la calavera que encontramos y me pregunto de dónde vino. A quién perteneció.

Cuanto más ando, más calor tengo y más vueltas me da la cabeza. Hace una eternidad que no bebo agua ni ninguna otra bebida y parece que mi cuerpo pierde líquido a raudales. Tengo calambres en el estómago, se me nubla el cerebro y me parece oír pisadas por detrás de mí.

Me doy la vuelta con el machete en alto, pero no hay nada, solo hojas, más árboles y más selva.

Mi cerebro no deja de repetirme lo que me dijo Robbie sobre que había alguien viviendo aquí.

Pero debía estar solo tomándome el pelo. Aquí no hay nadie más, y eso casi que da incluso más miedo. A Nico no lo ha matado ningún desconocido, no hay ningún hombre del saco escondido en la selva: tuvieron que ser Jake, Brittany o Eliza.

Lo ha hecho una de las personas en las que confiaba, alguien a quien consideraba un amigo.

Sería más fácil creer cualquier otra cosa, pero ya no puedo permitirme ese lujo. No puedo cerrar los ojos a lo que está sucediendo a mi alrededor y sigo adelante, pensando: *Déjame llegar al otro lado, déjame encontrar la Susannah…*

Y entonces, de la nada, la selva se abre.

El sol se refleja sobre el agua y me parece ver el alto mástil de la Susannah.

Me abro paso entre el follaje y me tambaleo hasta la playa. Y sí, ahí está. El barco de Nico.

Mi barco.

Y allí también, entre mi salvación y yo, están Eliza y Brittany.

No parecen sorprendidas de verme, ni siquiera cuando levanto el machete con los músculos de todo el cuerpo doloridos.

—¡Lux, para! —grita Brittany, y entonces veo la luz del sol reflejada en la pistola con la que me está apuntado Eliza.

—Lux, Brittany tiene razón —agrega ella con calma—. Todo esto no es necesario.

—¿Que no es necesario? —espetó casi riéndome—. Cabrones, uno de vosotros ha matado a Nico. —Elevo la voz hasta un grito—. ¡Sé que ha sido uno de vosotros!

—Y tú mataste a Amma, pero nosotras no estamos armando un escándalo por ello —agrega Eliza con las cejas arqueadas.

Bajo el machete y niego con la cabeza.

—No lo hice. Fue… ella me estaba empujando, estaba intentado ahogarme… fue en defensa propia. Un accidente.

El sol baila sobre el agua y me parece estar muy lejos y muy cerca a la vez.

Libertad. Huida.

—De todos modos, ya no importa —añade Eliza con los brazos firmes—. Es contigo con quien queremos hablar. Explicarnos.

—Entonces no me apuntes con un arma.

—Me parece justo.

La baja y, durante una fracción de segundo, pienso en cargar contra ellas. Pero serían dos contra una. Además, quiero escuchar lo que tienen que decir. Necesito encontrarle el sentido a esto de algún modo.

Aun así, mantengo los dedos enroscados alrededor del mango del machete.

—Se suponía que esto no debía suceder así —empieza Eliza—. Solo queríamos pasar un buen rato. —Me muestra una sonrisa encantadora—. Vivir una aventura.

—Amma y yo la conocimos cuando empezamos a viajar —explica Brittany—. Chloe. Bueno, Eliza. Pero cuando la conocimos se llamaba Chloe.

—Brittany y yo congeniamos muy bien —continúa Eliza—, Y teníamos una… digamos *filosofía* de vida muy parecida.

—¿Filosofía? —repito; la palabra me parece espesa en la boca.

—El mundo nos quita muchas cosas, ¿verdad? A las mujeres como nosotras. A las mujeres a las que no se les dan las cosas regaladas. A las mujeres sin muchas opciones. Así que a veces tienes que tomarlo tú. Tienes que crearte sus propias opciones. —Su mirada se centra en mí—. Creo que eso lo entiendes, ¿verdad, Lux?

No respondo, solo oigo en mis oídos el sonido de mi propio latido y del oleaje.

—Por lo tanto, una noche en Roma, robé una cartera a uno de esos imbéciles estadounidenses. No se dieron cuenta y su efectivo nos permitió divertirnos un poco más de manera inofensiva, sin hacerle daño a nadie. Fue… satisfactorio, supongo. Luego se convirtió en algo más. Más carteras, algunos relojes, una vez un pasaporte solo para fastidiar a un tipo. Y luego nos fuimos a Australia.

Su acento cambia de nuevo y empieza a sonar como Jake.

—Entonces fue cuando volví a ver a Jake y… —Vuelve a levantar la pistola, pero aparta la mirada de mí durante un segundo para mirar al cielo—. Mi madre se pasó diez años en la cárcel por culpa de ese cabrón —explica—. Diez años… por culpa del hombre del que estaba enamorada, que resultó que era también el hombre para el que trabajaba y el que le pidió que llevara una maldita mochila llena de drogas. Y ella lo hizo porque confiaba en él. ¿Sabes dónde pasó esos diez años el padre de Jake?

Niego con la cabeza; supongo que no espera una respuesta.

—En su mansión de Sídney —responde.

—A Sterling Northcutt ni siquiera le cayeron diez años —agrega Brittany con la barbilla temblorosa—. El tipo que mató a mi familia. El novio de Amma. Sin antecedentes, de buena familia… el sentido de la justicia de Florida. Le cayeron cinco, saldrá en tres. Eso es el año que viene, Lux. ¿Y a dónde va a ir? De vuelta a su mansión en Connecticut. De nuevo con Amma. O lo habría hecho si ella no estuviera…

Se interrumpe y veo que se le mueve la garganta, pero no sé si está disgustada por la muerte de Amma o solo enfadada. Ahora recuerdo la discusión de anoche en el barco, Brittany gritándole a Amma sobre su novio. Su novio, quien, al fin y al cabo, no estaba muerto.

—Me mintió —prosigue Brittany—. Se acercó a mí por cualquier motivo enfermizo que tuviera.

—Por Dios… —murmuro tratando de encontrarle el sentido a todo. De repente, me doy cuenta de que nunca he entendido a esta gente, que no era consciente de las corrientes oscuras que atravesaban sus superficies juguetonas y brillantes.

Entonces, Eliza me mira.

—¿Y sabes a dónde habría ido Nico cuando se hubiera cansado de jugar a los marineros? De vuelta con su familia en su… sí, en su mansión. —Niega con la cabeza—. Mierda, nada de esto es justo.

—Así que a Chloe se le ocurrió un plan —interviene Brittany—. Dijo que iba a navegar hasta esta isla desierta con un rico imbécil que conocía de pequeña. Y que yo debería venir con Amma hasta aquí.

Me dedica esa sonrisa dulce que me había parecido tan cálida y acogedora la noche que nos conocimos en Maui.

—¿Entonces la trajiste aquí para matarla?

—No lo digas de ese modo —insiste Brittany—. Como si estuviéramos planeando un *asesinato*. Como si solo quisiéramos matar a gente por diversión. Amma hizo algo muy cruel. Algo retorcido. La familia de Jake le arruinó la vida a Eliza. Cuando los matáramos, no sería un asesinato.

—Aquí es muy fácil tener un accidente —agrega Eliza—. Hay un millón de maneras diferentes de morir en un día. Puedes beber demasiado y ahogarte. Comer algo equivocado y envenenarte. Seguir el camino incorrecto en la selva… Bueno, quién sabe en qué lío podrías meterte. Qué lástima, sería una tragedia horrible perderlos a los dos aquí, pero, oye, son cosas que pasan.

—Y entonces os quedaríais el barco —completo pensando en voz alta—. El barco de Jake. El dinero de Jake. Para vosotras dos.

Asiente y lo comprendo, entiendo cómo todo cobra un sentido horrible y tenebroso. Excepto…

—¿Por qué traernos a Nico y a mí?

—Brittany necesitaba un modo de llegar hasta aquí con Amma —explica Eliza encogiéndose de hombros—. Tan simple como eso. Y tampoco nos vendría mal tener un testigo que respaldara nuestra versión de los acontecimientos. Brittany quería contratar a un lobo de mar algo malhumorado, pero…

—Pero Amma quería que fuera Nico —concluye Brittany—. Y él no iba a venirse sin ti.

No estoy preparada para lo mucho que me duele eso.

Sé que Nico no era el tipo adecuado para mí. Sé que era voluble y egoísta y que siempre iba a partirme el corazón. Pero lo había querido y él me había querido a mí lo suficiente como para quererme a su lado en esta aventura.

—Y cuando te conocí, lo supe —sigue Brittany—. Supe que era el destino y que ibas a venir con nosotras por una razón. Que todas íbamos a Meroe en busca de justicia. —No aparta la mirada de mí—. Nos lo merecíamos. Y tú también.

Parece que el mundo parpadea y yo hago lo mismo. El sol brilla, la arena está caliente bajo mis pies y me fallan las rodillas.

—¿A qué te refieres?

—¿No lo entiendes? —pregunta suavemente—. Eres como nosotras. Has perdido mucho y has seguido adelante, intentado conseguir algo nuevo, algo bonito. Nico nunca iba a dártelo. Eliza tiene razón, al final, se habría se habría cansado de este paisaje. Quiero decir, mira lo rápido que se lio con Amma. Porque eran los dos del mismo mundo. Siempre iba a elegir a alguien como ella antes que a alguien como tú. Lo comprendí la primera noche.

Da un paso hacia adelante y se coloca entre Eliza y yo.

—Por eso quise que vinieras tú también. Eliza y yo habíamos perdido a nuestras familias. Tú habías perdido la tuya. Pero podíamos crear una nueva familia. Juntas. Eliza libre de Jake, yo libre de Amma y tú libre de Nico.

Su mirada se desvía brevemente al machete, todavía en mi mano, y cuando levanto la mirada, veo que hay algo en Brittany fracturado y roto, tal vez de mucho antes de venir a Meroe, pero, sea lo que sea lo que la tiene aferrada, no es algo cuerdo. Ni siquiera remotamente.

—Tú —murmuro—. Fuiste tú a quien vi con Nico. Eras tú…

—Fue muy fácil conseguir que me siguiera —explica y, de algún modo, sus ojos de color avellana parecen tristes—. Ni siquiera se resistió cuando lo besé. Ni por Amma, ni, por supuesto, por ti. Y tú te mereces algo mejor. Sabía que nunca ibas a ser libre. No hasta que él se marchara. Para siempre.

Brittany. La dulce y divertida Brittany con sus grandes sonrisas y sus abrazos fáciles levantando un machete y aplastado la parte trasera del cráneo de Nico.

—Iba colocado por el hachís —continúa—, así que no estaba muy consciente. Te prometo que no sufrió.

¿Era eso cierto? Nunca lo sabría. Al igual que nunca sabría si había matado a Nico por mí o porque era otra cosa que arrebatarle a Amma, al igual que, en la mente de Brittany, Amma le había arrebatado a ella.

—¿Y el barco? —pregunto intentando rellenar los huecos—. ¿Cómo…?

—Jake —responde Eliza.

Jake. ¿Dónde está el ahora? ¿Está por ahí con el Cielo Índigo?

—En realidad, es una historia muy simple. Le dije que Nico estaba preguntando por las drogas, cuánta teníamos y qué íbamos a hacer con ella. Que se había asustado, se había puesto agresivo con Brittany y ella se había encargado de todo. Jake estuvo de acuerdo con nosotras en que sería más fácil que tú pensaras que Nico se había largado en lugar de decirte la verdad, así que movió la Susannah por nosotras.

Casi parece demasiado para creer lo mucho que esta gente me ha estado mintiendo, los secretos que han estado ocultando todo este tiempo. No me había dado cuenta de nada. Me inclino sobre la arena con el estómago revuelto.

Eliza da un paso hacia adelante, todavía con la pistola en la mano, y me mira con atención.

—Sé que ahora parece difícil —dice—, pero Brittany tiene razón. Tenías que liberarte de él antes de que te arrastrara.

Niego con la cabeza, los pensamientos se arremolinan.

—No quiero ser parte de esto.

—Pero lo eres —insiste—. Te veo, Lux. Veo una mujer que ha limpiado la mierda de otras personas, literalmente, para que su novio rico pudiera jugar a los marineros. Veo una mujer cuyo padre la abandonó no una, sino dos veces. Veo una mujer que merece algo de felicidad, algo de libertad en este mundo. El mundo le quitó la familia a Brittany. Te quitó la tuya. Me quitó la mía. Así que, lo diré de nuevo: *merecemos recuperar algo.*

Se oye algo que se estrella y de repente Jake sale de entre los árboles. A continuación, sucede todo muy rápido.

Eliza mueve el brazo en su dirección, Brittany se mueve hacia él, se oye un disparo tan fuerte que grito, me llevo las manos a las orejas y miro a Jake esperando que se derrumbe sobre la arena.

Pero en lugar de eso, es Brittany la que cae.

VEINTINUEVE

La sangre de Brittany se derrama sobre la arena, haciendo que pase del blanco al rojo oscuro, pero, por encima de nuestras cabezas, el cielo sigue siendo igual de azul, el agua sigue igual de clara.

Sigue pareciendo el paraíso, pero ahora sé que es el infierno.

Robbie, Amma, Nico y ahora Brittany… todos muertos, su sangre filtrándose en la arena hambrienta de Meroe. Después del disparo, no hay más que silencio.

—Mierda —murmura Eliza para sí misma con los ojos muy abiertos y las manos a un lado de la cabeza—. Mierda, *mierda…* —susurra moviéndose hacia el cuerpo de Brittany.

—Eliza, ¿qué demonios…? —empieza Jake y, antes de que tenga tiempo para registrarlo, Eliza se vuelve hacia él.

El sonido del disparo es fuerte, pero esta vez no me sobresalta tanto, aunque Jake grita agarrándose la pantorrilla y cae a la arena.

Su sangre también, piensa mi mente embotada. *Ahora Meroe nos ha saboreado a todos excepto a Eliza.*

—¡Esto es culpa tuya! —le grita—. Si no me hubieras sobresaltado, Brittany no estaría muerta.

—¡No estaría muerta si no le hubieras disparado, zorra! —sisea Jake agarrándose la pierna ensangrentada—. Perra asquerosa.

Ha sido un disparo limpio; hay dos agujeros nítidos atravesándole la pantorrilla. La sangre mana entre sus dedos mientras intenta aplicarse presión desesperadamente.

—¿No te parece una locura? —me dice Eliza mirando a Jake mientras se balancea en la playa—. Los hombres. Nos adoran, pero en cuanto hacemos algo que no les gusta, pasamos a ser unas zorras y unas perras.

—Para ser justos, si me dispararas a mí, yo también te llamaría perra —contesto y eso la hace sonreír ligeramente, aunque su expresión vacila cuando vuelve a mirar a Brittany.

—Me parecería bien —farfulla y me da la sensación de que vuelve a hablar consigo misma—. Todavía podemos hacer esto. Tú y yo —concreta mirándome a la cara—. Estaría bien, ¿verdad?

Se arrodilla en la arena y se inclina hacia adelante para cerrarle suavemente los ojos a Brittany mientras la recorre un escalofrío.

—Podemos hacer que esto funcione. Si nos las apañamos con Robbie, también podemos apañárnoslas con esto.

—¿Robbie? —pregunto con la voz entumecida. Sigo mirando a Brittany, muerta en la arena.

Señala la pistola y hace que me estremezca.

—Ah, sí. Tenías razón. Robbie no se había marchado, solo había soltado el ancla al otro lado de la isla y estaba escondido en la selva. Pero Jake lo encontró, ¿no es así?

Jake no responde, sigue jadeando y fulminándola con la mirada.

—Mira, Robbie no solo destrozó las radios, Lux. También robó parte de las drogas de Jake. Puedes apostar que fue lo primero que comprobó cuando vio que había destruido las radios. Y si hay algo que Jake odia es que la gente le robe. Así que encontró a Robbie y se encargó de él.

—Pero… el pez —digo—. Robbie se comió un pez venenoso y por eso murió.

Eliza me mira con una sonrisa burlona.

—¿Y quién te hizo pensar eso, Luxy? ¿Quién te condujo directamente hasta su cuerpo para que pudierais *encontrarlo* los dos juntos y dejaras de preocuparte por que Robbie pudiera seguir ahí fuera en alguna parte?

Jake.

Aquella tarde, después de lo de la playa, después de lo que habíamos hecho, había sido idea suya seguir ese camino a través de la selva.

Me había llevado directamente a Robbie.

Eliza da un paso hacia adelante. La pistola está justo delante de mi cara y me ofrece la empuñadura.

La tomo.

El metal está caliente por su mano y pesa tanto como recuerdo.

—Ahora es muy fácil —dice sonriendo.

Eliza, a quien, por algún motivo, quiero seguir complaciendo.

Ese es su superpoder. Se presenta a ti con una versión de quien podrías ser si tuvieras el valor para intentarlo.

—Puedes dispararme —me dice—. Matarme. Llevarte a Jake y volver a Maui, contarles a las autoridades toda la sórdida historia. O…

Da un paso hacia detrás extendiendo los brazos.

—Disparar a Jake. Al fin y al cabo, es el único que queda. Los metemos a todos en el barco y lo hundimos. Las drogas también. Todo al condenado fondo del mar excepto el dinero y la Susannah. Zarpamos. Nadie sabe que estuvimos aquí y, si alguna vez lo descubren, tendremos una historia bastante sencilla que contar. —Abre mucho los ojos y le tiembla el labio inferior—. Llegó este tipo y era muy rarito, por lo que decidimos marcharnos. ¿Por qué? ¿Ha pasado algo?

Su expresión inocente desaparece y se ve sustituida por una mucho más maliciosa.

—Qué suerte tuvimos de escapar antes de que se torciera todo. Que lástima lo de los demás. —Chasquea la lengua y niega con la cabeza—. Menos mal que esas dos jovencitas fueron tan sensatas.

Cuando me levanto, ella alarga el brazo hacia mí y me retira el pelo de la cara.

—Se suponía que íbamos a ser tres: tú, yo y Brittany, pero solo podemos ser nosotras, Lux. Podemos tenerlo todo.

Tiene razón.

En unos meses, podíamos estar muy lejos con todo el dinero que hay en el Cielo Índigo en los bolsillos y la Susannah, que ya era mía sobre el papel, bajo nuestros pies.

Llevándonos a cualquier parte.

Libertad. Lo único que siempre he anhelado. Aquello por lo que Eliza estaba dispuesta a matar.

Solo tenía que hacerlo yo también y esa vida sería mía.

Cuando levanto la pistola, la sonrisa de Eliza es brillante.

—Hay un…

No termina. Aprieto el gatillo, la bala le da justo debajo de la mandíbula y hecha la cabeza hacia atrás mientras cae sobre la arena.

Sus talones se golpean una, dos veces, retuerce todo el cuerpo y luego se acaba.

A mi lado, Jake baja la cabeza a la arena y respira profundamente entre temblores.

—Mierda —suspira—. Mierda. Lux.

Sus ojos son tan azules como el cielo que hay sobre nuestras cabezas, aunque su piel ha adquirido un tono blanquecino.

—Gracias —farfulla y señala el cuerpo de Eliza—. Quítale la camiseta, necesito un torniquete. La herida no es muy grave, pero he perdido mucha sangre.

Jake y yo podemos marcharnos juntos. Deshacernos del Cielo Índigo, llevarnos solo el dinero y dejar atrás las drogas, el motivo de toda esta violencia.

Jake y yo podemos hacer eso.

Jake, el que mató a Robbie.

Jake, el que vio a Nico ensangrentado y muerto en la selva y decidió que era mejor que pensara que mi novio me había abandonado antes que contarme la verdad.

Jake, quien podría ser la presa de Eliza, pero quien era, ante todo, un depredador por derecho propio.

O hay una tercera opción.

Puedo tomar con ambas manos lo que ha creado Eliza.

Dinero, libertad, opciones… el mundo entero abriéndose ante mí.

Jake me mira fijamente; aunque el sol me calienta la cara, tengo las manos frías, pero también están firmes, tan firmes como Jake me enseñó, y ahora comprendo que Robbie tenía razón en una cosa: la isla no retuerce a las personas. Solo las convierte en la versión más pura de sí mismas, las afila como la hoja de un cuchillo.

Levanto la pistola incluso cuando Jake levanta ambas manos con mi nombre en los labios.

Apunto. El gatillo se me clava en el dedo.

¿Qué soy cuando me quitas todo lo demás?

Soy una *superviviente*.

ENTREVISTA A JESSICA CARTWRIGHT, PASAJERA A BORDO DEL NAVÍO EASY RIDER CON DESTINO A LA ISLA DE MEROE. LLEVADA A CABO POR EL INSPECTOR DANIEL KEKOA, DEL DEPARTAMENTO DE POLICÍA DEL CONDADO DE MAUI.

JESSICA CARTWRIGHT: Bueno, no sé qué podría contarles yo que los demás no les hayan contado ya. Ni siquiera fui yo quien los encontró, ese fue Tucker. ¿Han hablado con Tucker? (NOTA DEL EDITOR: SE REFIERE A TUCKER BREET, PROPIETARIO DEL EASY RIDER EN EL MOMENTO DEL INCIDENTE)

INSPECTOR D. KEKOA: Lo hemos hecho, pero sabe que usted fue la primera en llegar a la isla, así que solo quiero que me diga si tuvo la sensación de que algo iba mal, si algo le pareció que había algo raro.

JC: Bueno, era una puta... Lo siento. Todo el lugar desprendía una sensación extraña. Era muy, muy bonito al verlo desde el barco, pero en cuanto Tuck soltó el ancla, quise marcharme.

DK: ¿Puede elaborar eso?

JC: Supongo que parecía escalofriante. Era como si estuviera encantado. Creo que, en parte, era porque estaba muy silencioso. Había cosas por la playa: una lona extendida sobre unas ramas, libros y una nevera. Parecía que alguien acabara de marcharse durante un momento y que fuera a volver pronto. Por la llamada de aquel chico australiano que necesitaba las radios, sabíamos que había seis personas en la isla. Supuse que estarían todos esperándonos o algo así, por lo que era raro que no hubiera nadie allí.

DK: Eran cuatro en el barco, ¿verdad?

JC: Sí: yo, Tucker, mi mejor amiga Ashley y su novio, Bobby. Ashley es la que encontró... ya sabe. Al primero.

DK: ¿Podría ser más específica?

JC: La primera persona muerta. El primer cuerpo. No sé qué quiere que le diga.

DK: La primera víctima masculina, Nicholas Johannsen.

JC: Correcto. Estaba... bueno, ¿podemos tomarnos un descanso?

[ENTREVISTA PAUSADA DURANTE VEINTITRÉS MINUTOS]

JC: Vale. Gracias. Pues sí, Ashley se había adentrado en la selva, supongo que le gustan ese tipo de mi... cosas. La oímos gritar, pero, sinceramente, pensé que sería una serpiente o algo así. No pensé que fuera por un cadáver.

DK: ¿Y cuál fue el siguiente curso de acción del grupo tras encontrar al señor Johannsen?

JC: Bobby volvió corriendo al barco para usar la radio. Tucker quería seguir buscando, lo que me pareció una idea estúpida, pero yo estaba un poco... ¿bloqueada? ¿Sabe lo que dicen en esos programas tipo *Dateline*, que la gente encuentra un cuerpo y piensa que es... un maniquí? No fue así. No había duda de que era un cadáver. Recuerdo haberlo pensado. Haberlo mirado y haber dicho: «Es un cuerpo. Era una persona y ahora está muerto». Y cuando vi la foto horas después fue muy extraño, ¡era un chico guapísimo! Lo siento. Supongo que es algo superficial, pero es lo que pensé. Que parecía alguien a quien me gustaría conocer y que ahora estaba muerto. ¿Es raro?

DK: Para nada. Pero si podemos evitar desviarnos...

JC: Claro. Lo siento. De todos modos, seguimos adelante hasta que llegamos a esta playa y fue entonces cuando Tucker encontró a los otros. No llegué a verlos porque Tucker nos empujó de nuevo a la selva, pero recuerdo el olor y... ¿es cierto? ¿Lo que ponía en internet sobre los cangrejos, las ratas o lo que quiera que fueran?

DK: La condición de los cuerpos era la normal para la depredación típica de esa isla.

JC: Por Dios. Vale, es un modo de decirlo. [El sujeto hace una pausa] Es todo muy turbio. Es un sitio tan bonito. De verdad, es el sitio más bonito que he visto en mi vida, como el cielo de verdad o el Edén o algo así, y luego resulta que escondía todo eso. [El sujeto empieza a llorar] ¿Por qué iba alguien a querer ir allí después de todo esto? ¿Por qué no han hecho estallar toda la isla? Porque eso es lo que haría yo. Borrarla del maldito mapa.

DK: Señorita Cartwright, si pudiera...

JC: No, hablo en serio. Fuimos allí a divertirnos y encontramos seis cadáveres. Y sabe que la otra chica, la que no encontraron, todavía sigue allí. O en el océano. O tal vez se la llevaran esos cangrejos. No dejo de pensarlo. Sigo viéndola en mi cabeza y...

DK: Tomémonos otro descanso, ¿de acuerdo?

[ENTREVISTA PAUSADA]

EN EL DESPUÉS

EPÍLOGO

Caroline desearía no haber ido nunca a Tailandia.

Es precioso, por supuesto, ruidoso y lleno de colores. El paisaje y los sonidos son muy diferentes de los de su casa en el estado de Washington. Pero está sentada ella sola en ese bar lóbrego con un tobillo enganchado en la correa de su mochila para asegurarse de que, además de todo lo demás, no le roben también, mientras llora literalmente sobre su cerveza.

Es patética.

No tendría que haberse enrollado con Tanner en primer lugar.

Es el ex de su compañera de piso, lo que es un cliché total y una violación del Código de Chicas. Es lo que hace que ahora sea todavía más decepcionante que, cuando debería estar divirtiéndose como nunca en el viaje de su vida, esté haciendo esto, mirar fotos en Instagram de una chica que ni siquiera conoce, una chica llamada Ainsley.

Sigue repitiendo su nombre en su cabeza como un mantra. Ainsley, Ainsley, Ainsley y Tanner, Tanner y Ainsley.

Caroline prácticamente puede ver ya las invitaciones de boda.

Por supuesto, puede que no llegue tan lejos. Tal vez Ainsley, la del pelo brillante, los vestidos veraniegos de colores y la piel bronceada, sea solo una distracción.

Al menos, eso es lo que había dicho Tanner anoche cuando él y Caroline estaban discutiendo entre susurros en el albergue.

«Estaba borracho, solo quería divertirme un poco, ¡estamos de vacaciones!».

Ha dicho lo mismo cada vez que ha hecho una estupidez en el viaje. ¿Compraba hierba de mala calidad a un tipo todavía peor? «¡Estamos de vacaciones!». ¿Se le olvidaba comprobar su reserva en uno de sus hoteles y acababan durmiendo en el parque? «Es una aventura, ¿no? Se supone que debe ser un poco impredecible».

¿Lo descubría con las manos bajo el vestido de otra chica en el baño del bar la noche anterior?

¡Es diversión inocente! ¡Vacaciones! Nada importante.

Caroline odiaba cuando decía esas mierdas porque la hacía sentir estúpida, pequeña y estirada y se preguntaba por qué cada vez que un chico la fastidiaba hacía exactamente eso: hacer que la chica sintiera que, de algún modo, era culpa suya y que, si ella fuera más guay y divertida, él estaría satisfecho.

Con un resoplido, sigue pasando fotos.

Ainsley, en bikini, con su vientre perfectamente plano, en Italia. Ainsley haciendo algún tipo de símbolo con la mano con las compañeras de su hermandad. Ainsley sosteniendo descaradamente una copa de vino tinto sentada en un sofá muy blanco.

Caroline sabe que tiene que parar, pero no puede. Y sabe que probablemente Tanner y Ainsley estén acostándose ahora en la bonita habitación de hotel de Ainsley, porque Caroline había visto el mensaje por la mañana mientras Tanner estaba en la ducha.

«A las 3 bien?», había escrito Ashley.

«Por supuesto».

Había esperado todo el día hasta que Tanner tuviera de repente algún recado que hacer, algún amigo de la Universidad de Massachussets con el que reunirse, alguna cosa para desaparecer, alguna razón por la que Caroline no podría acompañarlo.

Al final habían sido unos «amigos de sus padres».

Quienes no sabían que tenía novia. Era demasiado complicado de explicar, no quería que se sintiera incómoda, volvería en un par de horas y luego podrían irse a beber a la playa. ¿Acaso no sonaba bien?

Caroline no sabe qué odia más, lo poco convincente que es la historia o no haberle reprochado nada, haberse limitado a sonreír con los labios entumecidos y a observar cómo se marchaba.

Entonces se había puesto a hacer el equipaje.

Pero sabe que comprar un billete de vuelta a casa antes de lo previsto acabará con el resto de su dinero y que es jodidamente *injusto* y estúpido.

Porque cuando vuelva Tanner, cuando ella le envíe un mensaje y le diga que lo va a dejar, a él no va a importarle demasiado. En todo caso, sentirá una especie de alivio. Después de todo, tiene mucho dinero. Su viaje continuará y habrá otras Ainsleys y lo único que le quedará a Caroline de las dos últimas semanas serán quemaduras del sol y una historia triste.

Toma otro trago de cerveza, que se ha calentado y desbravado.

Fuera ha empezado a llover y el sonido resuena sobre el techo de hojalata. Las motos pasan zumbando, lanzan láminas de agua y llenan el bar con un olor a diésel y a goma quemada.

No quiere marcharse.

Quería hacer muchas más cosas aquí. Hay mucho que ver y explorar. Supone que siempre podría volver al albergue, fingir que no ha visto el mensaje, aguantarse y al menos sacar *algo* de...

—¿Estás bien?

Sobresaltada en medio de sus miserias, Caroline levanta la mirada y ve a una mujer sentada en un taburete a su lado. Es guapa, su cabello de un rojo brillante le enmarca un rostro angular con grandes ojos verdes. Lleva los hombros desnudos y algo quemados y tiene ese aspecto de persona arrastrada por el viento y quemada por el sol que hace que Caroline piense que pasa mucho tiempo al aire libre.

—Sí —responde tomando un sorbo de cerveza, aunque no le apetece nada—. Solo es… un chico.

—Ah —contesta la mujer, asintiendo—. Problemas de chicos. La causa de al menos el ochenta y cinco por ciento de los llantos en los bares.

Eso hace reír a Caroline. La mujer parece simpática. Amigable. La envuelve una facilidad y una confianza que Caroline desearía poder proyectar también. Es como si encajara en cualquier parte, como si pudiera hablar con cualquiera.

—Y —continúa la mujer apoyando un codo en la barra— si *viajas* con un chico, el porcentaje se eleva a un sólido noventa y dos por ciento.

Su chiste y la sonrisa deslumbrante que lo acompaña hacen que Caroline se lance a contarle la historia completa. Cuando lo dice en voz alta se da cuenta de lo estúpido que suena. De lo insignificante que parece en el gran esquema de las cosas.

Pero la mujer no la mira con lástima o condescendencia. La *entiende*. Caroline se da cuenta de ello. Hay algo en sus ojos, en el modo en el que asiente ante ciertos detalles, como los estúpidos pies de foto de Instagram de Ainsley («Has-tai la vista») o la mentira aún más estúpida que le había contado Tanner.

—De todos modos —concluye Caroline—, ahora puedo desperdiciar el resto de mi dinero volviendo a casa, o puedo… no lo sé. Volver con él y acabar con todo. Es decir, podría intentar apañármelas por mi cuenta durante las próximas tres semanas y luego reunirme con él cuando fuera el momento de volver. —La idea de tener que lidiar con Tanner es completamente agotadora, pero Caroline sabe que esa es probablemente su mejor opción. Hacer que esos últimos cientos de dólares duren tanto como puedan y esperar que Tanner no cancele su billete.

Pero, mierda, odia poner todo ese poder en sus manos cuando lo que realmente quiere es deshacerse de él por completo.

La mujer asiente de nuevo antes de mirar por encima del hombro.

—O —dice encogiéndose de hombros—, puede que haya otras opciones.

—¿Como cuáles?

La mujer se encoge de hombros de nuevo y sonríe.

—Siempre hay opciones. Sobre todo, cuando dejas a un lado la versión de ti misma que llegó aquí en primer lugar. Puedes aferrarte al antes, o puedes intentar vivir en el después, ¿sabes?

En el después.

Caroline no está segura de lo que significa, pero le gusta como suena.

También le gusta esa chica.

Cuando van por la tercera cerveza, ya no es una extraña. Tiene un nombre inusual que Caroline no ha oído nunca.

También tiene un barco.

Y esa noche, cuando Caroline vuelve a la habitación de Tanner en el albergue, sabe que sí que tiene opciones. Su nueva amiga se las acaba de mostrar. Llevará a Caroline en su barco, irán a donde quiera ir. Caroline solo tiene que hacer una cosa primero.

Encuentra el dinero en un cajón debajo de su ropa interior.

Lo toma, se lo mete en el bolso y vuelve a salir hacia la noche, hacia el bar, su amiga y su libertad, y le sorprende lo fácil que le resulta. Cómo hubo un antes en el que se sentía triste, miserable y atrapada y ahora, solo unas horas después, está este glorioso después.

Caroline se adentra en él.

AGRADECIMIENTOS

Este es el libro que he querido escribir desde que tenía doce años y me topé por primera vez con un ejemplar de *And the Sea Will Tell* en mi biblioteca local. Todavía puedo ver la cubierta turquesa, la calavera maliciosa. Escribir por fin mi propio libro de «asesinatos en un barco» es un sueño (ligeramente macabro) hecho realidad y estoy muy agradecida a todos los que me han ayudado a conseguirlo.

Holly Root ha sido mi agente durante más de una década y espero que siga convenciéndome y ayudándome a llevar mis ideas a buen puerto durante las próximas décadas. Este libro se ha beneficiado especialmente de sus excelentes notas en las primeras fases de planificación y le estoy muy agradecida por su experiencia.

Sarah Cantin entendió este libro desde el primer momento y lo impulsó a ser mucho mejor y más ambicioso de lo que yo había esperado. Tal vez sea la novela más complicada que he escrito nunca y, si no fuera por el genio editorial de Sarah, creo que se habría desmoronado varias veces, y yo también. Muchas gracias, Sarah, por todo tu trabajo y por no haberme impedido usar unos 354 juegos de palabras náuticos cada vez que te enviaba un correo sobre el manuscrito.

Gracias también a Sallie Lotz, cuyas notas son siempre muy inteligentes y sus ojos, muy agudos.

A todo el equipo del St. Martin's Press, con quienes es un sueño trabajar; me siento muy afortunada por teneros al timón.

Mis libros y mi carrera están en muy buenas manos con todos vosotros.

Gracias, como siempre, a mis amigos. En este caso, especialmente a Ash Parsons, Kerri Muñoz y Vicky Alvear Schecter, quienes escucharon hablar de este libro en sus primeras fases y me animaron. Espero que, cuando salga el libro, estemos todas de nuevo en el convento recorriendo laberintos y escandalizando a las monjas.

Y, por supuesto, a mi familia. Os quiero a todos.